Ⓢ新潮新書

藤沢数希
FUJISAWA Kazuki

コスパで考える
学歴攻略法

974

新潮社

まえがき

本書は日本の教育についての本である。しかし、一国の教育制度を論じることが目的ではない。もちろん、そうしたテーマについても筆者の経験を踏まえていろいろ書くが、本書はもっと実践的な目的で書かれている。それは、各家庭における子供の教育戦略だ。子供の教育には多大な費用、そして、親の時間を割かねばならない。それならば、限られたリソースを使って、いかに効果的に果実を得るか、というガイドラインが必要ではないか。大げさに言えば家庭の教育の戦略論である。身も蓋もないことを言うと、子供には一流大学を卒業してほしいし、将来は高い年収を得られるやりがいのある仕事に就いてほしいと願うだろう。それが親心というものだ。この本は、そのための実践の書である。本書を手に取る親たちの多くは、任天堂のファミコンで育った世代であろう。ファミコン世代の言葉を使えば、これは日本の教育の「攻略本」だ。ちなみに、いまの子供たちは、ゲームの攻略はもっぱらYouTubeの動画に頼っているので、攻略本などというのはいささか古めかしいものかもしれない。

教育の本ということで、まずは筆者のバックグラウンドを書いておこう。中学受験をして地方の私立中高一貫校を経て、東京の大学に進学した。大学では理系の学科で学び、幸いなことにそこでいくつかの研究成果を出すことができた。それがきっかけで海外の大学院から奨学金のオファーをもらうことができ、留学して博士号を取得した。海外での短い研究員のキャリアを経て、外資系投資銀行の東京オフィスに就職した。そこではクオンツ（市場データの定量分析などを行う仕事）やトレーディングなどの業務に就き、金融の世界で会社員として10年ほど働いた。会社員時代に執筆したいくつかの本がベストセラーとなり、会社を辞めて文筆業が仕事の中心となった。いまは香港で会社を作り、個人資産を世界の市場で運用したりベンチャー企業に投資しながら、本を書いたり、雑誌やブログ、メールマガジンにコラムを書いたりしている。こうしたことは、拙著『外資系金融の終わり』（ダイヤモンド社）にくわしく書いてあるので、興味がある人は読んで欲しい。また、日本の大学で学生をしていたころ、中学受験のための大手塾で講師のアルバイトをしていたし、最近では、こうした塾に通う身内の子供たちに実際に勉強を教えたりしていた（この本の原稿を書くのが遅れに遅れてしまい、書き終わった頃には、そのうちひとりは大学生になっていた）。日本の「受験産業」については内からも外からもよく知っていると自負している。

さて、結論から書くと、日本で子供を育てる場合、ほとんどの家庭は、中学受験をするか高校受験をするかの二択になる。もちろん大学附属の私立小学校に通わせるいわゆるお受験をしたり、日本に住む外国人用の私立学校であるインターナショナルスクール、あるいは海外のボーディングスクールに留学させるなどの教育もある。しかし、それらは費用的に多くの家庭で負担できるものではないし、日本の伝統的な進路と比べて必ずしも優れているというわけでもないだろう。また、早くから海外に出すと日本人としてのアイデンティティを失うというリスクもある（これはずっと海外で生きていく覚悟があるなら問題ないが）。現実的には、あるいは日本の教育の本流としては、ほとんどの日本で育つ子供は、中学受験を経て中高一貫校から大学に進学するか、高校受験を勝ち抜き進学実績のある高校から大学に進学するかのどちらかになる。この本では、まず、各家庭が中学受験と高校受験のどちらを選択するべきかのガイドラインを示す。そして、それぞれの選んだ道で、子供が学歴獲得競争で勝つための戦略を論じることにする。また、いまではまだ少数派の選択肢であるが、日本経済の長く緩やかな衰退とともに、より重要になってくるであろう海外のボーディングスクールや海外大学への進学についても議論することにしよう。中学や高校で英語圏の学校に留学する際の学校選びや費用についても論じる。

本書が他の受験攻略本と違うとしたら、筆者が海外で研究者をしていたことや、多国籍企業の第一線で働いていた経験から、世界で活躍するための人材を育てる上で、日本の教育に足りないところや、ときに有害な部分もよく理解していることだろう。また、筆者は塾や私立の学校などの受験産業からまったく報酬を得ていない。その点でも中立な視点で情報を提供できるはずだ。東京大学をはじめとする日本の有名大学の国際的なランキングが落ちてきたり、日本経済の停滞から、日本の教育もまた批判の矢面に立たされている。しかし、本書で明らかになるように、日本の教育、とりわけ小学校や中学校の公教育、そして、進学実績のある高校の教育は世界的にも大変に優れている。何よりも受験勉強を通して、子供は多くの知識を吸収することができるし、社会に出てから否が応でも向き合わなければいけない競争というものが何かを実体験できる。昨今、多くの問題が指摘されている日本の大学も使い方次第であり、とりわけ学部のほうは、学費などのコストを考えると世界の中でも決して悪いものではないし、日本の大学から世界に飛び出して行く学生は今も昔もいくらでもいるのだ。

それでは、日本の教育インフラを上手く使いこなし、子供に基礎学力を付けさせると同時に、子供が将来成功できる可能性を高めるにはどうすればいいのか。本書では、日本の教育に足りない部分を家庭でどう補っていくかについてもくわしく書いている。また、最初に述べたように、日本の教育論について書くことが本書の目的ではないが、奇しくも、日本の家庭が限られた家計でいかに子供をいい学校に入れるか、というある意味でとても下世話な話をつきつめて考えていけば、それは天然資源に乏しい我が国の経済が、いかに将来にわたって人材を育成し、科学技術とイノベーションの力を高め、国際的な競争力を保っていけるか、ということが見えてくるのだ。

コスパで考える　学歴攻略法●目次

第1章　たかが学歴　されど学歴

今どきいい大学を出てもダメだと言うけれど

もはや学歴の時代ではない、いい大学を出たぐらいでは何の評価もされない、などということはすでに筆者が子供のころからよく言われていた。そして、いまでもよく言われている。知り合いのお金を持っていそうな会社経営者を見ると、東京大学などの日本の有名大学や海外の名門大学出身の人もいれば、高卒の人もたくさんいる。中には中卒の人もいる。成功するには、東大か高卒かで中途半端な学歴はダメだ、などということもよく言われるが、そんなことはなく、中堅の私立大学を卒業して成功している人も多い。むしろ卒業生が多いので数では多数派であろう。なるほど確かに学歴は関係ないようにも思える。

筆者も文筆家としてはどちらかというと学歴否定派だと思われているかもしれない。かつて研究者をしていた時の自身の経験などから、日本の受験勉強でトップクラスだった人でも学術研究やビジネスで成功するかどうかはわからない、じつはほとんど関係ないんじゃないか、という意見をブログなどに書いていたことがあった。そのせいか、筆者自身は物理学の博士号まで取っているのだが、学歴で人を見ないと思われているようで（実際に見ないが）、親しくしていただいているベンチャー企業の経営者などは大学に行っていない人も多い。

しかし、統計的には、当たり前だが、大卒の平均年収は高卒の平均年収より高い。大学院卒の年収は大学卒の年収より高い。その格差はアメリカでは顕著だが、日本でもアメリカほどではないが傾向は同じだ。あくまで平均値で見れば、学歴が高いに越したことはない。また、このような平均値を見なくても、有名大企業にホワイトカラーとして就職できる人は学歴が高い人ばかりだし、弁護士や医師などの難関国家資格が必要な職業も、受験勉強をがんばって難しい大学に入学した人たちで多くが占められている。もちろん、高学歴でも箸にも棒にもかからない人がいるし、高卒や中卒でも成功する人もいる。それは当たり前である。

高学歴ほど仕事の選択肢が広がり、年収も高い傾向があるのだから、個人の信条がどうであれ、我が子の教育となれば、やはりなるべく優秀な同級生や教師と出会えるいい学校に行かせてやりたい、そのためにどうすればいいか、と考えるのはごく自然なことである。また、何かとブランド好きな日本人だが、良くも悪くも、名門大学を卒業したというブランドは一生使えるのである。そうした一生使えるブランドを子供に持たせてやりたいと願うのも至極当然のことであろう。実際、筆者の観察によると、学歴のない成金ほど高価なブランド品が好きな傾向が強く、名門大学卒業というブランドがあればそういう無駄なものを買わなくてもよくなるなら、高校生が受験勉強をがんばることはコストの面から見て大変にお得だと思う。

なお、学歴や学歴社会といえば、欧米や欧米のアカデミアの仕組みを模範とした香港やシンガポールなどのアジア諸国では、修士号や博士号などのより高い専門性や研究の遂行能力を証明する学位やそれらを尊重する社会を指すことがふつうだが、日本では偏差値やランキングなどで表される卒業大学の序列を指すことが多く、この点で日本の学歴観はますます専門性が重視されるグローバル経済の中にあって異端であり、個人的には嘆かわしいことだと思っている。この辺の世界と日本との学歴観の違いも書いていくが、本書は日本社会に生きる日本人のために書かれた本であるので、主に日本的な学歴について論じることが多いし、区別が必要なときはどちらの意味かがわかるように書いている。

学歴に対する健全で生産的な考え方

大学教育を受けることが当然だと思う家庭で育ち、名門大学を卒業した人の中には、自分が恵まれていたことに気づかず、自分は努力していい大学に入ったのだから学歴のない人は努力をしなかった人たちだと見下す人もいる。しかし、現在でも、大学教育を受けることが当たり前の家庭は日本ではせいぜい半分程度である。文科省の学校基本調査によると、日本の大学進学率は１９９０年には約25％、２０００年は約40％、２０１０年は約51％、２０２０年は約54％となっている。もちろん、横一線でみなが同じような科目の受験勉強で平等な競争をして、最難関である東京大学や京都大学や国立大学の医学部に入ったような人たちが、そのことを誇るのは当然であり、そのこと自体はとても健全であると思う。しかし、そうした人たちも、世間の家庭の約半数は、そもそも大学に行くこと自体が当たり前ではない、ということは知っておいたほうがいい。日本は貧困家庭の出身でもペーパーテストだけで比較的逆転が可能な教育制度を持つ国だが、やはり有名大学の学生の大半が恵まれた家庭の出身であることには自覚的であって欲し

図1-1　学歴別平均月額賃金（令和3年）

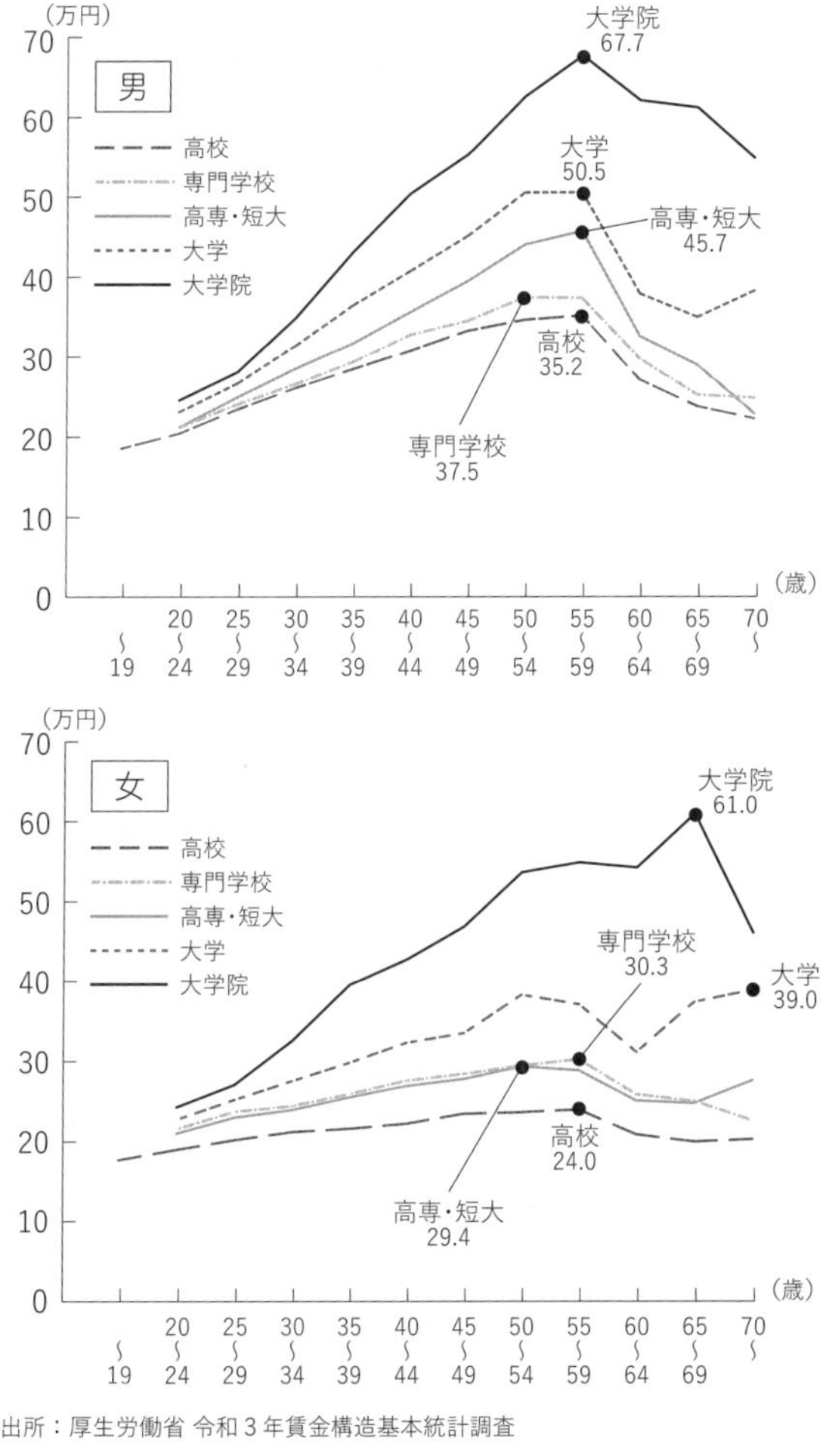

出所：厚生労働省 令和３年賃金構造基本統計調査

いと思う。

さて、すでに述べたように、会社経営者など、学歴がなくても商売で成功する人たちはいくらでもいる。また、これもあとで論じるが、日本には大学の序列があり、たとえば、東京で言えば、東京大学は慶応大学や早稲田大学より格上ということになっているし、慶応大学や早稲田大学は、明治大学、青山学院大学、中央大学、立教大学、法政大学なんかより格上である。しかし、いったん会社に入ってしまえば、卒業大学の序列は社内の出世競争で簡単に逆転してしまうし、そもそも就職の際の採用試験で、所属大学から言えば格上の学生が落とされ、格下の学生が内定を取る、などということはいくらでもある。大学間の序列は、社会に出てエンジニアや営業としてスタート地点に立ってしまえば、割と些細なことであり、受験産業の人たちや受験生が思っているほど大きなことではない。

高卒の人はビジネスで学歴なんか関係ない、と思っていればいいし、実際にそのとおりだ。というよりも、高卒の人は大卒の人が大学であまりビジネスとは関係ない学問に時間を使っていた時期に、実際に働いてビジネスの勉強をしていたのだからそこがむしろ強みとなる。就職した会社で、自分が同期よりも格下の大学を卒業していたら、仕事で認められれば卒業大学のちょっとした格の違いなどすぐに逆転できるのだから、がんばって働けばいいだけである。逆に、名門大学を卒業したピカピカの経歴の持ち主も、そんな過去のことで慢心せず、目の前の仕事をがんばってもらいたい。仕事ができなければ、簡単に逆転されてしまう。そもそも、入社して同じポジションに就いた時点でどの大学を卒業していようが横一線でのスタートである。

いわゆる高学歴な人がそうでない人を見下すことはよく批判されるのだが、逆に学歴などなくても社会で成功した人が、彼は○○大卒でも仕事ができない、などとバカにするのもまた見苦しいと思う。学歴がなくても商売で成功したことは素晴らしいことだが、高校生が一生懸命勉強して難関大学の入試に合格したことも素晴らしいことではないか。甲子園に出場した高校球児がプロ野球選手として稼ぐことがなかったとしても、過去の甲子園出場を誇らしく思っていいのと同じように、ふつうの高校生が受験勉強をがんばったこともそれ自体がとても誇らしいことだと思う。

過去の変えられないことを考えても時間の無駄であり、これから努力で改善できる可能性のある未来のことに集中するのが生産的な考え方だ。しかし、子供の学歴はこれからの努力次第でいかようにでも変えられる未来のことだ。日本の場合、入るのが難しく格の高い大学ほど学費が高いということもなく、むしろ安いのだ。国公立大学はどこも学費はほぼ同じだが、私立大学は格の高い慶応大学などの学費は、その他の私大の学費より安い。医学部に至っては、慶応大学などは総額2200万円ほどで卒業でき、偏差値(後述するが日本では入学試験の合格難易度の意味で使われることが多い言葉で文脈によって意味が異なる)の低い私立大学の医学部の3分の1程度である。そして、慶応大学や早稲田大学より格が高い東京大学や京都大学の方が国立で学費が安いのである。国公立大学であれば医学部でも格安だ。これがアメリカの大学なら、分野ごとにランキングが違うし、格の高い大学とワンランク下の大学で、ワンランク下の大学が奨学金などをオファーして授業料を大幅に値引けば、優秀な学生が格の高い大学を蹴るということはよくある。しかし、日本ではむしろ格の高い大学ほど学費も安いのだから、できることなら偏差値の高い有名大学に進学するに越したことはない。

子供が勉強をがんばり、学歴獲得競争を勝ち抜く方法を親として考え、できる範囲で支えるのはとても健全なことだと思う。家庭の経済事情などで、こうした学歴獲得競争に自分が参加しなかった人も多いだろう。そういう人の中には、大学教育というものに否定的な意見を持っている人もいるかもしれない。もちろん、大学で勉強することなど何の意味もない、という意見もそれはそれで一面の真理である。しかし、こうした人でも自分の子供が大学で勉強したいと言えば、それをサポートしてやれるぐらいの経済力を持ち、前向きに子供の進学を応援できるようになれるならば素晴らしいことだと思う。

たかが学歴、されど学歴だ。

大学の序列と学歴フィルタ

本書では、世界から見た日本の大学、日本の教育の特殊事情、また、海外留学についても論じる。しかし、この段階では、まずは国内の大学について話を進めよう。偏差値の高い大学に入る一番の実利は何か、と言われれば、それは人気の大企業の採用面接に呼んでもらえる確率が格段に高くなる、ということだ。人気の大企業は、多数の学生から応募があるため、コスト的に全員と面接するわけにはいかない。そこで、書類選考の段階で、大学の偏差値で線が引かれ、その線より下だと書類選考でほとんど自動的に落とされてしまうのだ。俗に言う「学歴フィルタ」というやつである。この線引きがどこにあるのか、という話をし始めると、多くの日本人が大学間の序列に複雑な感情を持っているので、なかなか大変なことになる。

さて、日本の大学の序列を考えるとき、やはり何と言っても頂点に立っているのは東京大学である。その次は京都大学だろう。ただ、何かと東京一極集中が進み、頭脳労働が必要な大企業のホワイトカラー職が東京に集中しているため地の利があり、就職活動での有利さという観点から見ると、一橋大学や、慶応や早稲田の看板学部は京都大学と同等以上である、という見方もある。格では京大が上だが、就活という実利的な面では一橋や慶応や早稲田も似たようなものかもしれない。また、東京工業大学という理系では東京大学に次ぐ難関大学がある。そして、格が高い大学といえば、地方の旧帝国大学である、大阪大学、名古屋大学、東北大学、九州大学、北海道大学だ。

大学の序列に関しては若干の地域性があり、関西の人にとっては、京大は東大と並ぶような、あるいは東大以上の大学である。また、東京の人にとっては、慶応や早稲田も一流大学に違いない。しかし、関西の人にとっては、慶応や早稲田より地元の阪大や神戸大学である。東京は受験産業が発達しており、幼少期から入試で高得点を取るための訓練を受けた子供たちがしのぎを削っている。その結果、入試の合格難易度という点では、文系学部は入試科目が少ないものの慶応や早稲田の上位学部は阪大や神戸大学を上回っているように思うが、とにかく東京の難関私大は関西の人たちにはあまり評価されていないようだ。そして、地方ではその土地にある旧帝国大学がなんと言っても高く評価される。北海道では北大が東大と比べられるような大学であろうし、東北地方では東北大学は一流大学である。名古屋には名古屋大学があり、九州には福岡にキャンパスを構える九州大学がある。

さらに次を見ていこう。東京ではここに上智大学やいわゆるＭＡＲＣＨと呼ばれる、明治大学、青山学院大学、立教大学、中央大学、法政大学などの有名私大が連なる。学習院大学もこのグループに入りＧＭＡＲＣＨと呼ばれることもある。また、関東の国立大学には、筑波大学や横浜国立大学、千葉大学などもある。女子大のお茶の水女子大学もあるし、東京外国語大学も名門である。この辺の大学の卒業生も東京の有名大企業に次々と就職していく。私立理系では早慶の次は東京理科大学である。地方の国立大学としては、関西の一橋的な位置づけである神戸大学の格が高い。広島大学も中国地方ではトップの名門大学である。また、リベラルアーツ（人文科学・社会科学・自然科学を横断的に学ぶ教育プログラム、教養学部）を英語で学べる秋田県の国際教養大学はまだ歴史が浅いが人気が出て大変な難関公立大学になっている。私立のリベラルアーツの大学としては国際基督教大学（ＩＣＵ）も有名だ。関西の名門私立大学には、同志社大学や立命館大学がある。ここに関西《かんさい》大学と関西学院《かんせいがくいん》大学を加えると、関西の名門私立大学群を表す関関同立となる。この辺までが日本の難関大学で、トップ校以外の進学校に通う高校生たちの現実的な目標である。東京のホワイトカラー希望の家庭の場合、中堅進学校の高校生たちはＭＡＲＣＨ辺りを目指すも届かず、そのひとつ下の大学群である日東《にっとう》駒専《こません》のどれかに引っかかる、ぐらいが現実的なボリュームゾーンだ。日東駒専とは、日本大学、東洋大学、駒沢大学、専修大学のことで、これらが東京の中堅私立大学である。ちなみに、関西での日東駒専は、産近甲龍《さんきんこうりゅう》と言って、京都産業大学、近畿大学、甲南大学、龍谷大学のことである。また、関東には、比較的規模の小さい中堅私立大学として、成蹊大学、成城大学、明治学院大学、神奈川大学などがある。歴代最長内閣となった安倍晋三元総理は成蹊大学出身である。東海地方の名門私立大学といえば南山大学がある。

　また、あまり有名な大学でなくても理系は就活で非常に強い。エンジニアは恒常的に不足しているため、格の高い有名大学でなくても理系は有名大企業にちゃんと就職していく。具体的には、地方の国公立大学の理系や、私立では東京電機大学、芝浦工業大学なども理系就職する分には学歴フィルタで落とされるということはまずないだろう。東京には電気通信大学という国立の理系単科大学もあり、もちろん就職は大変に素晴らしい。東京農工大学、東京海洋大学も東京の国立理系単科大学である。青色発光ダイオードを発明しノーベル物理学賞を受賞した中村修二氏は徳島大学出身だし、寄生虫による感染症に対する治療法を発見し何百万人の命を救いノーベル生理学・医学賞を受賞した大村智氏は山梨大学出身で大学院は私立の東京理科大学だ。東京大学宇宙線研究所前所長でニュートリノ振動の発見でノーベル物理学賞を受賞した梶田隆章氏は埼玉大学出身だ。理系は日本の幅広い大学からノーベル賞級の研究者が出ていることがわかる。興味深いことに、日本の偏差値最高峰である東大医学部の出身者からはいまだにノーベル賞が出ていない。iPS細胞の山中伸弥氏は神戸大学医学部出身、免疫研究の本庶佑氏は京都大学医学部出身である。

こうやって見てみると、日本にはじつにたくさんのいい大学があり、とてもではないが、ここにすべてのいい大学を書き切ることなどできないようだ。次に大学別卒業生の平均年収について書くが、そちらではもうすこし広く拾えている。

さて、本書の第一の目的は、子供がここに挙げたような大学（紙面の都合で漏れているいい大学は他にもたくさんあるが）に順当に合格できるぐらいの学力を獲得するための家庭の教育の指針を示すことである。すこし欲を言えば、東大、京大を目指しつつ、民間の一流企業への就職に強い早慶ぐらいを押さえにできるぐらいの学力水準には達してもらいたい、という意気込みで本書を書いている。ところで、いまの日本では医学部が大変難しくなっているのだが、これについては後で議論することにしよう。

卒業生の平均年収は偏差値が高いほど高い

大学別の卒業生の平均年収は、受験生やその親にとっては大変重要なデータであろう。しかしながら、各大学の卒業生が自分の年収を教育雑誌や転職情報サイトなどに申告する義務はないのだから、雑誌などに載る統計はアンケート調査にまつわるさまざまなバイアスを受けてしまうので、どれも信頼性がいまいちではある。それでもたびたび発表されるこうしたランキングを見てみると、やはり偏差値と年収にはかなり高い正の相関があることは確かだと言える。ここでは、筆者がそれなりに信頼できると思われる調査結果をいくつか紹介したい。

まずは、OpenWorkという転職情報サイトを運営する会社が出している調査レポートがある。100件以上データがあった大学だけが集計されているので規模が小さい単科大学などはここには入らない。また、転職情報サイトであるので、民間企業に勤め転職しようとしている人、というバイアスがあろう。しかし、概ね偏差値通りに並んでいる。30歳時で並べれば東大がトップであり、ついで一橋大学、慶応大学、京都大学と続く。有名な私立大学の他には、公立大学の東京都立大学、横浜市立大学、大阪公立大学がランクインしている。doda 転職支援サービスのすこし古いデータでは、年齢で分けずに約16万人の正社員のデータから単に出身大学別の平均年収を出している。やはり、東京大学、一橋大学、東京工業大学、京都大学、慶応大学と、日本の大学入試での最難関校が上位を占めている。こちらの調査では単科大学も拾えており、早慶や旧帝大、ＭＡＲＣＨなどの有名な大学の他に、電気通信大学、豊橋技術科学大学、東京農工大学、名古屋工業大学、芝浦工業大学、室蘭工業大学、京都工芸繊維大学、九州工業大学、東京電機大学、長岡技術科学大学などの理系単科大学卒業生の平均年収が高いことが窺える。学生数が少ないのでこうしたランキングには載らないが、トヨタ自動車が設立した豊田工業大学も卒業生の平均年収はかなり高いと思われる。日本の国公立の工科大学はすべて就職が良いと思ってもらっていい。また、商学系の単科大学である小樽商科大学の卒業生の平均年収も高い。

日本のサラリーマンの出世競争という点では上場企業の社長となることがひとつの最

表1-2　出身大学別平均年収ランキング（OpenWork 働きがい研究所）

	大学名	国・公・私	年齢別想定年収（万円）				
			25歳時	30歳時	35歳時	40歳時	45歳時
1	東京大学	国	519	**761**	954	1092	1195
2	一橋大学	国	482	**707**	904	1055	1168
3	慶應義塾大学	私	468	**676**	848	966	1036
4	京都大学	国	452	**666**	868	1018	1102
5	東京工業大学	国	449	**645**	849	1007	1081
6	早稲田大学	私	436	**621**	764	868	948
7	大阪大学	国	426	**612**	745	839	920
8	東北大学	国	416	**604**	754	853	913
9	防衛大学校	−	425	**603**	713	843	1050
10	神戸大学	国	414	**601**	757	875	969
11	国際基督教大学	私	434	**598**	736	829	880
12	横浜国立大学	国	416	**594**	753	869	935
12	名古屋大学	国	405	**594**	725	816	903
14	筑波大学	国	410	**586**	701	787	876
14	上智大学	私	415	**586**	720	828	923
16	名古屋工業大学	国	422	**585**	698	783	861
17	東京理科大学	私	410	**580**	728	834	894
18	九州大学	国	392	**574**	718	820	892
19	北海道大学	国	394	**570**	715	817	877
20	東京外国語大学	国	398	**567**	673	731	777
21	同志社大学	私	396	**563**	687	778	856
21	東京農工大学	国	375	**563**	679	764	854
23	東京都立大学	公	395	**562**	705	814	892
24	電気通信大学	国	427	**560**	686	791	874
25	中央大学	私	396	**559**	681	767	830
26	千葉大学	国	394	**557**	675	754	815
27	横浜市立大学	公	389	**556**	699	802	873
28	明治大学	私	399	**552**	668	748	807
29	青山学院大学	私	393	**551**	667	747	812
29	大阪公立大学	公	391	**551**	688	790	860

2018年3月〜2022年6月に OpenWork へ登録のあった年収・出身大学データのうち、100件以上データがあった大学291校、246,134人から推計した。
出所：「出身大学別年収ランキング」OpenWork 働きがい研究所、2022年8月23日付け

表1-3　出身大学別平均年収ランキング（doda転職支援サービス）

	大学名	国・公・私	平均年収（万円）
1	東京大学	国	631.5
2	一橋大学	国	628.1
3	東京工業大学	国	615.7
4	京都大学	国	597.0
5	慶應義塾大学	私	589.9
6	電気通信大学	国	582.6
7	東京都立大学＊	公	570.6
8	北海道大学	国	560.6
9	東北大学	国	555.7
10	防衛大学校	−	551.9
11	豊橋技術科学大学	国	549.3
12	早稲田大学	私	548.7
13	東京理科大学	私	548.4
14	九州大学	国	546.1
15	大阪大学	国	544.8
16	名古屋工業大学	国	543.6
18	名古屋大学	国	540.1
18	横浜国立大学	国	536.2
19	東京農工大学	国	531.4
20	神戸大学	国	529.9
21	山梨大学	国	526.6
22	筑波大学	国	525.5
23	芝浦工業大学	私	524.0
24	大阪府立大学＊＊	公	521.8
25	室蘭工業大学	国	519.1
26	京都工芸繊維大学	国	510.6
27	徳島大学	国	505.0
28	東京都市大学	私	504.6
29	横浜市立大学	公	502.2
30	大阪市立大学＊＊	公	502.0
31	九州工業大学	国	501.8
32	信州大学	国	500.7
33	広島大学	国	498.8
34	中央大学	私	498.3
35	千葉大学	国	497.7
36	東京電機大学	私	495.3
37	三重大学	国	493.4
38	群馬大学	国	492.7
39	上智大学	私	492.6
40	福井大学	国	492.1
41	岩手大学	国	490.8
42	同志社大学	私	490.8
43	金沢大学	国	490.2
44	小樽商科大学	国	488.8
45	青山学院大学	私	488.8
46	東京外国語大学	国	488.3
47	長岡技術科学大学	国	486.6
48	明治大学	私	485.1
49	静岡大学	国	482.8
50	熊本大学	国	480.1

2013年10月～2014年9月末に、doda転職支援サービスへ登録のあった正社員約16万人から推計した。平均年齢：33.04歳。＊当時の名称は首都大学東京　＊＊現在は大阪公立大学に統合

終ゴールである（本来は社長になることはスタートに過ぎないのだがポストが報酬なのが日本的経営の特徴だ）。帝国データバンクによる日本の上場企業社長の出身大学ランキングを見ると、慶応大学と早稲田大学がトップ2大学となっている。しかし、3位の東京大学は卒業生がこれら私立大学より少ないので、率で見れば東京大学がトップであり、京都大学、一橋大学もやはり強い。上場企業の役員数でも、慶応大学と早稲田大学はトップ2大学であり、日本の私大トップの早慶は、就職活動に強く、就職した後での大企業の出世競争でも強いことがわかる。とりわけ、慶応大学は、早稲田大学より学生数が少ないにもかかわらず上場企業社長や役員数ではトップで、慶応大学の民間企業での強さが際立つ。上場されている大企業だけでなく、中小企業も含めて日本の企業の社長数で見れば、学生数が約7万人もいるマンモス大学の日本大学がトップとなる。

最後にひとつ付け加えておくと、こうした転職情報サイトが集計する平均年収のデータには医師や医療関係者を養成するための単科大学である医科大学が含まれていないが、厚生労働省が公表している賃金構造基本統計調査によれば、令和3年度の勤務医の平均年収は1378万円にもなるため、東京医科歯科大学、奈良県立医科大学、京都府立医科大学、滋賀医科大学、旭川医科大学、和歌山県立医科大学、札幌医科大学、福島県立医科大学などの国公立医科大学や、東京慈恵会医科大学、日本医科大学、順天堂大学医学部、国際医療福祉大学をはじめとする私立医科大学の卒業生医師の平均年収はすべて東京大学のそれを軽々と超えることになる。

メディアのバイアス

筆者は作家と言っても、Twitterやブログ、メルマガなどのネットの媒体を中心に書いている。紙の媒体と違い、こうしたネットの媒体では、アクセス数やコメント欄の活

表1-4　日本の上場企業社長の出身大学ランキング

順位	出身大学	社長数
1	慶應義塾大学	272
2	早稲田大学	182
3	東京大学	169
4	京都大学	86
5	日本大学	77
6	中央大学	62
7	同志社大学	59
7	明治大学	59
9	一橋大学	51
10	青山学院大学	46
11	大阪大学	45
12	関西大学	43
13	関西学院大学	40
13	立教大学	40
15	法政大学	39
16	神戸大学	35
17	近畿大学	30
18	甲南大学	27
18	東海大学	27
18	東京理科大学	27
18	立命館大学	27
22	横浜国立大学	26
22	学習院大学	26
22	九州大学	26
25	東北大学	25
26	名古屋大学	22
27	上智大学	19
28	成城大学	17
28	北海道大学	17
30	東京工業大学	16

出所：帝国データバンク 全国社長出身大学分析（2020年）

況、ＳＮＳでどれだけ話題になるかなどで読者の反応がすぐにわかる。観察していると、こうした媒体で人気のある記事は、学歴が高い人を褒めたり、学歴はある方がいいなどと書かれたものより、たとえば高学歴でもダメな人の話だ。東大を卒業しスタンフォード大学で博士号を取った鳩山由紀夫元首相のさまざまな行いや発言をバカにして、やっぱり学歴なんか関係ない、というオチを暗につける。それで大衆は喜ぶ。あるいは、東大卒なのに仕事ができない人、みたいなビジネス系の記事も人気だ。最近では、難しい漢字や、およそ知性とは何の関係もない時事問題の重箱の隅を突《つつ》くような細かな知識を出演者の東大生に答えさせたりするクイズ番組が人気だ。そうしたテレビ番組では、元不良の高卒の芸能人なんかに東大生をイジらせたりして、何となくちょっとガリ勉東大生をバカにしている雰囲気が漂う。

東大は1学年が約３０００人、京大は約２８００人である。慶応は約６６００人、早稲田は９０００人程度だ。ここに地方の旧帝国大学などを入れても全部で３万人強である。さらに、上智、東京理科大学、関関同立、ＭＡＲＣＨなどの有名私立大学、神戸大学や筑波大学などの難関国公立大学を入れても10万人は行かないだろう。日本の1学年の人口が１００万人程度なので、こうした大学に入れる子供は同じ学年の上位10%というところなのだ。つまり、圧倒的多数が学歴獲得競争に敗れている、ということでもある。だから、マスを対象にしたメディアでは、高学歴の人をバカにする内容のほうが視聴者にウケる。日本の時代劇では金持ちの越後屋はだいたい悪者だし、ハリウッド映画でも金持ちは悪者として描かれることが多い。金持ちでない人のほうが圧倒的多数なので、エンタメ作品で庶民の味方をするのは当たり前なのだ。こうしたバイアスもあって、メディアから流れてくる言説には、子供は受験勉強をがんばってなるべくいい大学に入ったほうがいい、という至極当然のことが掻き消されている。その代わり、学歴不要論、大学教育不要論が蔓延《はびこ》ることになる。

もちろん学歴を過剰に評価する必要はないし、高卒でも活躍している人はいくらでもいるので学歴コンプレックスなど持つ必要もない。しかし、子供がいい大学を卒業したほうが将来何かと有利だし、本書で解説するように、そのための勉強だって有益なことがたくさんあるのだから、そうしたメリットはしっかりと認識したほうがいいだろう。子供を早期教育に追い立てるような行き過ぎた学歴獲得競争とは健全な距離を保ちながら、いかに効率よくこの競争に勝てるように家庭で子供をサポートできるか、そして、どうせ学歴獲得競争に参加するならそのプロセスからいかに多くの果実を得るか、ということを考えていきたい。

学歴に複雑な感情を抱く日本人

筆者にはいまでも忘れられない出来事がある。研究者を辞めて外資系金融機関で働きはじめたころ、とある金融実務のセミナーに出席した。研修として会社の上司に出席することを勧められたものだった。セミナーは女性の方が講師をしており経歴を見ると筆者と出身大学が同じだったし、たまたまそのセミナーには昔の同級生も出席していたので、海外から帰ってきたばかりだった筆者は、とても懐かしくなり、ついついその話題を口にしてしまった。

「あっ、いっしょの大学なんですね。学部はどこですか?」

しかし、どういうわけか講師も同級生も気まずそうにしている。筆者は周りの人たちからの冷たい視線をすこし感じた。その話題を明らかに避けたがっていたのだ。あとから、なぜその場の空気がたいへんに気まずくなったのか理解できた。欧米では、こうした場で人種や宗教の話題をいきなり振ってきたら、そいつはまともな人間ではないと見なされる。それと同じで、日本では社会に出たあとに仕事の場面で出身大学の話をするのはひとつのタブーになっているようなのだ。逆に言えば、それほど日本人にとって卒業大学という学歴は何か重いものであるようだった。

しかし、筆者の感覚はあのときに気まずそうにしていた人たちとはまったく逆だった。まだ、研究者の気分が抜けていなかった筆者は、こうした外部の講師が請け負うセミナーでの社交のやり方が、完全に学会のそれと同じだったのだ。同じ分野の世界の研究者が集まる国際会議では、ディナーなどで大学院生やポスドク同士は「どこの大学から来たの？」が挨拶だった。そこから「ああ、あそこの大学か」「僕は、○○教授の論文はよく読んだよ。どんな研究してるの？」などと話がつながっていく。様々な国からやってきた若い研究者たちは、こうして交友を深めていた。日本のような序列が大学間にあるわけでもなく、同業者たちが情報交換しているだけだった。筆者はむしろ、出身大学の話＝出身県の話、ぐらいの気楽なものだと思っていたのだ。

科挙と学歴による身分制度

実利的には、苦労して受験勉強をしていい大学に入ると就職活動で有名大企業の面接に呼んでもらえる可能性が高まる、というだけのことである。そして、前述のように、就職活動では面接で格上の大学の学生が落とされ格下の大学の学生が内定を得る、ということはいくらでもある。それは例外というほどのことではなく、とてもふつうに起こることだ。実利的には、格の高い大学に必死に受験勉強して入ることのメリットはこの程度のものなのだ。しかし、日本人が出身大学に見出している価値は、明らかにこうした実利的な側面以上のものがあるのではないか、と筆者は疑っている。一言でいえば、日本の大学入試はある種の科挙であり、卒業大学の格が「身分」と言ってもいいほどのものなのだ。

科挙とは、中国の隋《ずい》の時代から清《しん》末の1904年まで、じつに1300年余にわたって行われた官吏任用制度であり、朝鮮でも採用された。そこで課されるペーパーテストでは、四書五経《ししょごきょう》という膨大な古典を丸暗記しないといけなかった。四書とは論語《ろんご》、大学《だいがく》、中庸《ちゅうよう》、孟子《もうし》の4つの書物であり、五経とは易経《えききょう》、詩経《しきょう》、書経《しょきょう》、礼記《らいき》、春秋《しゅんじゅう》の5つを指す。とにかく合格するにはとんでもない勉強量が必要であり、当時の中国では子供が物心がついた3歳ぐらいから必死に暗記をはじめないととてもじゃないが合格などできなかったそうである。しかし、この身分に関係なく誰でも受けられるペーパーテストにより、国の政治を担う官僚を選抜し、高い地位を与えることができたのである。科挙というペーパーテストに合格することにより、庶民の子供は高い身分になることができたのだ。

　日本社会における大学入試は科挙のように機能しており、18歳時点でのある種の学力でもって、ホワイトカラー予備軍の子供を格付けするという一面があることは否定できないと思う。ある種の身分である。だから、日本人の多くがペーパーテスト一発勝負の大学入試にあれほどこだわり、ＡＯ（＝Admissions Office）入試や推薦入試のように、そうしたペーパーテストによる選抜を経ずに一流と言われる大学に入学するのは「ズルい」と一部の人たちは感じるのだろう。もちろん、たかだか18歳時点での試験対策によって身につく程度のおよそ本来の知性とはあまり関係ないはずのペーパーテストの習熟度によって、子供を格付けしようなどという考え、あるいは実際にそう機能してしまっている部分があるとするならば、そうした実態は本当に馬鹿げていると思う。しかし、筆者がこれまでTwitterなどに書いた日本人の学歴信仰を否定するような文章に対する感想や批判などを読むと、かなり多くの日本人がこの大学入試によって成された身分にこだわり、そして、この身分制度を守ろうとしているとしか考えられないのだ。

　筆者自身もまた、地方の私立の中高一貫校を卒業しているので、中学入試を受けさせるために小学生の子供を塾に入れる程度に教育熱心な家庭に生まれたのだと思う。しかし、筆者の親はいろいろあって自分たちの問題で精一杯になり、中学に入ってしばらくすると子供の教育に干渉するだけの余裕がなくなってしまっていた。また、通っていた中学は自主性を尊重する伝統校と言えば聞こえはいいが、要は放任の学校であった。親にも学校にも何の干渉もされなかった筆者はゲームと漫画に夢中になり、中学・高校とすっかり勉強しなくなっていた。おかげで成績は悪かったのだが、高校3年生になろうとしたところ、家庭での居心地も良くなかったため、何とかひとり暮らしをするために地元以外の大学に行こう、と思い立つ。親が大学の学費を払ってくれるのかどうか、あるいはそもそも払えるのかどうかもわからなかったが、親戚には金持ちも何人かいたので、みんなが知っている一流大学に受かってさえしまえば、誰かがお金を出してくれるだろう、と思い、ある日突然ひとりで受験勉強をはじめたのだ。数学などは高校の途中からよくわからなくなっていたので中学範囲まで遡ってやり直したのだが、これがなかなか面白くて図書館で夢中になって参考書を勉強していた。高校は卒業に必要な出席日数を稼ぐために午後からちょっとクラスに顔を出して出席にしてもらい、また、図書館に戻って勉強していた。物理だけは、後に物理の研究者になったぐらいなので、高校の定期試験の前に一夜漬けする程度の勉強で最初からよくできた。英語もまあまあ好きだったので、そこまで成績は悪くなかった。高校3年生の時は起きている時間のほぼすべてを受験勉強に費やしたと思う。幸いなことに、こうした1年ちょっとの受験勉強で大学入試はなんとかなった。その間、割と勉強が楽しかったし、何しろ最初の偏差値が30台だったのが1年間ひたすら偏差値が上がり続けるだけで気分的には爽快であった。だから、多くの日本の家庭が子供を塾に通わせ、家で勉強させ、と教育にこんなに時間と労力をかけていて、学歴というものに並々ならぬこだわりを持っていることを知ったのは、大人になってずいぶんとあとになってからのことだ。

第2章　日本の高校までの教育レベルは高い

高校間進学実績競争が日本教育の要

筆者は身内の子供が中学受験に参戦したこと、また、この本の執筆のために日本の教育産業を取材したかったということもあり、いくつかの有名中高一貫校の学校説明会に参加していた。そこで出てくる先生たちは、うちはこういう教育をしていて、そのおかげで東大合格◯◯名です！　国公立医学部□□名です！　というような説明をし、その誇らしい数字をプレゼンしていた。それを受験生のお母さんたちはうっとりとした表情で眺めていた。

当時、筆者は外資系の金融機関を辞めて文筆業をしていた時期で、ベンチャー企業の経営者やインフルエンサーなどの有名人とよく交友していた。こうした日本で偏差値競争をして、いい大学に入り、いい会社に入ったり、医師や弁護士や公認会計士などの難関国家資格を取ることこそが成功、あるいはそこまでいかなくても、コスパのいい勝ち組の生き方だ、という価値観からすっかり離れていたし、むしろ社会に出て経済的に成功することと、日本の偏差値競争はあまり関係ないのだな、と思っていた時期でもあったので、こうした説明会やそこに参加する保護者の方々の価値観には違和感を覚えた。率直に言って、非常に寒々しいと思った。日本の教育はもうダメなんじゃないだろうか、と。

しかし、実際に身内の子供が中学受験の塾に通いはじめ、筆者は勉強を教えたりしていたのだが、中学入試の問題はなかなかどうしてかなり面白かった。本当によく練られている問題である。こうして日本の受験産業にしばらく関わっていたら、不思議なことにまったく日本の「教育」についての違和感がなくなった。慣れたからなのか染まったからなのかはわからないが、ああ、日本の教育とは、こういう競技なのだ、とわかったのである。いま風に言えばｅスポーツみたいなものだ。そして、この競技は筆者が当初思っていたような害（たとえば、与えられた問題を解くだけのロボットのような人間になるみたいな偏見だ）もそれほどなく、見方によっては日本の中学生や高校生の学力が国際的に高いのは、こうした価値観や教育システムのおかげであることもわかってきた。そして、思い返せば、筆者自身が大学で勉強してみようと思ったときに、大学レベルの数学や物理学の教科書をひとりで読んで理解できたのは、特に目的もなく一人暮らしがしたかったという理由だけで受験勉強して、そのときに最低限の学力を身につけていたからに他ならないのだ。

現実問題として、日本の教育産業というものは、高校間や塾間で大学進学実績を競い合うという知的競技のために出来上がっており、日本で子供を育てる場合、良くも悪くも、こうした教育インフラを上手く使っていく以外の選択肢はほとんどない。そして、この知的競技はじつに日本の子供の半数近く（＝約50万人／年）がガチで参加しており、eスポーツの競技人口として見れば世界最大規模である。そこで身につけられる知識や技能もまったく悪いものではない。むしろこのような広大で豊かな教育インフラが日本にあったことに最初から感謝するべきだったのだ。

大半の家庭の教育方針は子供をいい大学に入れること

将来、子供を野球選手やサッカー選手にしたいスポーツ一家や子供を芸能界でデビューさせたいといった芸能お母さんでもない限り、大半の家庭では子供には将来はそこそこいいホワイトカラーの職を得てもらいたい、と願うものだ。つまり、有名企業に総合職として就職する。あるいは医学部に入り医師になってもらいたい。そうした家庭の教育方針は、こう言うと身も蓋もなく、ついでに夢もないかもしれないが、なるべく偏差値を上げて、なるべくいい大学に子供を入れる、ということに落ち着く。この文脈では、いい中学（高校受験組の場合は高校）とは、投資した費用に対してどれだけ子供がいい大学に入れる確率が高まるか、という教育の投資効率が良い学校のことである。もちろん、こんなことを口にするのは、就職活動をしている学生が面接で志望動機を聞かれて、御社が有名で給料が高そうだったから、と言うようなものである。あるいは婚活している女性が相手に求める一番の条件は年収です、と言うようなものだ。だから、常識のある親子はあまり口に出しては言わない。また、少々下品な話でもあるので、名門の伝統校は進学実績とその投資効率をあからさまに宣伝したりはしない。すでに揺るぎない実績がある伝統校の余裕である。その学校に自分の子供をなんとしても入れたい親たちには、そんなことは言わなくても伝わっているのだ。

しかし、筆者が観察した限り、こうした伝統校も含めて、すべての日本の進学校がこれから解説する、大学進学実績を競い合うというある種の団体競技をしている。これがいわゆる偏差値教育というものだろうか。こうした「偏差値」を批判し高邁《こうまい》な教育論を語るのもけっこうだが、実際に日本で子育てしている家庭にとっては、現実に適応することを考えるほうがはるかに生産的である。こうして出来上がった日本の教育インフラを上手く利用すればいいのだ。そして、そこに足りない部分は家庭で補い、また、害が大きいであろう部分は大学に入ったあとにアンラーン（unlearn）するように心がければいい。本書ではこうした日本の伝統的な教育に足りない部分が何かを指摘し、また害がある部分（これはとてもわかりにくいところであるのだが）についても解説していく。

東大に何人合格させるかを競う大学受験甲子園

大学進学実績で最も重要な指標はなんであろうか。それは、東大合格者数だ。日本の教育（少なくとも進学校では）を一言で語るならば、高校別に東大の合格者数を競い合うeスポーツなのだ。

しかし、ちょっと考えればわかるように、数で勝負したら生徒数が多い学校のほうが有利だ。だから、本来は東大合格率で競うべきだ。また、関西では京大の合格者数が東大以上に重要な指標になっているし、後で述べるが、地方の進学校では東大よりもある程度の高所得が確約される国公立医学部である。東京のホワイトカラーの家庭だと、子供に慶応や早稲田に行ってほしい、というところもたくさんあるし、東工大や一橋も一流大学である。海外の大学の評価はどうなるのだろう……。

こうした疑問はもっともだし、実際に受験産業に詳しい人たちはその辺も気にしてさまざまな進学校を総合的に評価している。しかし、一般大衆にとっては、なんといってもわかりやすい東大合格者の絶対数なのだ。東大合格者数はサンデー毎日や週刊朝日などの週刊誌でも毎年取り上げられ、どの高校が勝ったか負けたかを見るのを教育レベルがある程度高い大衆はみな楽しみにしている。さながら大学受験甲子園と言ったところだ。よって、現浪含めた東大合格者数がやはり高校の実力を測る最重要な指標ということになる。また、統計の信頼性や速報性でも、東大の合格者数は一番いいのだ。率だと合格者数を割る分母が必要で、すべての学校の卒業者数を調べないといけなくなる。また、東大より難しいとも言われる国公立医学部はいくつもあり、それらを集計するのが大変だ。高校によっては細かなデータを公表していないところもある。慶応や早稲田などの難関私立大学は、一人の生徒が複数の学部に合格した場合のデータの取り方で信頼性に欠けるし、学部間で偏差値にかなり差がある、という問題もある。

実際に東大合格者数が増えると明らかに人気が上がる。私立の進学校にとって、東大に生徒をたくさん合格させる、これほど宣伝効果が期待できるものはないのだ。入り口の中学入試の偏差値や志望者数をよく見ていると、最近ではテレビなどで学校が紹介されたぐらいではほとんど影響はないのだが、東大合格者数を増やした私立中高一貫校の翌年の偏差値（＝ＳＡＰＩＸや日能研などが算出する80％合格ライン）は目に見える形で上昇する。

塾や進学校間の健全な競争

日本の（偏差値の高い）高校が難関大学の合格者数を競い合う仕組みは、ポジティブフィードバックが発生するシステムである。東大などの難関大学の合格者数が増える↓人気化して入試難易度が上がる↓偏差値の高い生徒が入学する↓ますます難関大学の合格者数が増える、という好循環が起こる。難関大学合格者数が減れば、当然その逆も起こり、一気に名門校から転落することもあるのだ。だから、高校の先生たちはみな必死なのである。東大合格者数が減ると危機感を持って、必死にがんばるのだ。

このように、日本の高校、とりわけ進学校はものすごく競争しており、ある意味でＰＤＣＡサイクルが非常によく回っているのだ。だから、高校までの教育は、最初に述べたように単に難関大学にたくさん合格させるという、見方によっては貧しいとも言える目標設定ではあるのだが、結果として高校間に競争原理がよく働き、規律が生まれ、高い教育レベルが保たれている。こうした大学受験の実績という、ある意味でごまかしの利かない数量目標があるおかげで、日本の進学校と予備校からなる受験産業、あるいはもっと広く教育産業全体は上手く機能しているのだ。

身も蓋もないことを言えば、いい大学に入るには、高校受験組はなるべく偏差値の高い高校に入ることであり、中学受験組はなるべく偏差値の高い中高一貫校に入ることなのだ。たしかに、こうして実際に日本の教育とは何か、と文字にして書いてしまうと、何かくだらないことのように思えるかもしれないが、それを言ったら、そもそもほとんどの高校球児がプロになって大金を稼げるようになるわけでもないのに、甲子園を目指して毎日野球ばかりやっている高校生を非難する人がいないことのほうがよほどおかしいことではないか。野球の甲子園より、大学受験甲子園のほうが実益がある程度伴う、という点でよほど意味がある。また、このようないわゆる日本の偏差値教育を非難したところで、その辺の親子が思いつくような自己流の教育論のほうがはるかにくだらないということがほとんどである。

高校球児が甲子園を目指して毎日白球を追いかける青春が素晴らしいように、高校生が1枚の白い答案用紙（東大入試の答案用紙は1問ずつ区切られておらず実際にかなり白い）に正解を書けるように勉学に励む青春はそれ以上に素晴らしいものだと思う。

東大・京大・国公立医学部合格者数ランキング

それでは、この本を執筆している時点で最新の２０２２年2月に行われた入試での東大合格者数のランキングを見てみよう。１位は開成高校で１９３人が東大に合格した。開成はなんと41年連続トップである。2位は筑波大学附属駒場高校で97人。3位は兵庫県の灘高校で92人。4位は神奈川県の聖光学院で91人。5位は奈良県の西大和《にしやまと》学園で79人で、1位から4位まではすべて男子校で、5位の西大和学園ではじめて共学校が登場する。6位は東京の女子校最難関の桜蔭高校で77人。7位は共学校の渋谷教育学園幕張高校で74人。ここまですべて中高一貫校である。8位ではじめて公立高校の都立日比谷高校で65人である。9位と10位は、東京の私立男子校御三家である麻布高校と駒場東邦高校となった。ちなみに、2位と10位は校名に駒場と入っていることからもわかるように、東京大学の駒場キャンパスの近くにあり、東大生と同じ駒場東大前駅で降車して学校に通うことになる。桜蔭高校は文京区にあり東京大学本郷キャンパスのすぐ近くである。また、昔は東京の男子御三家といえば武蔵の方であったのだが、東大合格者数が減ったことなどから、現在ではこちらの駒場東邦が御三家になっている。日本の高校間の競争の厳しさが垣間みられる。

世間では現役と浪人を合わせた東大合格者数の絶対数でランキングされた順位表が毎年出回る。これがいわゆる大学受験甲子園であろう。しかし、本来、高校の実力を比べたいならば、卒業生数で割って、いったい何％が東大に合格するのかを見ないといけない。さらに言うならば、現役の合格率だろう。浪人だと、むしろ卒業したあとに通った、河合塾や駿台や代々木ゼミナールなどの予備校のおかげである。そこで、筆者が各種の公開情報から、東大現役合格率を計算して表を作ってみた。

東大に多数の卒業生を送り込む高校として開成高校が何と言っても有名であるが、じつは率で見れば筑波大学附属駒場高校、通称筑駒《つくこま》がトップである。また、関西の灘高校は２０２２年はやや不調で５位になっているが、こちらは東大の医学部にほぼ全員が進学できる理科三類以外の科類よりだいぶ入試が難しい京大医学部に現役で15人も合格させており、京大医学部も含めたら、実力は筑駒と１位を争っていると言ってよい。受験産業に詳しい人なら生徒数がそれほど多くなく少数精鋭の筑駒と灘が日本のトップ2校であることをよく知っている。また、2022年は桜蔭高校が東大理科三類に現役で12人も合格させ、日本の大学入試の最難関である理三合格者数でトップとなった。伝統も実績もある、筑駒、灘、開成、桜蔭が日本の進学校のトップ4校といって差し支えないだろう。近年、ここに食い込んで来ているのが、神奈川県の聖光学院であり、キリスト教系の男子校である。最初に書いたようにこれらは桜蔭以外すべて男子校でその桜蔭は女子校だ。共学中高一貫校トップを争っているのが奈良県の西大和学園、千葉県の渋谷教育学園幕張高校、福岡県の久留米大学附設高校である。

東大だけで見るとどうしても関西の学校が過小評価されてしまう。国立大学は入試日が同じであり、少し昔まで、前期と後期で2回受けられたのだが、ライバル校の滑り止めにされたくないなどの理由で各大学が次々と後期入試を廃止したので、いくつかの例外はあるものの、日本の高校生は国立大学を1校しか受けられない。関西の進学校のトップ層は、東大ではなく京大を選ぶことも多い。日本は私立大学の学費もそれほど高くなく、大学進学の費用の多くが一人暮らしのための生活費なので、経済的に自宅から通える大学にしてくれ、と言う家庭も多い。表2－2が京都大学現役合格率ランキングで

表2-1　東大現役合格率ランキング（2022年）

順位	学校名	都道府県	私立/国立/公立	別学/共学	合格者数	うち現役	卒業者数	東大現役合格率
1	筑波大学附属駒場	東京	国立一貫	男子	97	66	162	40.7%
2	開成	東京	私立一貫	男子	193	137	405	33.8%
3	聖光学院	神奈川	私立一貫	男子	91	77	228	33.8%
4	桜蔭	東京	私立一貫	女子	77	69	228	30.3%
5	灘	兵庫	私立一貫	男子	92	62	221	28.1%
6	栄光学園	神奈川	私立一貫	男子	58	35	172	20.3%
7	久留米大学附設	福岡	私立一貫	共学	43	34	189	18.0%
8	駒場東邦	東京	私立一貫	男子	60	39	226	17.3%
9	日比谷	東京	公立高校	共学	65	53	322	16.5%
10	西大和学園	奈良	私立一貫	共学	79	61	375	16.3%
11	渋谷教育学園渋谷	東京	私立一貫	共学	38	32	207	15.5%
12	渋谷教育学園幕張	千葉	私立一貫	共学	74	54	349	15.5%
13	海城	東京	私立一貫	男子	57	46	312	14.7%
14	横浜翠嵐	神奈川	公立高校	共学	52	44	330	13.3%
15	麻布	東京	私立一貫	男子	64	39	307	12.7%
16	女子学院	東京	私立一貫	女子	31	28	222	12.6%
17	小石川	東京	公立一貫	共学	20	19	158	12.0%
18	ラ・サール	鹿児島	私立一貫	男子	37	25	210	11.9%
19	筑波大学附属	東京	国立高校	共学	42	28	240	11.7%
20	浅野	神奈川	私立一貫	男子	36	28	261	10.7%
21	武蔵	東京	私立一貫	男子	19	14	167	8.4%
22	洗足学園	神奈川	私立一貫	女子	20	18	228	7.9%
23	早稲田	東京	私立一貫	男子	29	24	306	7.8%
24	白陵	兵庫	私立一貫	私立	20	14	189	7.4%
25	大阪星光学院	大阪	私立一貫	男子	16	13	176	7.4%
26	広島学院	広島	私立一貫	男子	19	12	171	7.0%
27	東大寺学園	奈良	私立一貫	男子	25	14	200	7.0%
28	甲陽学院	兵庫	私立一貫	男子	16	12	201	6.0%
29	愛光	愛媛	私立一貫	共学	17	13	227	5.7%
30	フェリス女学院	神奈川	私立一貫	女子	10	10	178	5.6%
31	青雲	長崎	私立一貫	共学	12	12	214	5.6%
32	白百合学園	東京	私立一貫	女子	9	9	164	5.5%
33	雙葉	東京	私立一貫	女子	9	9	175	5.1%
34	西	東京	公立高校	共学	27	16	314	5.1%
35	暁星	東京	私立一貫	男子	9	8	157	5.1%
36	北嶺	北海道	私立一貫	男子	7	6	119	5.0%

現役合格率5%以上の高校を掲載。
出所：インターエデュ、朝日新聞EduA、サンデー毎日、週刊朝日、大学通信、各校ウェブサイトから筆者作成。

ある。

　京都大学の合格者数は大阪の名門公立高校である北野高校がトップで91人、あの東大寺が設立母体となっている私立男子校の東大寺学園が2位で76人、同じく2位の洛南高校は共学の私立中高一貫校でこちらはあの空海が創立した学校が源流であり76人が京大に合格している。4位は53人で3校が並び、兵庫県の私立男子校の甲陽学院、大阪の私立共学校の清風南海高校、大阪の公立高校の天王寺高校である。7位が灘高校で48人。8位が京都の名門公立高校の堀川高校で44人。9位が滋賀県の公立高校トップの膳所高校で41人。そして、10位が東大でも5位にランクインした西大和学園と愛知県の公立旭丘高校で40人である。東京大学は東京の公立トップの日比谷高校以外、中高一貫校が上位を独占しているが、京都大学は、北野、天王寺、堀川、膳所、旭丘と公立高校が善戦していることがわかる。また、東大の方のランキングには、灘や西大和学園といった関西勢、久留米大学附設やラ・サールといった九州のトップ校が載っているが、京大のほうはほぼ関西勢で埋め尽くされていることがわかる。関東の進学校の優秀な生徒は東大と早慶を受けて、東大に落ちたら早慶に進学する生徒が多く、京大を受けに行く生徒はあまりいないのである。

表2-2　京大現役合格率ランキング（2022年）

順位	学校名	都道府県	私立/国立/公立	別学/共学	合格者数	うち現役	卒業者数	京大現役合格率
1	東大寺学園	奈良	私立一貫	男子	76	50	200	25.0%
2	北野	大阪	公立高校	共学	91	65	309	21.0%
3	甲陽学院	兵庫	私立一貫	男子	53	38	201	18.9%
4	灘	兵庫	私立一貫	男子	48	36	221	16.3%
5	洛星	京都	私立一貫	男子	39	28	207	13.5%
6	洛南	京都	私立一貫	共学	76	56	444	12.6%
7	大阪星光学院	大阪	私立一貫	男子	27	22	176	12.5%
8	清風南海	大阪	私立一貫	共学	53	38	322	11.8%
9	堀川	京都	公立高校	共学	44	25	245	10.2%
10	神戸大学附属	兵庫	国立一貫	共学	13	11	108	10.2%
11	天王寺	大阪	公立高校	共学	53	32	354	9.0%
12	西京	京都	公立高校	共学	27	21	271	7.7%
13	広島大学附属	広島	国立一貫	共学	17	15	199	7.5%
14	四日市	三重	公立高校	共学	29	22	315	7.0%
15	西大和学園	奈良	私立一貫	共学	40	26	375	6.9%
16	高槻	大阪	私立一貫	共学	24	17	254	6.7%
17	東海	愛知	私立一貫	男子	36	29	434	6.7%
18	岡崎	愛知	公立高校	共学	29	23	393	5.9%
19	白陵	兵庫	私立一貫	共学	16	11	189	5.8%
20	大阪大学附属天王寺	大阪	国立一貫	共学	13	9	155	5.8%
21	開明	大阪	私立一貫	共学	18	16	279	5.7%
22	膳所	滋賀	公立高校	共学	41	23	425	5.4%
23	六甲学院	兵庫	私立一貫	男子	14	9	167	5.4%
24	三国丘	大阪	公立高校	共学	19	16	313	5.1%
25	奈良	奈良	公立高校	共学	30	18	358	5.0%
26	大阪大学附属池田	大阪	国立一貫	共学	10	8	160	5.0%
26	旭丘	愛知	公立高校	共学	40	18	360	5.0%

現役合格率5％以上の高校を掲載。
出所：インターエデュ、朝日新聞EduA、サンデー毎日、週刊朝日、大学通信、各校ウェブサイトから筆者作成。

また、合格率で見れば、東大寺学園がトップとなり、卒業者数が少ない京都の洛星高校や大阪星光学院が上位に来る。ちなみに、東大寺、西大和、甲陽、星光、洛南、洛星の6校と灘を合わせた7校が、関西の中学受験において最難関7校と呼ばれている私立中高一貫校である。また、ここに出ていないが、神戸女学院というキリスト教系の名門私立中高一貫校は、卒業生がどこの大学に何人合格したなどということを公表するのは下品なことと考えているのか、頑なに進学実績を公表していないが、少なくとも京都大学現役合格率の方でこのランキングのどこかに載ると思われる。

最後に国公立医学部の方を見てみよう。こちらは現役合格率ではなく合格者数で見る方が適切である。企業に就職して実際に働きはじめてしまえば卒業大学の格のちょっとした違いはあまり関係なくなるため、大学をワンランク上げるために浪人した方がいいかどうかは意見が分かれるところだが、国公立医学部の方は明らかに浪人してでも入る価値がある。なぜならば、私立医学部の学費は非常に高額で、偏差値と学費は概ね反比例しており、卒業するまでに2000万円〜7000万円ほどの学費が必要になる。しかし、国公立の医学部に入ることができれば、約50万円を6年間払うだけで入学金を合わせても約350万円である。現役で私立大学の医学部にしか合格できなくても、1年

表2-3　国公立医学部合格者数上位20校（2022年）

順位	学校名	都道府県	私立/国立/公立	別学/共学	国公立医学部合格者数	卒業者数
1	東海	愛知	私立一貫	男子	123	434
2	ラ・サール	鹿児島	私立一貫	男子	76	210
3	東大寺学園	奈良	私立一貫	男子	68	200
4	灘	兵庫	私立一貫	男子	64	221
	久留米大学附設	福岡	私立一貫	共学	64	189
6	洛南	京都	私立一貫	共学	61	444
7	甲陽学院	兵庫	私立一貫	男子	60	201
8	青雲	長崎	私立一貫	共学	50	214
9	北嶺	北海道	私立一貫	男子	48	119
	桜蔭	東京	私立一貫	女子	48	228
	滝	愛知	私立一貫	共学	48	325
12	愛光	愛媛	私立一貫	共学	47	227
	昭和薬科大学附属	沖縄	私立一貫	共学	47	198
14	札幌南	北海道	公立高校	共学	43	333
15	豊島岡女子学園	東京	私立一貫	女子	42	339
	浜松北	静岡	公立高校	共学	42	419
	熊本	熊本	公立高校	共学	42	406
18	新潟	新潟	公立高校	共学	41	351
	西大和学園	奈良	私立一貫	共学	41	375
20	四天王寺	大阪	私立一貫	女子	40	369

防衛医大は併願が可能なので合格者数から除外。現役と浪人の合計。
出所：インターエデュ、朝日新聞EduA、サンデー毎日、週刊朝日、大学通信、各校ウェブサイトから筆者作成。

がんばって国公立大学の医学部に合格すれば、十分過ぎるほどペイすることになる。2浪でさえ国公立医学部に入ればペイする。また、医者になったあとも高校の同窓のネットワークは何かと助けになるので、医者になるなら同業の卒業生が多い高校を卒業するメリットは大きいだろう。

国公立医学部合格者数トップは15年連続で愛知県の仏教系男子校の名門私立中高一貫校の東海高校で123人、2位が九州のキリスト教系男子校の名門私立中高一貫校のラ・サール高校で76人である。率で見ると、このラ・サールと北海道の私立中高一貫校の北嶺が上位2校となる。じつは国公立医学部は、ラ・サールや北嶺、四国トップの私立中高一貫校の愛光、長崎の私立中高一貫校の青雲などの地方の寮のある学校が非常に強い。これはどういうことかというと、中学受験が盛んな地域は首都圏や関西などに限られており、日本の地方には進学実績のいい私立中高一貫校などないことがふつうである。しかし、そうした私立中学のない地方でも、開業医の子供たちは将来の国公立大学医学部の入試で中学受験を経験した都会の猛者《もさ》たちと戦わなければいけない。だから、開業医など教育熱心で資金も潤沢な地方の家庭では、こうした寮のある名門私立中学を目指して小学生のころから子供に勉強させているのだ。全国から開業医の子弟が集まってくるため、こうした寮のある地方の名門校は、必然的に卒業生の多くを医学部に送り出すことになる。

　戦争でも二正面作戦は避けなければいけないとされ、東大・京大のふたつを同時に攻め落とすことは難しい。国立大学は1校しか受けられないので戦力が分散されてしまうから当然である。国公立医学部も含めた三正面作戦ともなればなおさらだ。しかし、これらの表を見ると、灘、東大寺学園、西大和学園、甲陽学院の4校はすべてにランクインし、三面に戦力を展開し勝利していることがわかる。ちなみに、西大和学園、東大寺学園は共に奈良県の学校で、じつは県民当たりの京大合格者数は奈良県が1位で東大でも2位である（東大は東京都が1位）。東大・京大合わせれば奈良県が全国トップとなる。これは大阪や京都が通学圏となっている西大和学園、東大寺学園が奈良県にあるからだ。大学進学率が日本で最も低い県のひとつである鹿児島県も県民当たりの東大進学者数では全国7位に来るが、これは寮があり全国から優秀な生徒を集めるラ・サールの受験生が多数合格するからである。これほどまでに東大合格者の出身校は全国の少数の高校に偏っているのが実情である。この東大のランキングに載っている36校の合格者数を足し合わせると1570人となり、東大合格者数約3000人の50％以上となる。日本の高校の数は約5000校なので、東大生の半分以上はこれらたった0・7％の名門高校出身である。

大きな影響力がある東大入試問題

前述のように、日本の大学には東大を頂点としたヒエラルキーがあり、日本の偏差値がある程度高い高校は東大合格者数を競い合うという団体競技をしている。大げさに言うと、私立と公立の進学校や多くの私的な塾からなる日本の広大な教育産業は、すべては18歳の時点で東京大学の入試問題を解けるようになることを目的としてデザインされているのだ。

それでは東京大学の入試について解説しよう。まずは共通テスト（旧大学入試センター試験）である。東京大学は受験生に最も多くの科目を要求することで知られている。一次選抜の共通テストでは文理を問わず、国語、数学、英語、理科2科目（文系は理科基礎2科目でいい）、社会2科目（理系は1科目）のすべてを受けなければいけない。そして、これらは110点満点に圧縮される。二次試験は共通テストのような選択肢を選ぶマークシート方式ではなく、英語の問題の一部を除いてすべて論述が必要な記述式試験である。理系は国語（80点）、数学（１２０点）、英語（１２０点）、理科２科目（１２０点）、文系は理科の代わりに社会２科目が課せられる。また、文系は数学の配点が80点で国語の配点が１２０点になる。理系、文系ともに二次試験は４４０点満点である。そして、共通テストの１１０点と二次試験の４４０点で合計５５０点満点で合否を競い合うことになる。

東大は入ってから進む学部を決める仕組みで、文科一類から理科三類まで６つの科類に分かれていて、それぞれに特定の学部への優遇枠がある。所属学部と学科が決まるのは２年生の秋学期で、所属するのは３年生からだ。東大はこのように入ったあとは全員が教養学部に所属してじっくり考えてから専攻を選択できるのだが、逆に言えば、成績が悪いと人気学部の行きたい学科には進学できないことになる。教養課程が長いので、他の大学よりも専門分野の勉強を開始するのが遅い。主な進学先は文科一類は法学部、文科二類は経済学部、文科三類はあえていえば文学部だが、法学部、経済学部以外のすべての社会科学や人文系の学部が集まっているのが文科三類だ。理科一類は工学部や物理系や数学系などの理学部、理科二類は生物学関係の理学部や農学部や薬学部、理科三類は教養課程での成績が悪くてもほぼ全員が医学部に進学できる。そして、東京大学は文系はすべて共通の入試問題、理系もすべて共通である。文系と理系の間にも共通問題が多く、国語は文系が現代文がひとつ多いだけで他は理系と共通、英語は文系も理系もまったく同じ、数学も文系・理系で共通の問題も多く、科類ごとに入試問題が作られているわけではない。最も難しい医学部に進学する理科三類、通称理三以外は、年によってかなり変動があるが、だいたい55～65%程度の得点率が合格最低点となる。理三は70%程度が必要になり、やはり難易度は頭ひとつ抜けている。

日本の受験産業がこれらの東大の入試問題を解けるようになることを最終ゴールとして作られているのだから、その影響力は絶大である。東大の入試問題が日本の受験産業の形を作ると言っても過言ではない。しかし、東大の入試問題も文科省が示す高校学習内容の指導要領の範囲内で作られるので、特殊な問題が出るというわけではない。むしろ、奇問が少なく、教科書レベルの基礎が完全に理解できていて、しっかりと思考力、論述力があれば解けるようになっており、まさに大学入試問題の最高峰、最高品質の問題だと言っても差し支えない。他の大学の入試問題はどこかで見たことがあるような問題が多いが、東大はどれだけ過去問をやり込んだ受験生であっても、こんな切り口があったのか、という初見の問題を毎年出してくる。それでいて奇問でもない。日本経済の衰退とともに研究費が削られるなどした結果、研究論文の数やその被引用回数などが年々低下し、種々のランキングで東大は順位を落としてしまったが、入試問題の作問技術や膨大な受験生が受ける入試を厳正に実施し採点する入試運営能力では間違いなく世界トップである。世界の一流大学ではこうした雑務に第一線の研究者が関わることはないが、東大では世界的な研究者までもが試験監督に従事するなど、入試にかける意気込みは他の追随を許さない。

他の大学の入試問題は東大の過去問をすこし変えたり、丁寧な誘導を付けて、練度の低い受験生でも解けるようにしたものが多い。だから、東大なんて行かなくてもいい、そこまで受験勉強をがんばりたくない、という受験生にとっても東大入試を念頭に置いた日本の受験産業のカリキュラムが無駄になるわけではないので安心して欲しい。しかし、早稲田や慶応などの私立大学の文系学部に志望を絞るなら、入試にない科目を早々に捨ててしまい、英語と世界史など、志望学部の入試科目だけに集中することによって、もっと効率のいい受験勉強は可能である。

東大入試の難しさは科目の多さ

すでに述べたように、東大の入試問題は奇をてらった難問・奇問のたぐいは少なく、教科書レベルの基礎の完全な理解とその応用力、論述力を見る良問が多い。それにもかかわらず、合格最低点はそれほど高くない。共通テストの部分は110点に圧縮されるが、東大を受ける層にとっては共通テストはとても簡単なので90％程度は取れる（2022年の共通テストは例外的に難しく80％も取れれば十分だったが）。合計点が330点程度で合格なので、共通テストの部分で100点稼げば、残り230点程度を440点満点の二次試験で取ればいいのだから、本番の二次試験は半分ちょっとできれば合格ということになる。もちろん、それはかなり大変なのだが、なぜ大変なのかと言うと、まず、高校の教科書の基礎を完璧に理解するというのはそれほど簡単ではない、ということがある。そして、東大の入試問題は、英語が典型だが、時間的にかなりきつい。東大は伝統的に高級官僚養成という役割を担ってきたので、処理速度を重視しているように思える。その点、伝統的に研究者の養成を重視している京都大学の入試問題は、処理速度というより、1問1問をじっくり考えて論述するタイプが多い。しかし、なんといっても東大入試を最難関にしている理由は科目が多いことだろう。東大は日本で最も多い科目を入試で課す大学なのである。

東大入試は文系の二次試験では記述式の社会が２科目もあり、これは東大だけだ。京都大学も一橋大学も文系の二次試験は社会１科目だ。また、得点分布の分散が大きく、ある程度の水準に達していないと一気に差をつけられてしまう数学も手が抜けない。理系では、他の大学と違い、二次試験にも国語があり、理系にもかかわらず古文や漢文の記述式の問題を解かなくてはいけない。数学や物理などが飛び抜けてできれば、こうした国語の古典分野は配点も小さいので捨ててしまっても合格できるかもしれないが、ただでさえ難しい数学や物理で他の理系の東大受験生に大きく差をつけることは容易ではない。古典で及第点を取れるようにしたほうが楽なので、やはり理系も国語で手を抜けない。英語と数学の２科目だけでいい慶応や早稲田の文系学部と東大の文系ではじつは偏差値（＝80％合格ライン）で見ると同程度なのだが、５科目しっかりと勉強しないといけない東大文系の難易度はやはり別格である。

逆に言えば、１科目ごとで見ると、東大合格に必要な学力はそこまでではないとも言える。たとえば英語だけ、社会だけ、と得意科目だけなら東大の合格点に達する高校生は、田舎の進学校でもゴロゴロいる。最難関の東大理三でさえ、得意な1科目だけなら受かるという受験生はそこそこいるのだ。東大に多数の生徒を合格させる高校や予備校の先生でも東大卒や京大卒はめずらしく、彼らの多くが東大や京大よりだいぶ偏差値の低い大学出身である。しかし、それでも東大入試の問題を解くための指導は問題なくできるのだ。なぜかというと、彼らは自分が担当する科目だけできればいいからである。

　このように東大生は文系でも数学ができるし、理系でも英語や国語ができるという、高い総合力が強みである。しかし、強みは同時に弱みとなることもあり、英語だけなら帰国子女にはもちろん難関私大文系の学生に負けることもあるし、数学や物理だけなら東工大や地方旧帝大や早慶の理工学部の学生などにも負けることがある。そして、20代の若いうちにビジネスや研究で評価されるのは総合点ではなく、得意な1科目のみだ。たとえば、コンピュータサイエンスのずば抜けた才能があれば、他が何もできなくても若くして成功して金持ちになりやすいし、学術研究の世界でも注目されることはあるが、5科目全部がそこそこできたところで若者がビジネスやアカデミックな世界で評価されることはない。アカデミックな研究の道に進むと、どんどん専門化していくので、一芸が大切なのである。筆者は物理の研究者をしていたのだが、古典などの知識が問われたことはただの一度もなかった。その点、学生時代は物理だけ得意で、他は大したことがなかったが、物理だけやっていればいい大学以降の勉強や研究は大変居心地が良かったことを思い出す。

序列が固まり大学間競争がない

野球やサッカーなどのプロスポーツの世界が厳しいのは、そこには勝敗という客観的な結果があるからだ。戦力にならないと判断された選手は、容赦なくクビを切られる。一方で、日本の公務員などは、違法性がある失敗でもしない限りクビになることはない。そして、日本の高校や塾は、プロスポーツと同様に、生徒をどれだけ一流大学に送り込めたかという客観的でごまかせない定量指標で競い合わされているので、健全な競争が生まれ、それゆえに高いレベルが維持されている。しかし、これがコインの表側だとしたら、その同じコインの裏側は大学教育の停滞ということでもあるのだ。

20年前の東大合格者数ランキングの表を見ると、開成や灘などは変わらないが、それより下の高校はかなり入れ替わっていることがわかる。しかし、20年前もいまも、東大を頂点とする大学の序列はまったくと言っていいほど変わっていない。今年はノーベル賞が出たから名古屋大学をトップにしようとか、卒業生が首相になったから早稲田大学をトップにして東大を2位にしようとか、そういうことにはならないのだ。日本は規制や商慣習などで資本市場が上手く働いていないので企業間の序列は海外ほどは目まぐるしく変化しないが、それでも20年もするとだいぶ大企業の序列は変わる。しかし、日本の上位大学の序列は本当に安定していて、微動だにしない。日本では大学間の序列がほぼ決まってしまっているということは、極論すれば大学の中身は問われない、ということになってしまう。

高校には、いい大学になるべくたくさん生徒を合格させるため、いい教師を雇い、カリキュラムを常に改善していくインセンティブがある。しかし、大学は良い教育をしようがしまいが序列は変わらないのだから、そうした教育を改善するインセンティブに乏しいのだ。また、残念ながら日本の企業の方も、大学の専門教育、特に文系学部の学生の専門性にはあまり期待していないことも、日本の大学教育が貧しいままの理由である。学生は大教室につめこまれ、やる気のない教授が何年も同じ内容のノートを毎年黒板に書き続け、同じようなことを壊れたオルゴールみたいに喋り続けるのだ。そして、単位認定のテストも毎年似たようなものなので、同じくやる気のない学生が過去問をかき集め、講義の内容を理解しないままテスト問題の解答だけ丸暗記して単位を取得する。こんなことを繰り返し、要領のいい学生は、専攻の内容をあまり理解しないまま卒業していく。

競争がないところは淀んでいく。日本の高校までの教育は、教育サービスを提供する学校にもそうした教育サービスを受ける生徒にも厳しい競争があり、それゆえに高いレベルが保たれているが、残念ながら大学間にはあまり競争がなく、それゆえに日本の大学教育は停滞していると言わざるをえない。実際、各種のランキングで、日本の大学の評価は経済成長著しいアジアの大学に抜かれてしまっている。なお、こうしたアジア経済の隆盛にからめた日本の大学の今後の見通しなどは、筆者が教育や経済の評論家として得意な分野だが、日本での実践的な教育戦略が本書のテーマなので、そうした話題はまた別の機会があれば書くことにしよう。

日本の大学のコストパフォーマンスはとても良い

それでは日本の大学に通う価値などないのだろうか。筆者自身は、日本の大学教育の中で若手研究者として芽が出て、世界に飛び出す機会を得ることができた。だから、実はこの批判の多い日本の大学教育に大変に感謝している。日本の大学には日本の大学の良さがある。そのことを説明したい。

非常に学費が高いアメリカの大学などでは、膨大な課題図書を読むことやレポート提出といった、かなり厳しい宿題が課せられ、大学生は大いに勉強させられる。また、就職も大学の成績で決まってくるため学生も必死だ。一方で、日本の大学は、基本的には放任である。テスト前にサークルの先輩などから過去問を集めて、理解しないまま答えを丸暗記して試験で単位認定の最低点だけをクリアしながら卒業することもできる。実際に、日本の大学生は大学に入るまでの受験勉強で疲れ果ててしまっているからなのか、大学での勉強に対してやる気がないので、先程述べたような一流大学でもそういう学生が多くいる。しかし、一方で、学問が好きな学生は、アメリカの大学の講師が課すような課題図書や宿題のレポートなどに振り回されず、自分次第で深く勉学に励むことができるのだ。ある意味で、アメリカの大学のほうが学生を管理が必要な子供扱いしていて、日本の大学のほうが自主性を重んじて大人扱いしている。そして、日本では授業に出てこない学生もちゃんと満額の授業料を払ってくれる。こうした学生たち（多くの場合は学生の親）からの授業料や税金を原資とした国からの助成金などで、立派な図書館が維

表2-4　アジア大学ランキング（2022年）

順位	大学名	大学名（英語）	国・地域
1	清華大学	Tsinghua University	中国本土
2	北京大学	Peking University	中国本土
3	シンガポール国立大学（NUS）	National University of Singapore	シンガポール
4	香港大学	University of Hong Kong	香港特別行政区
5	南洋理工大学	Nanyang Technological University, Singapore	シンガポール
6	**東京大学**	**The University of Tokyo**	**日本**
7	香港中文大学	Chinese University of Hong Kong	香港特別行政区
8	ソウル大学校	Seoul National University	韓国
9	香港科技大学	The Hong Kong University of Science and Technology	香港特別行政区
10	復旦大学	Fudan University	中国本土
11	浙江大学	Zhejiang University	中国本土
12	**京都大学**	**Kyoto University**	**日本**
13	上海交通大学	Shanghai Jiao Tong University	中国本土
14	韓国科学技術院（KAIST）	Korea Advanced Institute of Science and Technology	韓国
15	香港理工大学	Hong Kong Polytechnic University	香港特別行政区

出所：THE（Times Higher Education）アジア大学ランキング

持され、大学に所属する教員たちの給料が支払われる。国公立大学なら私立よりさらに多くの税金が投入されている。授業を担当する教授や大学に所属する研究者たちも、やる気のある学生には快くつきあってくれる。学問に対してやる気のある学生にとっては、やる気のない学生が多ければ多いほど大学のインフラや教員を独り占めできて得ということになる。実際、筆者も学部生のうちに本格的な研究をはじめることができ、大学4年生の時に書いた論文が学術誌に掲載された。それがきっかけで海外の大学院から奨学金のオファーをもらい、ＰｈＤ課程の学生として世界に飛び出すことができた。海外の大学で教養科目の課題に振り回されていたら、こんなことはできなかっただろう。

特に理系に関しては、次の章でくわしく述べるが、世界中のどこの大学でも勉強する教科書はほとんど同じで、修得すべき専門知識も世界共通なので、学費が非常に安い日本の大学はとてもコストパフォーマンスが良い。経済学などのしっかりと体系が確立されている社会科学も同様だ。国公立なら医学部でも学費は年間たったの50万円程度である。一方で、アメリカの大学などは奨学金がもらえるケースもあるが、寮費と合わせて年間８００万円程度するのがふつうだ。学ぶ内容が同じなら、学費が安いほうが得である。さらに、日本の国立大学なら、これらの海外の非常に学費が高い大学にも、無料で

（所属する国立大学の学費を払うだけで）交換留学ができる。こんなに得なことはないだろう。

将来は研究者になったり多国籍企業でグローバルに活躍したいなら、こうした専門分野の基礎を学費の安い日本でしっかりと学び、欧米やアジアなどの海外の大学院に奨学金をもらって留学するというのが、圧倒的なコストパフォーマンスである。前述のように、アメリカの有名大学は学部生なら年間８００万円以上もするが、逆に、世界から集まってくる優秀なＰｈＤ課程の学生は、授業料が免除され、奨学金や給料が貰えて、それだけで十分に生活することができるのだ。もちろん、こうした大学院のＰｈＤ課程の学生として、奨学金を得たりリサーチアシスタントとして給料を貰えるオファーを得るのは簡単なことではないのだが、それは学費の高い欧米の大学を卒業していても同じである。ところで、日本では教育ローンのことを奨学金と言ったりするが、奨学金（scholarship）というのは海外では無償で貰えるお金のことで、本書でもこちらの意味で使っている。

また、前章で世界の学歴社会は修士号や博士号などの学位が重視されると書いたが、つまり、海外ではそういう学位がないとグローバル企業のまともなポジションはなかなか得られない、ということである。単に学部卒では大企業からはいいポジションで雇ってもらえず、インターンなどで職務経験をすこしずつ積んだり、規模の小さい企業の下っ端で働いたあとに大学院に入って修士号を取ったりしてからがようやく就職活動の本番である。一方で、日本は良くも悪くも、こういう大学院レベルの学位が要求されない、ある意味で低学歴社会である。これを逆手に取れば、日本はキャリアで大幅なショートカットができるということである。東大や京大などの学部を卒業しただけで、東京なら世界的な大企業がちゃんとしたポジションで22歳の実務経験がない学生を雇ってくれる。そこで3年ほど経験を積み、実務経験を作ってしまえば、外資系企業に転職するなりして、25歳ぐらいの若さでかなり高いポジションに就くことができる。それは海外ならMBA（経営学修士）を取得した後の30歳前後でようやく就けるようなポジションである。欧米の企業は学歴を重視するが、それは実績がない新人同士や転職してくる未経験者同士を比べる場合であり、実際に企業の利益にすぐに貢献できる専門性と実績を持ち合わせた人材なら、そんなものは必要なくなるので、日本の大学を卒業して、新卒でいい会社のいいポジションに就職し、その後に業界で頭角を現して外資系企業に転職などすれば、若くして大金を稼げるポジションに就くことが可能だ。筆者が外資系投資銀行に勤めていたとき、22歳でフロントオフィス（ビジネスの最前線に立って直接金を稼ぐ部門）に新卒で入り、20代後半には億単位の報酬をもらっている人はさほど珍しくなかった。筆者は、物理の研究でＰｈＤを取ってから金融の世界に入るなど、ずいぶんと遠回りをしたので、学部卒で若くして偉くなった彼らをちょっと羨ましく思ったものだ。筆者は金融関係の仕事をしていたが、ＩＴ関係などもそうで、日本の大学を卒業してどこかの会社で開発実績を作り、アメリカのＩＴ企業などに転職すればかなりの高給が約束される。

アカデミックな世界に行きたかったら日本の大学を卒業してから海外の大学院のＰｈＤ課程に進めばいいし、ビジネスの世界で成功したかったら日本が低学歴社会であることを逆手に取って新卒でグローバル企業に就職してしまえばショートカットができてしまうのだ。このように日本の大学は使いようによってはじつにコストパフォーマンスが良いのである。

第3章　学校のカリキュラムは何を目的に作られているのか

カリキュラムは何のためにあるのか

日本で学校に通った人ならみんな知っていると思うが、日本の小学校では、国語、算数、理科、社会、最近では英語もそうだが、勉強すべき内容があらかじめ決められている。中学校もそうだ。実際にはほとんどの日本人が高校には行くわけだが、高校は義務教育から外れるので選択科目が増えてくるけれども、やはり高校でも勉強する内容があらかじめ決められている。こうしたカリキュラムは、文科省が出す学習指導要領で決まっている。

日本の中学入試の内容は文科省の小学校の学習指導要領からはみ出さないように作られるし、高校入試の問題は中学校で習う内容から出される。大学入試は高校の学習内容からである。特に中学入試などはそうだが、難関校の問題はとても学校の教科書を勉強したぐらいでは解けないのだが、いちおうはこの学習指導要領から逸脱しないことになっている。たとえば、中学入試には二次方程式を知らないと解けない問題は出ないし、高校入試にベクトルや微分積分を知らないと解けない問題は出てこない。

このように、ほとんどの人にとって学校のカリキュラムとは、入試という点数を競い合う「競技」において出題範囲を決めるためのルールブックぐらいの意味しかない。最近では何かと批判されがちな文科省だが、この人たちが定めるカリキュラムはさぞかし時代遅れのものなのだろう、という気がしてくる。確かに、筆者から見てもそういう部分があるのは事実だ。しかし、じつはこのカリキュラムは世界中の先進国でほとんど同じなのだ。アメリカにはアメリカのカリキュラムがあり（州によっていろいろ異なるだろうが）、イギリスにはイギリスのカリキュラムがあるし、中国にも韓国にも公教育のカリキュラムがあるが、内容自体にそれほど大きな差異はない。数学は進度の違いで高校卒業程度でどこまで終わるかで1、2年分ぐらいの差はあるものの内容はほとんど同じである。なお、日本は以前その点ではやや進度が速かったのだが、ゆとり教育などですこしずつ削られ、いまでは欧米の学校とそれほど変わらない。理科の学習内容も各国でほとんど同じである。社会はもちろん自国の歴史、地理に重点が置かれるが、似たようなものだ。国語でも各国が自分の国の伝統文化を形作ってきた古典を習う。古文や漢文なんか勉強して何になるんだ、という方も多いかもしれないし、理系人間の筆者もそのひとりだった。

筆者は大学受験の勉強をしていた高校3年生のとき、完全に自分は理系だと思っていたこともあり、なぜこんな何の役にも立たない古文や漢文などを勉強しなければいけないのだ、といぶかしがった。しかし、センター試験で受けないといけないものだから、すこしだけ勉強してみたもののまったく頭に入らない。これは無理だ、と思ってすぐにぜんぶ捨てることにした。こうして、センター試験の国語は200点満点(現代文100点、古文50点、漢文50点)のうち最初から100点分を捨てることになった。しかし、現代文をたっぷりの時間をかけて慎重に解けばだいたい満点が取れたので、あとは古文と漢文の100点のうち選択肢で明らかに答えではないものを削るテクニックなどを駆使して問題文を読まずに40点近く取れるようになった。現代文の100点と合わせればまあまあである。まあ、そんな大昔の話はいいのだが、とにかくこんな役に立たないものをなぜ勉強させられるのか、と大いに不満だったのだけれど、留学したり外資系の金融機関で働くようになって、欧米のエリートも同じようなものを勉強させられていると知った。それはラテン語である。洋の東西を問わず、学校ではこういうものも勉強させられる。もちろん、人文系（英語ではhumanities）に進むのだったら、とても大事な科目であることは認めることにしよう。

しかし、このように学校で勉強する内容は、なぜどこの国でも似たようなものなのだろうか。それはカリキュラムがどこの国でもすべて同じ目的で作られているからである。それはアカデミックな研究者の養成なのである。ほとんどの人はアカデミックな研究者にならないのに、じつはカリキュラムはすべてこの目的に沿って作られる。こうした教科書の内容を決めるのは学者で、別に学者が何らかの権力を持っているわけではないのだが、たとえば数学のカリキュラムを決めるのに、その辺の企業の社長に任せようとはならないのだ。しかし、それは当たり前のことなのだ。なぜならば、洋の東西を問わず、**大学とは就職予備校ではなく学問をするところであるからだ**。意外とこの当たり前のことをみんな忘れている。

高校までに学ぶことと大学から学ぶこと

高校までのカリキュラムは、基本的には生徒のあらゆる可能性を潰さないようにできている。つまり、どの分野の研究者になろうとも、その入り口に立てるようになっている。数学者になろうと思えば、大学で数学の専門科目の勉強をはじめられるだけの基礎学力をつけることが高校までの勉強の目標だ。国文学者になろうと思えば、そのための勉強の入り口に立てるようになっている。社会も理科も、それぞれの専門分野の入門をはじめられるように高校までは幅広く勉強するのだ。そして、大学になるといよいよ各自が自分の専門分野を決めないといけない。大学のカリキュラムは本来は自分が選んだ専門分野の研究者になるために作られているのだが、多くの学生がそんな学部選択の重みを知らずに自分の偏差値で入れそうな大学に入るだけで、専攻をなんとなく決めてしまう。ちなみに東京大学のカリキュラムは他の日本の多くの大学と違い、1年生と2年生は駒場の教養学部に所属して幅広い学問をさらに学ぶことになる。2年生の秋学期に進振りといって所属する学部と専攻が決まるのが東京大学の特徴である。

　数学なら小学生の簡単な四則演算からはじまり、簡単な幾何を勉強し、中学生で方程式や三平方の定理を勉強し、高校卒業まではベクトルや微分積分、確率の基礎を修得する。そして、大学に入ると線形代数、多変数の微分積分、統計学などをさらに勉強する。数学科ならさらに深く様々な専門分野について学んでいき無限の厳密な扱い方など、計算するというよりはだんだん哲学的になっていく。一方で、他の物理学や化学などの理学や工学分野は数学の深淵な論理を探究するというより数学を計算するための道具として使っていくが、それぞれの分野で必要な数学の道具立ては異なり、それらを専攻に応じて学んでいくことになる。文系理系にかかわらず、現代では多くの学問が数学を共通言語として使う。経済学はもちろんだが、たとえば心理学では実験のために統計学の知識が不可欠だし、最近では政治学などでもデータを分析したりモデル化するために微分積分や統計学が必要になる。

このように高校までは幅広く学ばないといけないのだが、大学に入ると自ら選んだ専門分野の入門的内容を狭く深く学んでいくことになる。そして、現代はあらゆる学問分野で必要な知識量が増えてしまっており、残念ながら大学を卒業するぐらいでは、まだまだ学び足りない。よって、次は大学院である。

大学院レベルの標準的教科書マスターがカリキュラムのゴール

電子工学でも経済学でも他の分野でも、多くの体系が確立されたまともな学問分野には、それぞれに大学院レベルの標準的な教科書があり、そのレベルの知識を身につけることが、小学校から高校、大学卒業までひたすら学び続けてきたことのひとつのゴールとなる。

物理の研究者になりたかったら、電磁気学や量子力学や統計力学の基礎をマスターしないといけない。そこからさらに物性物理、原子核物理、素粒子物理などに専門が分かれていくのだが、それぞれに標準的な教科書がいくつかある。それらを理解し身につけて、はじめて研究者としてのスタート地点に立てるわけだ。テニスにたとえれば、ここまで来てようやく走り込みや素振りの繰り返し、ラリーやサーブの練習が満足にできるようになった状態である。楽しい練習試合（＝博士課程の研究）はこれからだ。

小学校で勉強するのは中学校の勉強を理解するためだったし、中学校の勉強は高校の勉強のためだったし、高校の勉強は大学の勉強についていくためにあった。そして、大学4年から大学院の修士1年ぐらいで、自分が進む分野の最低限の知識体系をようやく身につけることができるのだ。小学校からはじまる連綿と続いてきたカリキュラムは、すべてここにたどりつくために作られていたのである。

ここまで浪人も留年もせずに順調に来れば24歳ぐらいになっている。専門分野は大学の学部の4年間と修士の2年間の計6年間も勉強する。筆者の場合は、日本の学部のときにすでに物理学の論文を執筆し、国際的な学術誌に掲載されていたなどの理由で修士課程をスキップし、学部卒業後にすぐに博士課程の研究をはじめることができた。日本の大学に感謝である。

それではいよいよ人類の知の地平線を広げていく博士課程の研究について説明しよう。

修士までの学位とはまったく違う博士号

修士と博士の間には明確な、そして、大きな隔たりがある。修士までは、基本的に教科書に書いてあることを理解して必要な知識を覚えていけばいいだけである。それらはすでに過去の研究者たちが積み上げてきた成果を、どこかの教科書を書くのが上手い研究者がまとめたものである。人類がたどり着いた知の地平線の内側にあるよく整備された知識を修得しているに過ぎないのだ。修士課程まではいわゆるお勉強で、すでに完成され教科書に書いてある知識体系を修得することが目的で、それがある程度満足にできたことに対して学位が授与される。

しかし、博士課程の研究では、この知の地平線の外に飛び出すことが要求されるのだ。何らかの新規性が必要なのである。これまで人類が知らなかった何かに自分の力でたどり着き、そこでどんなことが見えたのか、どんな新しいことを発見したのか、客観的な証拠を提示しながら論文に書き記さないといけない。人類の知識を広げることにすこしでも貢献しないと博士号はもらえないことになっている。

とはいえ、それほど身構える必要もない。資質のある学生が良い指導教官に恵まれ、堅実に研究計画を進めていけば、まだ人類がやっていない研究課題などいくらでもあることにすぐに気づくことだろう。それまでの定説を覆すような新たな発見をする、というような学問の世界のホームランを打てば、その後の研究者としてのキャリアは揚々としたものになるだろうが、そんなことまでできなくても多くの学生が手堅い成果をいくつか出して博士課程を乗り切っていく。たとえば、物性物理のような学問なら、しばしば銅鉄科学とバカにされるような研究がある。銅でこういう実験をしてこういう性質を調べたらこうこうこうであった、という論文がすでに出ていたとする。それでは、同じ実験を鉄でやろう、というわけだ。こうして材料だけ変えて書かれた論文は銅鉄論文だと揶揄されるのだが、ちゃんとしたデータが取れる実験系を組み上げ、何らかの新しい知見を見つけていくというのは、それはそれで大変であるし意味があることである。材料が違えば、まったく新しいことがわかったりすることもよくある。また、単にこれまでより計測装置の精度が上がったので、過去に行われた実験をより正確にやってみた、というのでもいいし、シミュレーションならより速くなったコンピュータを使ってもっと正確な計算をした、というのでもすこしは新しいことがわかるかもしれない。博士課程の学生は、こうした手堅く難易度の低い研究で論文を１通書き、また、次はさすがにもうちょっとチャレンジングなテーマで何とか論文を１通書き……、と論文がいくつか査読付きの学術誌に掲載されれば、それらの研究成果を博士論文にまとめて、めでたく博士の学位を得ることになる。英語だと博士号は Ph.D.（Doctor of Philosophy の略）と呼ばれる。

単に既存の知識を身につけるだけの修士までの勉強と、何か新しいことを自分で探索して、これまで人類が知らなかったことを見つけなければいけない博士の研究とでは、質的に大きな断絶がある。そして、こうした研究成果は人類全体への貢献に他ならないわけだから、博士号取得者は欧米ではとても尊敬されるし、また、実際に研究職などでは高い地位に就きやすい。欧米の研究機関や企業の研究部門で専門性の高い研究職に就くには博士号は必須と言っていい。

その点、日本では伝統的に欧米の知識を輸入して国を発展させてきた経緯からなのか、新しいオリジナルなことを何か成し遂げた、ということはそこまで高くは評価されていないように思う。結果、博士号もそれほど評価されていないのかもしれない。日本とアメリカなどの欧米諸国では、博士号についての扱いはとても異なり、ひとことで言えば日本では冷遇されている。冷遇されているから、博士課程に優秀な人があまり進まず、産業界でそれほど活躍しないのでさらに冷遇される、という悪い循環になっているように思う。ちなみに、欧米やシンガポール、香港、中国などでは理系分野や一部の文系分野の博士課程の学生は大学から給与を受け取っているのがふつうで、その点でも、自ら学費まで払わなくてはいけないことが多い日本では博士課程に優秀な学生が集まらないのは当然である。

日本は科学技術で食べていかなければいけないのに、これはなかなか憂うべきことなのだが、こうした博士号にまつわる日本と欧米の違い、また、欧米式のアカデミアの仕組みを真似して急速に追い上げてきた中国や香港、シンガポールなどのアジア諸国の大学と日本の大学の対比など、とても興味深いトピックであるが、本書に簡単に書くには手に余るテーマであるので、こうしたことは機会があれば、また別のところに書くことにしよう。

図3-1　学校のカリキュラムと博士号（Ph.D.）

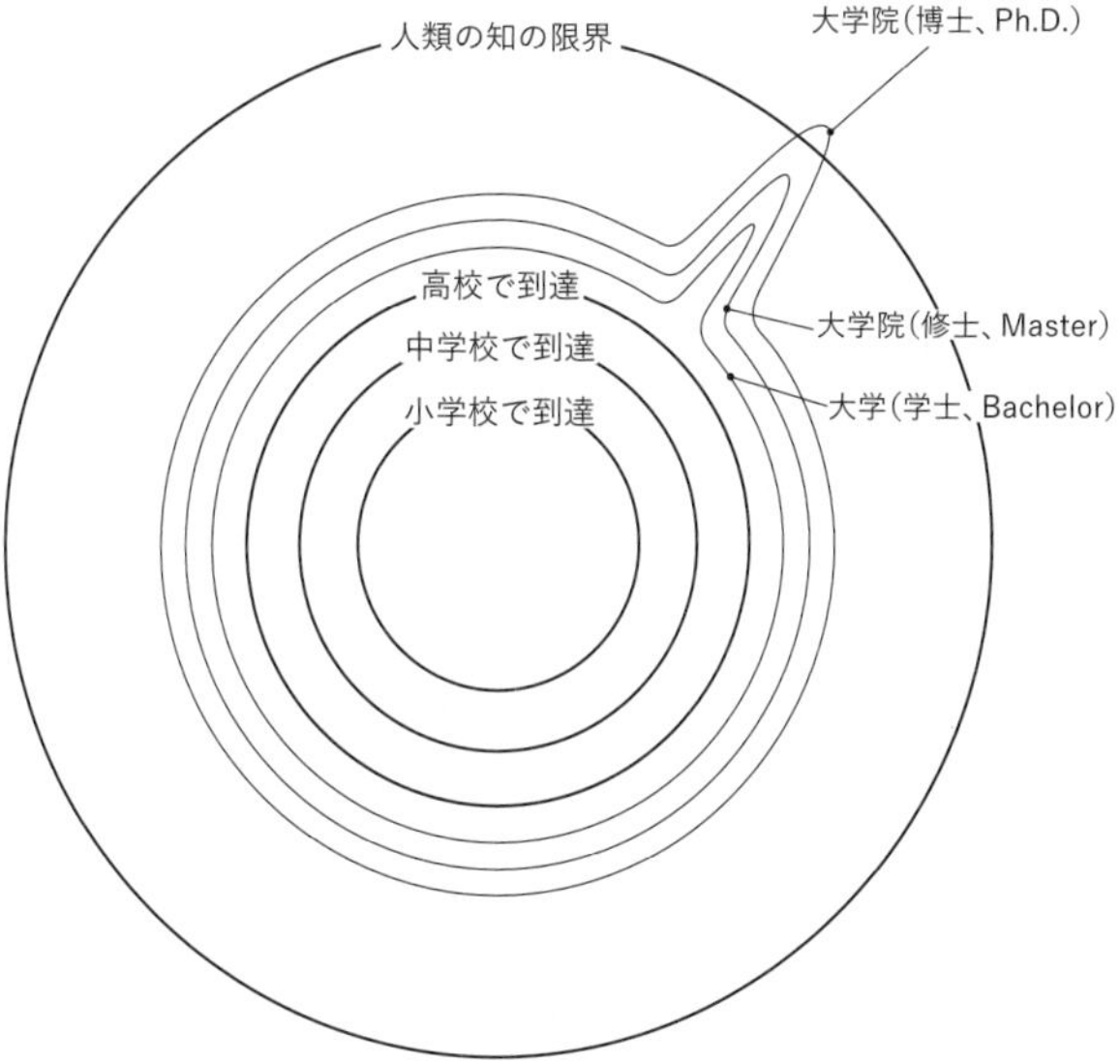

博士号（Ph.D.）はこれまで人類が知らなかった新たな知識を何か見つけ出し、それを論文にまとめて人類の知の限界を拡張した功績と、その能力に対して付与される。

学術研究と受験勉強では必要なマインドが真逆

このように学校のカリキュラムは人類の知の地平線を広げる、という壮大な目標に向けて作られている。大学は学問をするところなので、ある意味で当たり前である。そして、このことは日本に限らず世界中のまともな先進国ですべて同じだ。しかし、こうしたカリキュラムの本来の目的にもかかわらず、日本では大学入試にある種の科挙の役割を持たせてしまったことや、日本のある種の極端な平等思想と相まって、いろいろと困った矛盾点が出てきてしまっている。そのことをすこし解説したい。

研究ではこれまで誰もやったことがないことをやらないといけない。何か面白いまだ誰もやったことがない問題を見つけて、それを解いていかないといけない。既存の理論を組み合わせた新しい理論を作ったり、時に過去の定説を批判的に検証し新たなデータを集めてそれを覆していく。一方で、受験勉強では、先生の言うことや教科書に書いてあることは疑ってはいけないし、疑う必要もない。なぜならば先生の言うことやテキストに書いてあることはすべて正しいことだし、それらをしっかり理解し、重要な知識を覚えて、何も見ずにちゃんと使いこなせるかを測るペーパーテストで、大学入試の合否が決定されるからである。受験勉強では、これまで誰も考えたことがない切り口で分析する、すでにある常識を批判的に検証する、自分の視点で新たな問題を提起する、などといった研究者にとってとても大切なことはまったく必要ないどころか、こうした余分なことを考えている方がむしろ受験勉強の効率は落ちるのである。

実際のところ、注目を集める面白い研究は、面白い問題を立てられるかどうかでほとんど決まり、それを解くのは他の人と協力してもいいし、もちろんあらゆる教科書や先行研究を見ながらでもいいし、コンピュータも使えるし、入試のような時間制限もない。よって、受験数学が他の人よりちょっとばかり速く正確にできるというのはあまりアドバンテージにならない。さらに言うと、面白い問題というのは、ひとりで考えていてもなかなか出てこないもので、別の実験グループがこれがわかればいい、と教えてくれたり、企業で働いている研究者がこの問題をアカデミックな観点から研究してくれると助かる、などと教えてくれたりする。身も蓋もないことを言えば、力のある研究室に雇ってもらえば、いくらでも面白いテーマが転がっていたりする。物理のような学問でさえ、指導教官とうまくやったり、社交性やマーケティングといったビジネス的スキルが重要だ。

皮肉なことであるが、本来はアカデミックな研究者を養成するための学校のカリキュラムであるにもかかわらず、それを学び取る受験勉強を通して育まれるマインドセットは、研究者のそれとは真逆のものとなってしまう。それゆえに、高校生の模試でトップクラスだった受験秀才の多くが、大学、大学院と進むにつれ、研究者としてはパッとしなくなってしまうことがよくある。大学入試のための受験勉強を通して学ぶ知識や論理的思考力といったものは決して無駄ではないのだが、こうした与えられた知識を盲目的に覚えていけば勝てる受験勉強で培ってしまった学問への姿勢、ある種の知性観といったものは、大学に入学したらすこしずつアンラーンしていく必要がある。日本の受験勉強に有利なマインドセットは、何か新しいことをやらないといけない研究者としてはもちろん、ビジネスでも成功を阻むことがよくある。大学に入ったあとも、しばらくは受験勉強と同じように教科書の知識を学んでいく必要があるが、その先にある研究の世界では、ゲームのルールが根本的に変わってしまうことをよく自覚しておかないといけない。

第４章　中学受験はダービースタリオンだ

ダビスタそっくりな中学受験

ダービースタリオンというゲームを知っているだろうか？　筆者が高校生ぐらいのときに流行ったゲームだ。よくダビスタと略される、アスキーから発売された競馬シミュレーションゲームである。知らない方もいるだろうから、ダビスタについて簡単に説明しよう。

このゲームではプレイヤーは、馬主と生産者と調教師を兼ねる。いい馬を作り、調教して、レースに出場させ勝っていくことが目的だ。また、ブリーダーズカップというレースがあり、自分が育てた馬と他のユーザーが育てた馬を対戦させることができる。筆者が通っていた中高一貫校では、毎週のように学校でブリーダーズカップが開催されていた。ダビスタが優れたゲームである理由はいろいろあるのだが、そのひとつが複雑な血統が忠実に再現されていることである。プレイヤーは自分が所有する繁殖牝馬をどの種牡馬と掛け合わせるのかを考える。血統は単に父と母の話ではなく、父方の父（父父と表記される）、そのまた父（父父父）や、母方の父（母父）など過去5代まで遡り、強い馬を作り出す配合を考える必要があるのだ。競走馬にはいくつかの系統があり、どの系統とどの系統の掛け合わせが強い馬を作るだとか、あるいはあえて軽く近親交配をさせることにより、過去の偉大な父の性質を強調するなど様々な血統に関するセオリーがあるのだ。競馬はヨーロッパの貴族たちの文化であるが、ダビスタのおかげで筆者は子供のころからすでにサラブレッドの血統に異常にくわしくなることができた。

こうして生まれてきた馬は、しばらくの間は牧場で草を食《は》み他の馬たちと駆け回るという平和な日々を過ごすことになる。しかし、ある年齢に達すると厩舎に入れられ、競走馬としての調教が開始される。ここでムチを打たれながら坂路を上らされたり、実際にレースが行われるトラックの芝の上を走らされたり、脚の調子が悪いときはプールの中を歩かされたり、と厳しいトレーニングがはじまる。これらの調教にはスピードを上げる、スタミナを上げるなどの意味があり、プレイヤーは馬の特性や調子を考えながら、様々な調教メニューを組み立てていくことになる。

そして、いよいよレースに出場させる。プレイヤーは乗ってほしい騎手に依頼し、逃げ切りを狙うのか、それとも後方から最後に一気に追い込むのかなどの作戦を立てる。上手く調教して馬体重などを管理しながら、大事なレースにピークを合わせていく。しかし、馬と騎手をレースに送り出したら、あとはプレイヤーはそれを見ているだけで、彼らが勝ってくれることを祈るだけだ。

さて、中学受験とこの競馬ゲームのいったい何が似ているのだろうか？　まずは血統である。言うまでもなく種牡馬や繁殖牝馬は、この本を読んでいるあなた自身である。そして、生まれてきた子供が馬だ。この馬は最初は牧場で楽しく過ごしているが、いよいよ小学４年生（実際には小学３年生の２月）には厳しいトレーニングのために厩舎に入れられる。その厩舎とは、ＳＡＰＩＸや浜学園、日能研、四谷大塚といった中学受験塾に他ならない。ここで先生という調教師が子供に厳しいトレーニングを課していく。そして、毎月、全国模試というレースがあり、そこでの成績によって競走馬である子供のクラスが上下するのだ。馬主でもある親たちは、そのレースの結果に一喜一憂することになる。また、親自らが厩舎の外で調教することもある。ダビスタでは騎手にレースの作戦を指示するように、中学受験でも全国模試の作戦を指示することになる。たとえば、難しい問題は飛ばせばいいから計算問題の見直しを３回やれだとか、国語の記述はとにかく埋めろだとか、そういう指示である。

中学受験は親も大変だ、というような話をよく聞くが、このようにダビスタだと考えれば、それはとても面白いものでもあるのだ。実際に、最近ではこのゲームにハマっている親が続出している。それではこの中学受験ダビスタをくわしく解説していくことにしよう。

大手塾の役割は大きい

中学受験を戦い抜くためには塾の存在が欠かせない。たまに塾に行かなくても難関中学に受かった、などという話を聞くが、そんなものは真に受けてはいけない。よほどの事情がない限り、どこかの大手塾に入れることになる。大学受験では、塾に行かなくても、定番の参考書を自分で勉強して田舎の公立高校から東京大学に合格した、などということはよくあるが、中学受験では絶対にそんなことは起こらない。なぜなら受験するのは小学生だからだ。どんな優秀な小学生でも、参考書を自分で勉強して、難関中学の入試を突破することはない。

実際に塾なしで合格する子供はわずかであるが存在する。しかし、それは単に親か家庭教師が塾と同じようなカリキュラムを子供にやらせたからである。それには膨大な労力がかかっており、塾なしで家庭でやるほうが圧倒的にコストが高い。家庭教師に頼めば文字通りにコストを払うし、親がやる場合は直接に金が出ていくわけではないのでコストが見えずわかりにくいが、経済学の機会費用を考えれば、実際には塾に行くよりはるかにコストがかかっている。さらに、このように自前でやったところで、塾よりうまくできる確率はとても低い。

　塾には、親や家庭教師にはできない極めて重要な役割がある。それは同じ目標を持つ集団の中に子供を入れるということだ。人間は社会的な動物である。みんながやっていることをやるほうが圧倒的に楽なのだ。朱に交われば赤くなる、と言われているように、不良グループに所属してしまった子供はたちまち勉強をやらなくなる。それと反対に、みんなが中学受験をする集団の中に入れれば、子供は自然と中学受験をがんばるようになる。良い意味で同調圧力を利用するのだ。そして、塾に入れれば否応なしに猛烈なスピードで進むカリキュラムに組み入れられて、毎週テストを受けさせられることになる。これ以上ない優れたペースメーカーになるのだ。こうした大手の塾に通わせることなく中学受験に挑むのは、サンダルで雪山の登山に出かけるようなものだと思ってもらっていい。

　このように中学受験では一部の大手塾が圧倒的な力を持っており、ある意味で寡占が起こっている。少子化で競争が厳しくなっているとはいえ、こうした塾は殿様商売で、できない生徒からは単に金を取るだけ取って放置し、不満があるなら勝手に辞めてくれ、という態度だ。また、私立の学校は大手塾に頭が上がらないのだ。一部のトップクラスの私立中高一貫校を除いて、少子化でどこの学校も優秀な生徒を集めるために必死になっている。大手塾の先生たちが生徒に自校を薦めてくれれば大いに助かる。だから、塾に頭を下げて学校の説明会などをさせてもらうだけでなく、塾の機関誌にお金を払って広告を載せてもらったりしている（たくさんお金を払えば塾の先生の覚えが良くなる）。とにかく中学受験産業はいくつかの大手塾を中心に回っている。

中学受験の塾の費用

　ダビスタでいえば馬を預かって調教する厩舎であるこの塾はいったいどれほどの費用がかかるのだろうか。大手厩舎とは関東だとＳＡＰＩＸ、日能研、四谷大塚などである。関西だと浜学園だし、九州だと英進館などだ。だいぶ昔は中学受験は５年生からでいいと言われていたが、最近というかずいぶん前から４年生のはじめから入厩するのがスタンダードである。５年生からでも間に合わないことはないが、それには子供にどの知識が抜けているか適切に把握して補習するなど、親にある程度の力量が必要だ。とにかく、ふつうは３年間みっちりやることになる。

４年生は授業のコマ数も少なく、定期テストの頻度も少ない。６年生になると授業時間も延びるし、毎週、その週に習ったことを確認するテストがある。さらに志望校別の模試などを含めると１週間に２回テストということもある。夏期講習も朝から晩までだ。志望校別の特訓クラスもできる。よって４年生より６年生のほうが塾に支払う費用も多くなる。塾によって多少のバラツキはあるが、ざっくり言うと、４年生は年50万円、５年生は80万円、６年生は１２０万円ぐらいだ。全部で２５０万円ぐらいとなる。拘束時間が長く面倒見がいい塾ならこれよりちょっと高くなるし、逆に家庭学習が多い塾だとこれよりすこし安くなる。また、最難関校向けのＳＡＰＩＸなどの方が、中堅校向けの日能研などよりすこし高い。塾への交通費、弁当代、その他筆記用具や、何か追加的な講座や模試などいろいろ含めて、トータルで３００万円ぐらいは見ておこう。

これを高いと見るか安いと見るかだが、筆者は率直に言ってとても安いと思う。この

3年間に塾からもらうテキストをすべて積み上げると2メートル近くになる。それと定期テストや模試をすべて積み上げるとやはりこちらも2メートル近くになる。もちろん、これらは300万円の中に含まれているから安心してほしい。これらの教材をしっかり授業して、宿題を出し、毎週テストして採点してもらえ、質問があれば先生が親切に教えてくれるのである。これをぜんぶ自前で準備したらどうなるのかよく考えてほしい。たまに塾に行かずに親がぜんぶ教えているというケースもあるが、ほとんどフルタイムである。ある程度能力がある大人をフルタイムで雇えば300万円ではとても足りないのだ。さらに先程述べたように、同じ目標を持つ子供たちをひとつの場所に集めている、という塾には家庭ではできない重大な役割がある。

実際に塾が提供している教育内容を知れば300万円はまったく安い、というのが筆者の率直な感想だ。仮にこれを高いと思うなら、あるいは負担だと感じるなら、次章でくわしく述べるが、公立中学へ行き高校受験のコースを選ぶべきだ。

大手塾の仕組み

これから塾選びの指針をいくつか解説するが、競馬の世界で厩舎がやることはどれも似たようなものであるように、中学受験の世界も基本的なカリキュラムはじつは大手塾はみな似通っている。世間で思われているほど塾間の違いはない。ある程度は馬と厩舎の相性があったり、優秀な厩舎とそうでない厩舎があるように、塾にも多少の違いはあるが、どれに入れてもそんなにやることは変わらない。わかっていない親ほど、塾が出す難関中学合格者数などに目が行き、どこの塾に入れるべきか悩んだりして、いろいろな情報に振り回される。結論から言えば、家から通いやすい大手塾のひとつに入れればいいだけだ。小さな子供にとって、通学時間が短いことはとても重要だ。地方在住の場合、そもそも大手塾がない場合が多い。その場合は、個人がやっている塾に入れるわけだが、これについては後で説明する。

さて、小さな差異を説明する前に、まずは共通する仕組みを解説しよう。これらの塾を理解する上で重要な特徴は3つあって、スパイラル方式のカリキュラムと週テスト、そして、成績別クラスである。

スパイラル方式のカリキュラム

まずはスパイラル方式というのを説明しよう。これは1年で中学受験のカリキュラムを1周させるということだ。4年生でこの単元とこの単元を学び、5年生で続きのこの単元を学び、6年生の最初のほうでさらに続きをやって終わらせて、あとは入試に向けた演習をする、と思われるかもしれないが、そのようにはなっていないのだ。4年生で中学受験に必要なすべての単元を一気にやってしまう。それで、5年生でまた最初からすべての単元をやる。2周目だ。そして、6年生の夏休みまで、つまり半年で3周目をする。夏期講習でなんと1ヶ月ちょっとで4周目をやる。そして、6年生の夏休み後に入試問題レベルの演習をひたすらやっていくのだ。

もちろん、4年生のカリキュラムには算数の比が入っていなかったり、社会の歴史がなかったりして未習分野が残る。しかし、5年生の終わりには上位校向けのSAPIXや関西の浜学園などはすべての単元を習い終える。日能研など中堅校にも幅広く対応している塾では、算数のニュートン算や社会の公民などはすこし6年生に持ち越されるが、やはり5年生でほとんどの重要単元が終ってしまう。四谷大塚は以前はもうすこしゆったりとしたカリキュラムだったが、最上位校の合格実績でSAPIXに負けてしまい、SAPIXと同様に5年生ですべてを終わらせるようにテキストが改訂されてしまった。

このように同じことを何回も習うようになっているのだが、問題のレベルはどんどん上がっていく。当然だが4年生はやさしい基本問題を中心に演習をする。5年生ぐらいから入試の基本問題レベルになっていくし、6年生になると入試の応用問題を解けるように膨大な演習が行われる。ところで、小学生が勉強する塾のテキストを3年分ぜんぶ積み重ねると2メートルぐらいになる、とすこし脅してしまったのだが、このようにスパイラル方式であるため、かなりの部分が重複しているので安心してほしい。重複部分を取り除けばおそらく子供の身長と同じぐらいにはなるはずである。

さて、なぜこのようなスパイラル方式のカリキュラムになっているかというと、塾の言い分はこうだ。何度も繰り返し学習させることにより、子供に確実に学習内容を身につけさせるため。しかし、これは半分本当で半分ウソだ。たしかに、小学校にしろ、中学校にしろ、あるいは高校にしろ、学校のカリキュラムがどんどん先に進んでいき、繰り返さないというのは筆者も問題だと思うことがある。一度授業についていけなくなると、その後はずっとついていけない。これは学校が落ちこぼれを増やしてしまうひとつの原因だ。このように、スパイラル方式には確かにいいこともあるが、なぜこうなっているかというと、塾の経営上の問題だ。要は多くの生徒を受け入れて、金を稼ぐためだ。すべての家庭が4年生から中学受験のために塾に入れるわけではない。4年生のときは中学受験を考えていなかったが、5年生になってから気が変わった、という家庭もある。あるいは6年生になる前に急遽中学受験をすることになったという家庭もあろう。このような場合、4年生、5年生と積み上げていくのでは都合が悪い。新たに塾に入ろうという家庭の意欲を削いでしまう。5年生からでも、6年生からでも中学受験を目指せるようにカリキュラムが作られているのだ。

週テストと毎月の全国模試

すべての大手中学受験塾に共通する仕組みが週テストである。これこそが中学受験を通して行われる教育の根幹である。子供は1週間のうちに算数を4コマ、国語を3コマ、社会と理科を2コマずつ、というような授業をこなしていく。塾によって授業と家庭学習の比率は違うし、各科目に割り当てられる時間が多少は違うが、だいたいの目安では、4年生は算数が週3時間程度、国語は2時間程度、理科と社会がそれぞれ1時間程度の授業がある。これが5年生になると、算数が演習を合わせて4時間、国語が3時間、理科と社会が1時間半ずつ、6年生になると算数が6時間、国語が4時間、社会と理科が2時間ずつ、という感じになる。4年生は週に2日程度、5年生は3日程度、6年生は

４日程度塾に通って授業を受けることになる。じつはこのように授業の時間そのものはそれほど長くない。

先程述べたように1年で小学生の全範囲を1周しさらに学校の教科書とは似ても似つかない難解な問題を解けるようにしていくというかなりハイペースに進むカリキュラムで、こうした短い授業をただ受けているだけで子供がすべて理解できることはない。多くの親が勘違いしているのだが、授業は家庭学習をやるためのきっかけに過ぎず、その触りの部分を先生が教えてくれるのである。それを何度も自分で演習し、知識を定着させ、さらに授業では触れられなかったことなどを修得していくのは家庭学習である。中学受験の塾では、まずは授業で新しいことを習う↓それを家で復習して問題演習をして知識や解法を定着させる、というサイクルを回していくことになる。授業の予習はしなくていい、復習主義のカリキュラムなのだ。

さて、このように1週間で算数、国語、理科、社会が1単元ずつ進んでいく。そして、この1週間で習ったことがしっかりと修得されているかどうかを週末のテストで見るのである。この週テストの呼び名は各塾で違うのだが、全国模試と同じような本格的なテストで、採点されしっかりと順位が出る。そして、このテストの振り返りが子供の成績向上のために極めて重要なのだ。中学受験塾での成功の秘訣は、とにかく復習を徹底することである。ちなみに、4年生のうちは週テストではなく、2週間に1回程度の塾も多い。しかし、5年生からはどこも毎週テストがある。

授業を受け、家に帰ったら教えてもらった内容を復習して問題演習する。そして、テスト前にさらに1週間で習ったことをすべて見直す。こうして週テストに臨み、そこでの成績で上位を狙う。このテストでできなかった問題を徹底的にやり直して身につける。この1週間単位の学習サイクルをいかに確立し、それをリズムよく回していくかが中学受験を成功させる鍵なのだ。

こうして1ヶ月間みっちり勉強した子供はその月の最後の土曜日か日曜日に全国模試を受けることになる。週テストはその週に習ったことが出るので、まじめに家庭学習に取り組めばある程度は高得点を取りやすい。しかし、全国模試は範囲の指定がかなり広い実力テストだ。6年生になると全範囲になり完全な実力テストになる。ここでの成績によって、来週からの子供のクラスが決まる。大手中学受験塾ではクラスは身分のようなもので、上位のクラスのほうが当然偉い。だから、親も子も必死になる。

どの塾に入れるべきか

東京・神奈川・埼玉・千葉の首都圏だと、中学受験最難関のいわゆる男女の御三家6校に圧倒的な合格実績を誇るSAPIXが人気だが、じつはSAPIXは中学受験塾としては後発の塾である。昔は四谷大塚や日能研の方が優勢であった。今では関東ナンバー1となったSAPIXであるが、1989年にTAP進学教室という塾でのお家騒動で分裂してできた塾である。当時、難関校向けの人気講師たちが経営陣に謀反を起こして独立したのである。そして、生徒とその親は、そんな実力のある講師たちについていき、TAPから分裂して新しくできたSAPIXに入塾したのだ。その後、TAPは経営難となり、2004年にはとうとう栄光ゼミナールに吸収されてしまった。一方で、SAPIXは四谷大塚や日能研を追い抜き、首都圏ナンバー1の中学受験塾になったのだ。

それでは子供をSAPIXに入れるべきか。御三家などの東京最難関校を狙う場合はイエスだ。特に男子の開成、女子の桜蔭のためにはSAPIXが最適な塾になろう。しかし、SAPIXに入れれば誰でもこうした最難関校に入れるわけではない。開成中学の合格確率8割を超えるには、2022年の最新のSAPIXの偏差値を見れば67ほど必要である。これはSAPIX生が受けるSAPIXの模試での偏差値である。偏差値の定義から上位約4・5%だ。これは合格確率8割のラインだから、上位5%程度に入っていればかなりの確率で合格できることがわかる。逆に、SAPIXで上位1割にも入れない生徒、つまり9割の生徒は開成中学には合格しないのである。開成中学を狙うにはおそらくSAPIXが一番いい塾だが、そこで開成中学を狙うには少なくともSAPIX生の中で上位1割ぐらいには入らないといけない、ということだ。

そして、SAPIXのように東京の最難関校をターゲットにした塾では、当然それに対応するカリキュラムとなっている。これをこなせるのは一握りの小学生だけである。毎月の模試では、算数などは当然こうした最難関校を意識して問題が作られているので、ふつうの小学生（それでも公立の小学校ではトップクラスだが）だとほぼ0点になってしまう。だから、中堅校を狙うというか、中堅校が精一杯の大多数の小学生ではそもそも偏差値が上手く測れない。小学校では算数のテストはいつも100点で算数の得意な子供でもSAPIXのテストでは0点になるので、算数ができない子と算数がかなりできる子との間に点数で区別が付けられない。同じ0点だからだ。

その点、四谷大塚と日能研は、週テストや毎月の全国模試でも算数の問題は基本的な問題から難関校向けの難しい問題まで並んでいるため、ふつうにできる子なら30点や40点ぐらいは取れる。そう考えると、中堅校狙い、あるいはＳＡＰＩＸで上位４割ぐらいに入れそうにないなら、四谷大塚や日能研のほうが無難かもしれない。もっとも、子供がどれぐらいできるかは中学受験塾に入塾させて、実際にレースを走らせてみなければわからないので、そもそもこうしたアドバイスはあまり意味がないのだが……。

東京だと、最近は最難関中学への進学実績を伸ばしてきている早稲田アカデミーという中学受験塾もある。テキストは四谷大塚系だが、ここの塾はとにかく熱血指導で体育会系だ。一方で、ＳＡＰＩＸの塾カラーはどちらかというとスマートでクールな感じである。ちなみに、四谷大塚は、他の中学受験塾と違って、予習シリーズというテキストを市販していて、誰でも買うことができる。そのため大手の中学受験塾がない地方でひとりの先生が全部の科目を教えるような個人塾では、だいたいが予習シリーズを使い、四谷大塚に上納金を納めて、準拠塾として四谷大塚の週テストなどを行なっている。

関西でＳＡＰＩＸに対応する最難関中学向け、具体的には灘中を狙う塾が浜学園である。また、より少数精鋭で、塾での拘束時間が長い代わりに塾で勉強が完結する希《のぞみ》学園もある。他に馬渕《まぶち》教室や能開センターなどが関西でがんばっている。ラ・サールと久留米大学附設を目指す九州地方は英進館という塾が最大手で、男子校の東海中学と女子校の南山を目指す愛知県では名進研と日能研が競っている。日能研や四谷大塚は全国展開しており、特に四谷大塚は、先程述べたように、個人塾が準拠塾となって四谷大塚のシステムを使っているため、中学受験が盛んでない地方では、こうした四谷大塚系の個人塾が唯一の選択肢となることが多い。

基本的には、こうした大手塾のひとつに入ればいいのだが、地方だと、個人塾だけが選択肢という場合も多い。筆者は、最初はこうした個人塾を、どちらかというと田舎ゆえに大手塾がなく消極的に選ばざるをえないものだと思っていたが、実際にいくつかの個人塾を見る機会があり意見が変わった。というのも、こうした個人塾の進学実績が驚くほどいいのである。まず、こうした塾では一国一城の主であるひとりの先生が全科目を見ている。大手塾の欠点は、先生が自分の科目だけを担当し、科目毎に部署が分かれており、科目間の連携が取れていないことである。中学受験では、全勉強時間の半分以上を算数1科目に投入する必要があり、現代文の勉強などを熱心にやっている暇はないのだが、国語の先生はそんなことは言わない。ひとりの先生がすべてを見る個人塾だと、こうしたセクショナリズムが働かないので、全体を見渡して最適な時間配分を決めることができる。また、東京などはなんの覚悟もなくなんとなく中学受験をしてしまう家庭も多いのだが、地方の場合、開業医の子供だとか大学教授の子供だとか、ごく一部の子供しか中学受験をしないので、そもそも中学受験をやっている子供の資質が違う。東京の小学校だと、学区によってはクラスの半分以上が中学受験をするなどということは珍しくないが、田舎の小学校だと学年で中学受験をする子供は1人いるかいないかであり、そういう子供が田舎の知る人ぞ知る個人塾に集まってくるのだから、難関校への合格率で見た進学実績が東京や大阪の大手塾よりいいのは当たり前なのだ。ちなみに、こうした田舎にはそもそも名門私立中学がないので、ラ・サールなどの寮のあるトップ校に行き中学から寮生活をするか、自宅から他の県のトップ校に新幹線で通うことになる。

さて、結論であるが、塾間の差はそれほど大きくない。じつはカルチャーなどそれなりに違いはあるのだが、子供はすぐに入った塾のカルチャーに染まっていく。中学受験業界の中では大衆向けの日能研からも開成中学や桜蔭中学に合格する子供はいるし、ＳＡＰＩＸに通う子供の大半は開成中学や桜蔭中学に合格できるレベルまで達しない。とにかく、家に近いところに通えばいい。どこの塾が合っているかはわからないが、入った後に塾に無理やり合わせていけばいい。長い通塾時間だけは確実に負担になる。

それでは中学受験の各科目について解説していくことにしよう。

中学受験の国語

中学受験の国語の問題は、上位校の場合、だいたい共通テストの現代文ぐらいのレベルだと考えてもらえばいい。ただし、解答は選択肢を選ぶのではなく、上位校はほとんどが記述式である。共通テストの現代文をすべて記述式で解くという感じである。さすがに小学生がやる国語の問題なので、教養レベルの高い大人がやれば、だいたいは解ける。ほとんどが常識的な問題である。これが大学入試レベルになってくると、上位の大学で読みやすい日本語を出していては受験生に差がつけられないので、悪文に線が引いてあったりして、筆者のようにわかりやすく文章を書くことを心がけている文筆家が思わず眉をひそめる問題も多いし、採点基準などよくわからない問題も多いのだが、さすがに小学生が解く中学入試の国語は、上位校といえども、まともな大人が素直に文章を読み、しっかりと日本語を理解できれば解けるようになっているし、出てくる漢字も、これぐらいは自分の手で書けたほうがいいだろう、と思える常識の範囲内だ。端的に言って、中学受験の国語には入試を突破するために過剰な学習を強いられる、という弊害はないと言っていい。

中学受験で国語の勉強をしっかりやれば、小学生の間に社会人として十分な漢字の読み書き、語彙、そして、読解力が身につくことになる。さらに、これでもかというぐらい記述問題をやらされるので、日本語を書く力もそこそこは身につく。もっとも、日本の国語教育は、文章を批判的に読む、自分の意見を相手に伝える、調査結果などをわかりやすくレポートにまとめる、などといったホワイトカラーに必要不可欠な国語力の訓練が抜け落ちており、ひたすら難しい文章を速く正確に読み解き、前提となっている社会の常識や規範をふまえて、問題で問われていることにいかに過不足なく答えるか、という訓練ばかりするので、そうした日本の国語教育特有の欠陥はある。逆にいえば、こうした受験現代文の訓練は小学生ぐらいで終わらせてしまえばよく、その点で、中学入試の国語の勉強をするのはなかなか良いことだ。

一方で、難関大学の文系学部を目指す場合、中学・高校でもひたすら日本語の難解な文章の読解をやらされる。こうした大学入試の現代文の対策をするために勉強をするのはある種の過剰な学習、もっと言えば有害だというのが筆者の意見だ。科学技術の発展にも経済の成長にも寄与しない、何の中身もない人文系の作家や学者が書く独りよがりの衒学《げんがく》的な文章を読まされ、その何の役にも立たない文章の中でもとりわけ意味がわからない悪文に線が引いてあり、どういうことか説明せよ、などと入試で受験生は言われてしまう。実際、具体的に説明すると中身がないのだから、受験生には答えようがなく、そんなものにつきあわされるのはとても可哀相だ。幸いなことに、理系だと東大・京大・名大以外の大学入試は、国語はマークシート方式の共通テストだけでいい。難関大学の文系以外なら、中学入試の段階で大学入試の現代文の勉強はほぼ終わることになり、その点でも中学受験はコストパフォーマンスが良い。

中学受験の社会

中学受験で問われる社会は主に日本地理と日本史だ。そして、ここに簡単な公民が加わる。世界地理は、主要国の名前や地形や主な産業を覚えたり、日本から見た貿易相手国として勉強するが、中心は日本の地理である。地図の見方からはじまり、地形、気候などを学び、都道府県各地の特色や、農林水産業、工業などを勉強する。しかし、世界地理の内容は薄いので、これだけで大学入試の共通テストには対応できない。一方で、日本史のほうは、レベル的にはこちらはほとんど共通テスト程度のことを勉強する。理系なら大学入試の社会は共通テストの１科目でいいので、もはや中学受験の段階で概ね社会の勉強は終わってしまうことになる。もっとも理系の学生は暗記項目が多い歴史は苦手で、地理を選択することが多いのだが。

公民では、日本国憲法を学び、三権分立によって、日本の国会、内閣、裁判所がどのように運営されているかを学ぶ。税金や国債の発行によってまかなわれる国の歳入が、どのように国民のために歳出されているのかといった簡単な国の財政も学ぶ。これらもとても常識的なものばかりだ。残念ながら日本の平均的な大人は、中学入試で問われる公民程度の知識も持ち合わせていないことが多い。こうした常識を小学生の間に叩き込めるので、中学受験の社会の勉強もまったく無駄ということはないだろう。

西日本でトップの灘中学が入試で社会の科目を課さないためか、関西圏の私立中高一貫校は国語、算数、理科の３科目で受験できる学校が多い。そして、関西では灘中という圧倒的トップの男子校に惜しくも届かなかった子供にいかに来てもらうかが他の進学校にとっては重要である。かつては、この役割を九州のラ・サール中学や四国の愛光中学などの寮のある学校が担っており、地元の天才児と関西からくる灘落ちの子供たちが切磋琢磨し、東大合格者数などで全国に名を轟かせていたが、いまや関西には灘中以外にも素晴らしい中高一貫校があり、そのためラ・サールや愛光などの進学実績は全盛期からは落ちてしまった。いまだに素晴らしい進学校であることには変わりないが。

さて、社会であるが、関西圏はこのように、国語、算数、理科の3科目に特化して勉強してくる灘中志望のトップレベルの子供たちにも受験してもらうために、灘中以外の進学校はアラカルト入試というのが主流になっている。それは3科目入試でも社会を含めた4科目入試でも好きな方を選べるという方式だ。総合点が同じになるように、3科目の総合点を補正する。たとえば、国語150点、算数150点、理科100点、社会100点の500点満点の入試を考えよう。ここで、社会を受けないと、配点が100点分少なくなり400点満点になる。しかし、この400点満点で得られた点数に4分の5を掛けて無理矢理に500点満点にするのだ。

このようにアラカルト入試で社会を受けない受験生はどうなるかというと、ちょっと計算してみればわかるのだが、国語と算数の比率が高まるのだ。社会を勉強していない受験生は、その分の時間を他の科目に割り振れるので有利になりそうだが、アラカルト入試ではじつは社会を受けた方が得するようになっている。まずは、4科目で受けた受験生は、社会を含めた総合点と社会を除いて4分の5を掛けた総合点でどちらか高い方を採用してもらえる。また、入試は国語や算数のほうが難しいことが多く、社会より平均点が低くなりがちだ。つまり、社会は点数を稼ぎやすい科目なので、国語と算数の比率が高まる3科目入試の受験生の方がやや不利になる。よって、第1志望校がアラカルト入試を採用している場合、ふつうは社会も勉強する。灘中が第1志望の子供は、灘中対策のための特別クラスに入り、社会は勉強しないのがふつうだ。しかし、灘中とその他の進学校ではかなりの差があるので、若干不利になるアラカルト入試での3科目選択でも、灘中に受かってもおかしくない実力があれば、軽々と合格してくるだろう。

関西はこのような状況なのだが、関東のトップ校はほとんどすべてが4科目を課してくるので、関東に住んでいる子供は社会を捨てることはできない。また、筆者は社会は意外と重要だと思うところもある。次に説明するが、算数や理科は、大問で最初の方を間違えたりしてごそっと失点してしまうなど、点数がブレやすい。国語も相性の悪い課題文だと一気に点数が下がることがある。その点、社会はとても安定している。また、社会が得意だと安定した得点源になり塾のクラス分けで思わぬ降格などが起こりにくくなるので、社会は最後の追い込みで帳尻を合わせるより、最初から基本事項をしっかりと覚えてしまって得点源にしておくほうがいい。中学受験の社会で勉強するぐらいのことをしっかりと覚えて理解すれば、社会常識として大人になっても使えることは言うまでもないだろう。中学受験の社会も割と勉強のコストパフォーマンスはいいのである。

中学受験の理科

さて、これから理系科目について解説しよう。最初に文系科目について説明したのは、それが大して大学受験と変わらないからだ（こんなことを言うと文系の人には怒られるかもしれないが……）。だから、中学受験の勉強は、将来を見据えた場合、文系科目の方が役に立つ。理系科目だと何が問題かというと、これらは中学・高校でどんどん新しい概念が積み上げられていくということだ。しかし、中学入試の問題は、いちおうは文科省が定める小学生の学習指導要領の範囲内の知識しか使ってはいけないことになっている。つまり、使える道具は著しく少ない。その中で難しい問題を作ろうとするので、どうしてもパズル的な要素が出てくるのだ。端的に言って、中学入試の理科が出来たところで、大学入試の物理や化学などの科目の足しにはあまりならないのだ。

それでは中学受験の理科がどのような分野で構成されているのか解説しよう。大学入試は理系でも2科目選べばいいだけで、理系の学生はだいたいが物理と化学を選択する。東大は理系でも生物や地学も選択できるのだが、慶応や早稲田などの併願校の理工学部は一部の例外を除き物理と化学しか選べないので、受験戦略的にこの2科目を選択するのが定石である。また、大学に入ってからも、このふたつの分野は生物学などを学ぶにしても基礎となるので、その点でも物理と化学がやはり無難である。さて、中学入試の理科であるが、これは高校入試の理科と同じで物理・化学・生物・地学とすべての分野が必要になるのだ。

中学入試の理科の物理だが、梃子《てこ》と滑車、バネ、電気回路などがあるが、いかんせん運動方程式もエネルギー保存則も習わないので物足りない。そうした狭い範囲で作られた問題である。化学になると、食塩水を混ぜたり蒸発させたり冷やしたりといった複雑な溶解度の問題、あとは塩酸や水酸化ナトリウム水溶液で金属を溶かすときの反応などが出題される。山場は酸性の水溶液とアルカリ性の水溶液を混ぜて中和させる際にいろいろな物質の量などを計算する中和反応だろう。しかし、化学式は習わないことになっているし、原子・分子論にはいちおうは踏み込まないことになっている。生物は植物や動物の名前を覚えたりする。植物では光合成の仕組みや、種子がどのようにできてどのように世代交代していくのか（植物の種類によって違うので簡単な分類学を学ぶ）などを勉強する。動物も同様だ。人体の構造と機能はかなり細かく勉強する。医師の家庭では人体に詳しいお父さんが子供に教えたりして面目躍如と言ったところだ。もっとも男女平等の世の中なのでお母さんが医師の場合も多いだろう。生態系における微生物の役割を勉強したりもする。しかし、細胞内部の構造や遺伝については勉強しないので、やはり重要な生物学の概念は中学以降にしか習わない。

このように中学、高校でだんだんと積み重ねていく重要なことが抜け落ちているため、物理・化学・生物は、筆者のような元理系の研究者は何か物足りなさを感じてしまう。その制限された範囲の中で、ある種の知的能力を競い合うためのパズルが作られている感じがする。一方で、地学の方は、月の満ち欠けや太陽系の中での地球の動きと季節の関係、宇宙、気象、地質学などの問題で構成され、それはちょうど中学受験の社会科がそうであったように、常識として身につけておきたい知識が多く、小学生の間にこうしたことを覚えるのはとてもいいことだと思う。

また、学校によっては、今流行りの前提知識を問わず論理的思考力を見るような問題もある。習っていない分野の実験データなどが問題文に提示されており、書かれている条件などをよく読み、その場で論理的に考えていけば解けるようになっている。大学入試改革では、知識を問うのではなく思考力を問うためにこうしたタイプの問題がいくつも試作されているし、米国の大学院入学のためのGRE（Graduate Record Examination）などの標準テストの論理的思考力を問うセクションにも似ている。要は、データや様々な条件が与えられ、それらを読解して問題を解いていく、という面倒くさい作業問題であるが、こういうことはホワイトカラーが会社で働くようになるととても重要なスキルかもしれない。事務系のサラリーマンの予行練習である。

中学受験の算数

国語、社会、理科と、中学受験で勉強する科目を解説した。最後にいちばん重要な科目である算数を持ってきた。中学受験はとにかく算数である。算数で決まると言っても過言ではない。そして、この算数が曲者《くせもの》で、小学校で習う簡単な算数とは似ても似つかない大変に難解な問題ばかりであり、中学以降で学習していく体系的な数学とはまた別の**中学受験算数**という独特な分野なのだ。入試問題を作る有名中学、そして、その対抗戦略を策定していく中学受験塾の間で長年にわたり軍拡競争が繰り広げられた結果、中学受験算数という高度な知的パズルの一大分野が出来上がってしまった。このパズルである程度の得点を取れないと、日本の一流中学への門戸は決して開かれない。

これまで解説したように、中学受験の国語、社会、理科は、ある程度の教養がある大人から見たら常識的な問題で、ある意味でよく出来ているのだが、算数だけがこのように奇形的に発達した独特な分野になっている。算数のような科目は、自分の実力よりもワンランク下の問題だとスラスラと簡単に解けてしまうので、中学受験をする小学生は通っている公立小学校の算数の定期テストでは、ふつうの子供が45分かけてうなっているのに最初の5分で解き終わって満点を取ってしまう。このような簡単な算数の問題だと、上位者の点数が100点に張り付いてしまって入試の目的である受験生の能力差を見極める、ということができない。そこで、落とすための入試問題を作らないといけない人気の難関中学は、60％から65％ぐらい正答すれば合格ラインに達するように問題の難易度を調整していくのだが、それに対して塾などが問題をパターン化して、解法を子供に叩き込む。そうすると、中学校側は、また、パターン化できない問題を作って難易度を上げる。ここでの算数の問題は原理的には小学校で習う範囲の知識を組み合わせて解けないといけない、という制約があるので、どうしてもパズル的になっていく。小学校で習う狭い範囲で、こういう問題の難易度を上げていくことが長年繰り返され、中学受験の算数の問題は複雑怪奇なものになってしまったのである。

また、国語と社会と理科は、簡単な問題から難しい問題まで割とバランス良く並んでいる。社会なら基本的な知識を問う問題から、ちょっと細かい知識を問う問題までバラけさせるなど、受験生の差を適切に測る問題を作りやすい。社会や理科が苦手であっても、基本事項さえ押さえておけば40点、50点ぐらいは取れるので、他の得意科目でカバーすれば合計点で逆転可能だ。しかし、難関中学の算数の入試問題の困ったところは、ちょうどそのレベルを受ける子供が解けるかどうかのギリギリの難度の問題がズラッと並んでいることである。ある程度の壁を乗り越えておかないと、簡単に0点近い点数を取ってしまう（小学校のテストは5分で満点を取る子供であってもだ）。算数が苦手で他の科目が得意な子供であっても、算数である程度の点を取るために膨大な時間をかけて対策をせざるをえないのである。この最低限のハードルが非常に高いのだが、そこを越えていないと、他の科目がどれだけできようと一流の中学校に入学することは不可能なのだ。

ちなみに、このことは東大文系の入試でも言えて、東大文系の二次試験は英語、国語、社会がそれぞれ120点に対して、数学が80点の配点なので、一見、文系であれば数学が苦手でも合格できそうに思えるのだが、東大文系こそ数学が合否を分けてしまう。ふつうの中堅大学の数学の入試問題は基本問題が50％、合否を分けるちょっと難しい問題が40％、誰も解けない難問が10％ぐらいで、70％以上の正答率を目標にして何とか60％取る、というような受験生同士の戦いなのだが、東大文系は絶妙に難しい問題が4問並んでいるだけで、基本問題が1問もない。河合塾やベネッセなどの大衆も受ける全国模試なら数学の偏差値が70の受験生であっても、簡単に0点になってしまうのが東大の数学だ。80点しか配点がなくても、ここである程度の点数は確保できていないと数学ができる受験生たちに一気に差をつけられてしまい逆転は困難だ。合格するような受験生なら大半が解けるような基本問題が全部カットされ、ギリギリの難解な問題が4問だけなので実質的には配点が大きいことと変わらない。日本は、難関中学も東大、京大、国公立大学医学部などの難関大学の入試も、受験生間で差がつく算数や数学で決まってしまうところがある。

さて、よく知られているように、小学校の算数のカリキュラムには方程式がない。方程式を使わずに複雑な文章題を解いていくことになる。よく誤解されているのだが、方程式を使ってしまえば簡単に解ける問題を、鶴亀算などの特殊な解法でやっている、というのはまったく間違いである。もちろん、中学入試に方程式を使いたかったらいくらでも使っていい。筆者の知る限り、方程式を使ったからといって正しい答えを導いた答案をバツにする、などという一流中学はひとつもない。問題の本質はそんなところにはないのだ。

これから中学受験算数の触りだけでも解説していこう。

まずは親が逆算のやり方を学ぶ

すでに述べたが、中学受験算数では方程式を使わない。文科省の学習指導要領により方程式は中学校から習う内容になっているからだ。方程式を解くには式の各項を右辺に持っていったり左辺に持っていったりという移行という操作が必要になり、それには負の数という小学校では習わない概念が必要になる。

ところが、小学4年生ぐらいの塾のテキストには、すでにxの代わりに□を変数にした一次方程式がたくさん出てくる。そして、大人はこれは当然に一次方程式と認識し、数学の方程式の解き方で解くため、親が塾の算数の宿題でつまずいている子供に教えようとして、まず最初の大混乱に陥ることになる。

ふつうの子供は中学の1年間をかけて一次方程式が解けるようになるのに、最近、塾で勉強をはじめたばかりの4年生の子供にいきなり方程式の解き方を教えたところでできるわけがないのだ。これはじつは方程式ではなく、逆算という小学生のやり方で解くものなのだ。親がまずは方程式を忘れ、逆算という基本的な算数の技法をマスターする必要がある。あるいは、子供の算数の勉強は完全に塾任せにして、余計な口出しをしない、と最後まで貫き通すことだ。それではここで逆算のやり方を解説しよう。

まずは8通りの基本的な逆算の型が反射的にできるように訓練しよう。四則演算は+、−、×、÷の4つで□が演算子の前か後かで2通りあるのだから、合計で4×2＝8通りになるわけだ。（図4−1）

驚くことだが、複雑な式もすべてこの8パターンの入れ子構造に還元できるのだ。その手順を説明すると次のようになる。（図4−2）

最初はすこし戸惑うかもしれないが、慣れると何度も移行して式を整理していかないといけない方程式の解き方より、こちらの逆算の解き方のほうが素早く計算できることがわかってくる。中学入試の問題は方程式を知らなくても解けるように作られているが、もちろん方程式で解きたかったら解いてもいい。すでに述べたように、まともな中学であれば、それでバツにされるようなことはもちろんない。ただ、方程式で解くと計算量が一気に増えてしまい、損するような問題はたくさん出てくる。中学入試で出る計算問題などは、逆算を知らないと不利になるので、公文などですでに方程式を終えてしまっている子供でも、逆算やこれから解説する中学受験算数独特のテクニックはぜひともマスターする必要がある。

鶴亀算を面積図で解いてみよう

鶴亀算とは、鶴と亀が合わせて何匹いてその足の数を足すと何本になるかの情報が与えられ、そこから逆算して鶴と亀がそれぞれ何匹いるか求めよ、というものである。たとえば、鶴と亀が合わせて100匹いて、足の合計が272本ある場合、鶴と亀はそれぞれ何匹いるか考えよう。これは中学受験算数の最も基本的な問題のひとつだが、これを3つの方法で解くと、方程式を使わない中学受験算数の世界がすこし理解できるだろう。

$\square \times 4 = 12$

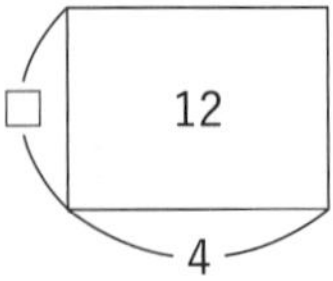

$\square = 12 \div 4$
$= 3$

$5 \times \square = 15$

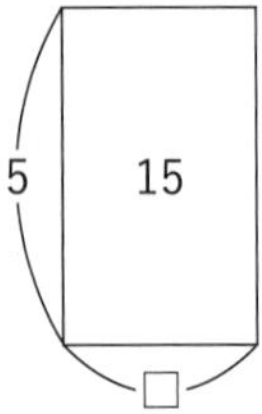

$\square = 15 \div 5$
$= 3$

かけ算は□が×の前でも後でも答えをわかっている方で割る。

$\square \div 3 = 2$

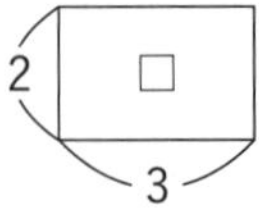

$\square = 2 \times 3$
$= 6$

$12 \div \square = 3$

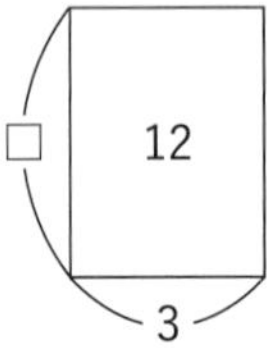

$\square = 12 \div 3$
$= 4$

割り算は□が÷の前か後かで計算が変わる。

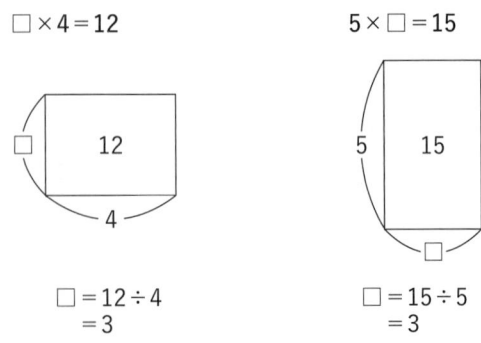

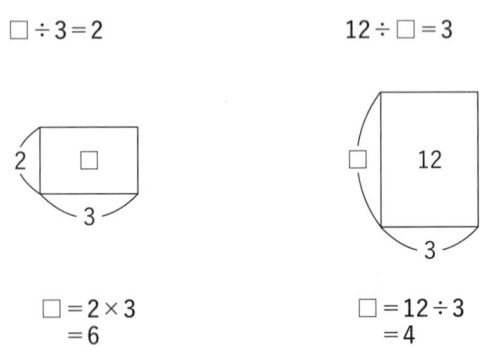

図4-1　逆算の基本8パターン

$\square+3=5$

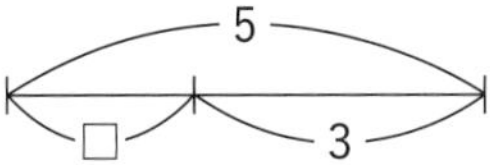

$\square=5-3$
$=2$

$3+\square=7$

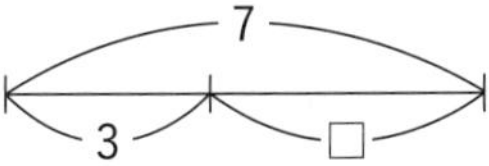

$\square=7-3$
$=4$

足し算は□が＋の前でも後でも答えからわかっている方を引く。

$\square-2=4$

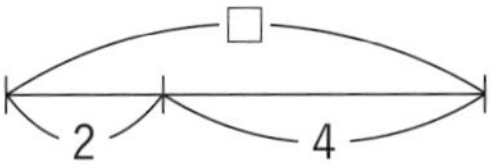

$\square=2+4$
$=6$

$5-\square=3$

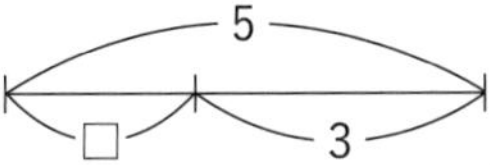

$\square=5-3$
$=2$

引き算は□が－の前か後かで計算が変わる。

慣れるとこのように計算できる。

$$16 - \underbrace{(7 + \overbrace{\square \times 4}^{15 - 7 = 8})}_{16 - 1 = 15} = 1$$

$$\begin{aligned} \square \times 4 &= 8 \\ \square &= 8 \div 4 \\ &= \underline{2} \end{aligned}$$

図4-2　逆算のやり方

次の□を求めよ。

$$16 - (7 + \square \times 4) = 1$$

まず四則演算の記号の上に、ふつうの計算だとどういう順番で計算するか数字を書く。

$$16 \overset{③}{-} (7 \overset{②}{+} \square \overset{①}{\times} 4) = 1$$

これを逆から求めていく。

まずは③を外す。

$$\begin{aligned} 16 - \boxed{} &= 1 \\ \boxed{} &= 16 - 1 \\ &= 15 \end{aligned}$$

次は②を外す。

$$\begin{aligned} 7 + \boxed{} &= 15 \\ \boxed{} &= 15 - 7 \\ &= 8 \end{aligned}$$

最後に①を外す。

$$\begin{aligned} \square \times 4 &= 8 \\ \square &= 8 \div 4 \\ &= \underline{2} \end{aligned}$$

中学の数学で方程式を習い、高校受験や大学受験で方程式を嫌というほど使ってきた大人はすぐ連立方程式を使いたがる。鶴の数をx、亀の数をyと置くと、合計匹数は$x+y=100$となる。その足の合計数は鶴の足は2本、亀の足は4本なのだから、$2x+4y=272$と表すことができる。これを解くと、鶴の数$x=64$、亀の数$y=36$と答えが出てくる。

それではこの問題を方程式を知らない小学4年生はどう解くのだろうか。単に、図表を描いて規則性を見つけるのである。まず、すべて亀だとすると、$4\times100=400$となるので、400本の足になるはずである。鶴を1匹増やすと亀は1匹減って、$2\times1+4\times99=398$となり足の数は398本。鶴が2匹なら足の数の合計は396本。同様に鶴が3匹なら亀は97匹になって足の数は394本になる。こうして鶴を1匹増やすと足の数の合計は2本減ることがわかる。足の数の合計は272本なのだから、最初の鶴が0匹の場合の400本と比べると、$400-272$で128本減らさないといけない。鶴を1匹増やすと足は2本減るので、$128\div2=64$となり、鶴は64匹となる。亀は$100-64$で36匹だ。このように図表を描いて規則性を見つけていけば、前提知識は何も必要がないのである。これは等差数列の考え方だが、具体的に工夫して数えるという点

図4-3　鶴亀算を等差数列で解く

これが答え ↓

鶴	0	1	2	3	・・・	62	63	(64)
亀	100	99	98	97	・・・	38	37	36
足合計	400	398	396	394	・・・	276	274	272

2つずつ減る

$$400 - 272 = 128$$

$$128 \div 2 = \underline{64\text{匹}}$$

図4-4　鶴亀算を面積図で解く

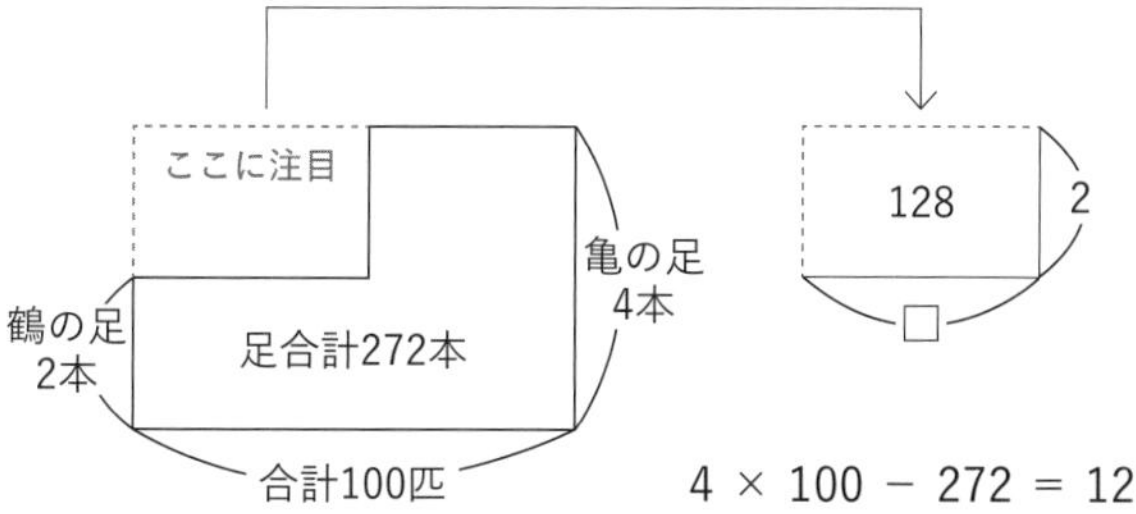

$$4 \times 100 - 272 = 128$$

$$\square = 128 \div 2$$

$$= \underline{64\text{匹}}$$

で、じつに算数らしい。

最後に面積図の解法を紹介しよう。面積図はとても中学受験算数らしい考え方だ。全体の足の数は1匹当たりの足の本数とその匹数を掛けて足し合わせれば求められる。このような掛け算で量が決まるものは面積で考えるとわかりやすいのだ。横を匹数、縦を1匹当たりの足の本数として、長方形を2つ描いてみよう。ここで鶴の匹数と亀の匹数はわからないのだが合計は100匹とわかっている。ふたつの長方形を合わせた、L字ブロックを横にしたような部分の面積が全部の足の本数であり、ここが272になるということもわかっている。そうすると大きな長方形は4×10＝400の面積があるので、先程のL字のところの272を除くと、左上の長方形の面積が128になることもわかる。さらに縦の長さも4－2＝2になることもわかるから、横の長さが128÷2＝64となり、これが鶴の匹数に他ならないのだ。面積図とはこのようにエレガントな解法で、中学受験算数では量が掛け算になる、たとえば、速さ×時間＝距離、食塩水の重さ×濃度＝食塩の重さ、などが出てくる場面で非常によく使うようになるのだ。特に速さの問題では太郎くんや次郎くんや電車が複雑な経路をいろいろな速さで駆け回り、その様子を縦軸が速さで横軸が時間のグラフを描いていき面積で距離を考えたりするのだが、これなどもう完全に微分と積分の世界である。面積図とは小学生が積分方程式を図形の力を借りながら使いこなしているということなのだ。

線分図で数量関係を比較する

さて、逆算と面積図を勉強したので、もうひとつ中学受験算数でよく使う線分図というツールを紹介しよう。これも連立方程式などを図形的に解く方法のひとつである。特に割合や比で表される多変数の関係が入り組んだ文章題では多用し、こうした問題を方程式で解こうとすると計算量が爆発してしまう罠にハメられることになる。

ここに太郎くんと次郎くんと花子さんが合計で３５００円の小遣いを持っているとしよう。太郎くんは次郎くんより４００円多く持っており、次郎くんは花子さんより５００円多く持っている。それぞれいくら持っているのだろうか？　もちろん太郎くんの所持金を x、次郎くんの所持金を y、花子さんの所持金を z と置いて三元一次連立方程式を解けばいいのだが、じつは小学生はこういう問題はちょいちょいと線分図を描いて一瞬で求める。３人の所持金の関係がどうなっているかを描いて見れば、一目瞭然なのだ。

図4-6　線分図を使う例題2

太郎が花子に200円あげる前

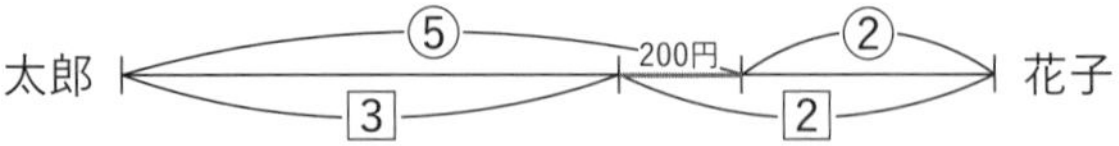

太郎が花子に200円あげた後

⑦と[5]を最小公倍数の△35で合わせる。

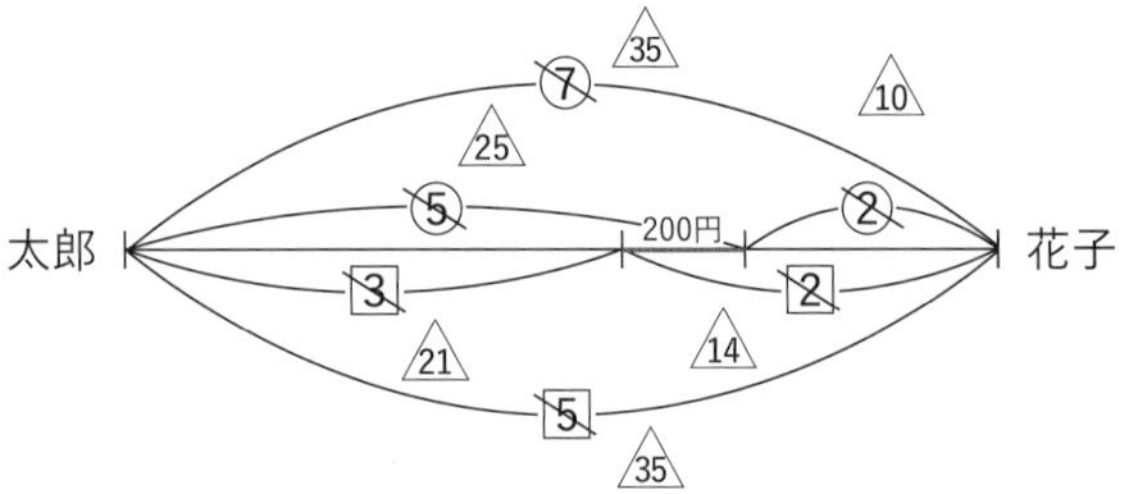

200円の部分は △14 − △10 ＝ △4 に相当

△4 ＝ 200円

△1 ＝ 200円 ÷ 4 ＝ 50円

太郎　△25 ＝ 50 × 25 ＝ 1250円

花子　△10 ＝ 50 × 10 ＝ 500円

図4-5　線分図を使う例題1

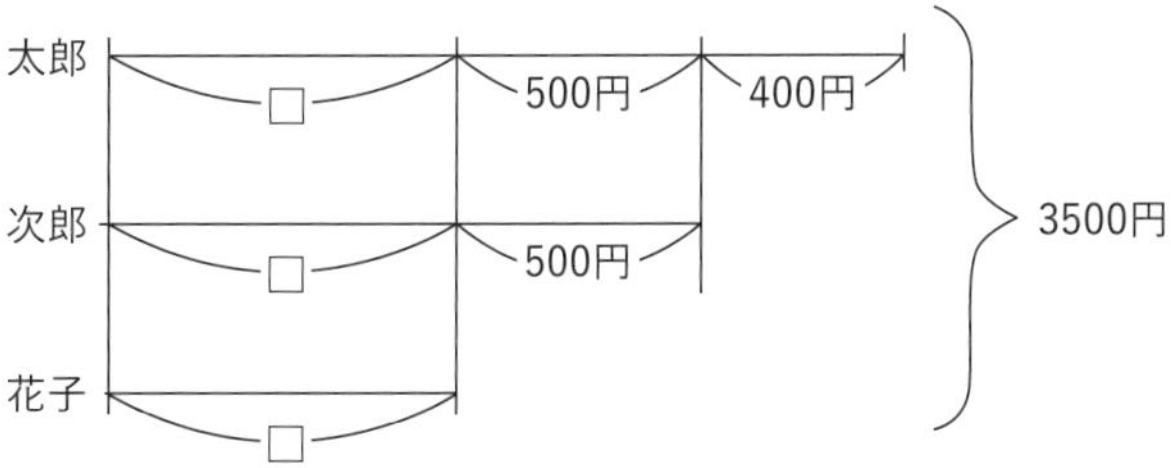

□が3つで3500円 −（500円 ＋ 500円 ＋ 400円） ＝ 2100円

□1つ分は2100円 ÷ 3 ＝ 700円

太郎 ＝ 700円 ＋ 500円 ＋ 400円 ＝ <u>1600円</u>

次郎 ＝ 700円 ＋ 500円 ＝ <u>1200円</u>

花子 ＝ <u>700円</u>

複雑な数量関係が比で表される問題などでは線分図はもっと力を発揮する。今度は設定を変えて、まず、太郎くんと花子さんの所持金が5：2だったとしよう。しかし、太郎くんが花子さんに200円あげたら、2人の所持金の比が3：2になった。2人は最初にいくらずつ持っていたのか？

中学受験算数では比や割合の関係をこのように数字を○や□や△で囲って表し、どことどこが比べられているのかがすぐに分かるように図を描いていく。○同士、△同士、□同士は同じ世界なので足したり引いたりできるが、違うマークの世界に行くには最小公倍数を使って同じ世界にしてやるのだ。

大人が文字が3つも4つも出てくる大変な連立方程式を立てて計算に四苦八苦している間に、小学生はこのような算数のツールを使ってスラスラと問題を解いていくのだ。

子供に方程式を教えるべきか

自分は勉強ができると思っている大人が中学受験の算数の問題を見ると、すぐに方程式で解きはじめる。そして、このような面積図や線分図の解法をバカにする。こういう中学受験算数の世界を舐めている大人は、謙虚にこうした算数のツールを学ぶことなく、子供に方程式を教えようとする。こうした過ちが、毎年繰り返され、子供たちは大混乱に陥るのである。悪いことは言わない。そういうお父さんは、いますぐ子供の中学受験の勉強を直接見るのをやめて、すべて塾に任せよう。少なくとも算数に関してはそうだ。親は、塾から配られる膨大なテキストや模試の整理など、この厳しい戦いにおいて、子供の勉強を間接的に支援するバックオフィス業務に集中すべきなのだ。中学受験は親と子で共に戦わないといけないものだが、それは決して、自分は分かっていると勘違いしている親が、独りよがりの解法を子供に教えることではない。

算数は塾に任せるか、自分も算数の考え方を謙虚に学ぶ、ということに納得していただけたら、これから書くことは読み飛ばしてもらっていい。しかし、どうしても数学の勉強を子供に直接教えたい、という困ったお父さんたちのために、小学生に方程式を教えるための指針を書いておこう。最初に言っておくが、方程式を使えたところで、中学受験では有利にならない。つまり、より偏差値の高い中学に合格することだけが目的なら、方程式はやらないほうがいい。方程式を使えば簡単に解けるような問題は、そもそも難関中学の入試にほとんど出ないし、出たところで算数のやり方のほうが計算量が少なくなるのがふつうで、さらに、子供は問題ごとに方程式で解くべきか、他の算数的な解法で解くべきか、と判断を迫られることになり、時間制限がきつい入試の算数ではこれは不利に働く。しかし、中学受験の算数を方程式で乗り切る大きなメリットがあることは確かである。それは何か？　それは中学で習う数学の先取り学習になるということだ。多くの人が誤解しているのだが、中学受験の算数は方程式を使えても有利にならないが、中学に入ったあとの学習で先取りが終わっている分だけ将来の大学受験を見据えれば有利になるのだ。

数学をそれなりに学んだ大人は、小学4年生や5年生の10歳ぐらいの子供に、こうやって方程式を解くんだ、と小一時間ほど説明して、それで子供が方程式を使えるようになると思っている。しかし、思い出してほしい。文字で変数を表したり、負の数という概念を理解したり、移行を練習したりして、ようやく簡単な一次方程式を理解したのだ。連立方程式は、中学2年で丸々1年かけて勉強し、その後、大学受験まで、ずっと方程式を使い続けていたわけだ。だから、大人はある程度の中学受験算数の問題なら方程式をスラスラ書いて解けるわけだ。それを負の数も知らない子供に、1時間でマスターしろ、と言うのは土台無理な話なのである。

筆者が実際に小学生に方程式を教えていて気がついたことだが、一番難しいのは

〝＝〟の概念をしっかり理解させることであった。数式というものは、＝で左側と右側が同じになっている、という抽象的な概念が10歳の子供にはなかなかわからないのだ。だいたいの小学生が、＝のことを「計算せよ」のマークだと思っているからである。左側と右側が同じものだから、両方から同じ数を引いても同じだよね……、と教えても、？？？という状態である。機械的にこうすればいいと解き方を教えて、理解できなくても練習させ、それから何度も説明して……、とようやくわかってくる感じである。

難関中学に合格し、将来は東大や京大に軽々と合格するポテンシャルを秘めている子供でも、中学受験で最低限必要な連立方程式の修得までに、分数などの一通りの計算ができているという前提で、最低でも50時間程度の学習が必要だと思ってもらえばいい。これは夏休みに夏期講習とは別に毎日2時間ぐらいは中学数学の勉強に時間を割くぐらいのボリュームである。もちろん、公文なんかで小さい頃から勉強して、中学レベルの数学まですでに終わっているならもっと早い。しかし、方程式は、大人が思っているより子供にとっては難しく、大人にとっては難しい算数の解き方のほうが子供にははるかに理解しやすい、ということはぜひ覚えておいてほしい。

それでも方程式を子供に教えたい、というなら時間と労力を覚悟した上で最後まで責任を持って取り組んでもらいたい。間違っても、1日説明したぐらいで子供が方程式をマスターできるなどと思わないことである。

中学受験か高校受験か

ここまで読んでいただければ、中学受験とはどういうものか、その概要が分かっていただけただろう。しかし、こればかりは、やはりやってみないとわからないものである。そして、子供を中学受験塾に入れてしまえば、家族は否が応でも中学受験の濁流に飲み込まれていく。中学受験は、スイミングやピアノなどの他のお稽古ごととはまったく次元の違うものである。それは毎週のように子供の順位がしっかりと出てくるからである。順位が出るからには親子でがんばらざるをえないのだ。プロスポーツのような厳しさがそこにはある。あるいは、ボトムライン（すべての費用を差し引いた企業活動の最終的な利益）の数字で評価されてしまうビジネスのような厳しさがある。この厳しいレースを走り抜く子供を家族で全面的にバックアップしていく必要がある。

逆に言えば、親と子がこれほど真剣に同じゴールに向かって共に取り組めるものはない。これは誇張でも何でもなく、現代社会でふつうに生きていれば、親子がひとつのチームとなり、一致団結して必死に取り組めるものといったら、中学受験以外にないのである。時には親子でぶつかり合うこともある。そして、親子の絆が深まることもある。逆に、親子関係が悪くなってしまうこともある。最悪の場合、というか最悪というほど稀ではなく、割とよくあることだが、親子関係が険悪になり、さらに勉強を無理矢理やらされた子供はすっかり勉強嫌いになってしまうこともあり、そうなってしまっては金と時間と労力を注ぎ込んだものの最終的な大学受験の結果において中学受験の経験が逆効果だった、ということも往々にしてある。そもそもこれだけ大変な勉強をしても、第2章の東大や京大の合格者数ランキングに載っているような名門中学に合格する子供は一握りであり、おそらく1割もいない。中学受験というものはとても賭け金の高いゲームなのだ。

最後に、どういう子供が中学受験に向いているのか、あるいは、高校受験にした方がいいのか、という大事な指針を書いておきたい。ここまで読んで、それでも親子で中学受験を楽しめそうだ、と思うなら中学受験に向いていると思う。きっと勝ち戦になるだろう。また、たとえ単なる志望校の合格か不合格かという結果で見れば勝てなかったとしても、そこで得られたものは大きく、次の戦い、すなわち大学受験ではこの敗戦がきっと生きてくる。筆者は中学受験の最大の果実は志望校に合格することではなく、毎週順位が出るテストを受けながら塾で授業を受け家庭で猛勉強し続けるそのプロセスにこそあると思う。しかし、経済的事情などで、こうした中学受験は無理だと思うなら、迷うことなく高校受験を選んでほしい。わざわざ親子で金と時間と多大な労力をかけて負け戦に臨むことはない。

ところで、前述のように筆者は地方の私立中学に行ったのだが、この章に書かれているような大変なものではまったくなかった。個人塾でちょっと勉強していただけであり、それは現代の東京や関西の一部で繰り広げられているような壮絶なものとは似ても似つかない牧歌的なものであった。また、筆者は大学生の時に大手中学受験塾で講師をしていたと書いたが、アルバイトの学生講師は6年生や上位クラスではほとんど授業をしないし、時給を稼ぐために担当科目の授業をするだけであり、こうした中学受験の実態を当時はほとんど理解できていなかった。中学受験というものの実態を知ったのは身内の子供が参戦した後である。

それでは高校受験ルートについては次章で論じることにする。

第5章　格安の公立中学からの高校受験ルートで学歴獲得競争に勝つ

圧倒的に安い公立中学コース

日本の公立小学校や公立中学校、そして、公立高校は実際のところ大変に優れている。PISAなどの国際的な学力調査では、日本の子供の学力は常に世界の中でトップクラスで、多くの国が日本の初等中等教育から学ぼうとしてきた。一方で、教官が自分のところの大学出身者ばかりだったり、終身雇用と年功序列人事などで停滞しきっている日本の大学や大学院の仕組みを学ぼうとする国は残念ながらない。高校卒業までの日本人の学力はとても高く、また、特に庶民のほぼ全員が読み書きや計算ができるなど、日本の初等中等教育は大成功しており世界から高く評価されているのだ。日本のこれらの教育の大部分は私立ではなく、ほぼ無料の公立の学校で担われている。また、日本生まれのノーベル賞受賞者はこれまでに29人出ているが、そのうち27人が国公立高校出身である（私立の１人は化学賞の野依良治氏で灘高から京大工学部に進学。もう１人は物理学賞の江崎玲於奈氏で同志社中学から旧制第三高等学校を経て東大理学部に進学）。

　無理をして中学受験して、ＳＡＰＩＸや浜学園などの塾に約３００万円も支払い、その上で私立の学校に6年間で約６００万円も払う必要はないのだ。子供を公立中高に通わせ、中学受験をしないことで余った教育資金を高校受験のための塾1年、大学受験のための予備校1年、あとは短期留学ぐらいに回したほうが、ほとんどの家庭にとってはコストパフォーマンスがいいだろう。また、私立中学受験はこれだけの費用がかかるのだから、ほとんどの家庭にとってそもそも選択肢にもない。ぽんと１０００万円ほど余分に教育費を出せる家庭は限られている。多くの家庭では、公立中高からいい大学を目指すという一択であるし、それで何の問題もないのだ。

　子供が公立の中高から大学受験に成功して、国立大学に行ってくれれば、日本では教育費はほとんどかからないのだ。子育てには金がかかる、などとよく言われるが、日本では本来は子育てに金などかからないはずで、かかるとしたら、塾に通わせ、私立の学校に通わせ……とある意味で親が必死に本当に価値があるのかどうかわからないところに金を払っているからである。小さいころから高い金を払って子供を塾に通わせ、私立中学に無理矢理に押し込んでも、ほとんどの子供はそんな親をウザいと思うだけだろう。

表5-1　OECD 加盟国における学習到達度調査（PISA）（2018年）

順位	読解リテラシー	平均得点	数学的リテラシー	平均得点	科学的リテラシー	平均得点
1	エストニア	523	日本	527	エストニア	530
2	カナダ	520	韓国	526	日本	529
3	フィンランド	520	エストニア	523	フィンランド	522
4	アイルランド	518	オランダ	519	韓国	519
5	韓国	514	ポーランド	516	カナダ	518
6	ポーランド	512	スイス	515	ポーランド	511
7	スウェーデン	506	カナダ	512	ニュージーランド	508
8	ニュージーランド	506	デンマーク	509	スロベニア	507
9	アメリカ	505	スロベニア	509	イギリス	505
10	イギリス	504	ベルギー	508	オランダ	503
11	日本	504	フィンランド	507	ドイツ	503
12	オーストラリア	503	スウェーデン	502	オーストラリア	503
13	デンマーク	501	イギリス	502	アメリカ	502
14	ノルウェー	499	ノルウェー	501	スウェーデン	499
15	ドイツ	498	ドイツ	500	ベルギー	499
16	スロベニア	495	アイルランド	500	チェコ	497
17	ベルギー	493	チェコ	499	アイルランド	496
18	フランス	493	オーストリア	499	スイス	495
19	ポルトガル	492	ラトビア	496	フランス	493
20	チェコ	490	フランス	495	デンマーク	493
21	オランダ	485	アイスランド	495	ポルトガル	492
22	オーストリア	484	ニュージーランド	494	ノルウェー	490
23	スイス	484	ポルトガル	492	オーストリア	490
24	ラトビア	479	オーストラリア	491	ラトビア	487
25	イタリア	476	イタリア	487	スペイン	483
26	ハンガリー	476	スロバキア	486	リトアニア	482
27	リトアニア	476	ルクセンブルク	483	ハンガリー	481
28	アイスランド	474	スペイン	481	ルクセンブルク	477
29	イスラエル	470	リトアニア	481	アイスランド	475
30	ルクセンブルク	470	ハンガリー	481	トルコ	468
31	トルコ	466	アメリカ	478	イタリア	468
32	スロバキア	458	イスラエル	463	スロバキア	464
33	ギリシャ	457	トルコ	454	イスラエル	462
34	チリ	452	ギリシャ	451	ギリシャ	452
35	メキシコ	420	チリ	417	チリ	444
36	コロンビア	412	メキシコ	409	メキシコ	419
37	—	—	コロンビア	391	コロンビア	413
	OECD 平均	487	OECD 平均	489	OECD 平均	489

2018年調査において、読解リテラシーは国際基準を満たさなかったスペインを除く。非OECD加盟国を含めた総合点は中国（北京市、上海市、江蘇省、浙江省のみ）が１位、シンガポールが２位、マカオが３位、香港が４位、エストニアが５位、日本が６位、台湾が７位。
出所：The OECD Programme for International Student Assessment (PISA)

今風の言葉で言えば毒親《どくおや》である。下手したら、教育虐待だ、などと意識だけは高く学力が残念ながら高くならなかった出来の悪い自分の子供に逆恨みされるのがオチだ。

文科省が行っている学校基本調査によると、日本で私立中学に通っているのは全体では約８％であり92％は公立中学に通っているのだから、子供をこの格安の公立コースに進ませることに何の引け目を感じる必要もない。地方の旧帝国大学の合格者の割合はだいたいこれと同じで公立出身が大多数である。突出して私立中高一貫校出身者が多い東大でも私立出身は半数程度に留まっている。つまり、高い金を払って、中学受験をさせ、私立の中学と高校に金を払っても、受験産業が煽るほどの効果があるかは疑わしいのだ。

私立中高一貫校は公立と比べて偏差値を3上げられるかもしれない

世間には私立中学受験や塾通いを煽る記事があふれていて、あたかもいい大学に子供を行かせられるかどうかは親がかける金次第、と言わんばかりだが、こうした追加的な教育投資が子供の偏差値をどれほど上げるのかは定かではない。日本で大きな全国模試を主催している予備校にはこうしたことを見積もれるデータがあるはずなのだが、ある意味でセンシティブな情報なので、残念ながらほとんど世間に出てきていない。しかし、

表5-2　駿台全国模試の私立中高一貫校と公立高校の偏差値差
（私立－公立）

全体

	数学	英語	国語
高１	5.0	4.1	2.5
高２	3.9	2.8	1.1
高３（文系）	3.5	2.2	1.7
高３（理系）	4.4	2.8	1.2

成績上位層※

	数学	英語	国語
高１	5.7	4.6	4.3
高２	4.9	3.2	1.8
高３（文系）	4.5	3.5	2.4
高３（理系）	4.9	2.9	1.1

※高１、高２は偏差値60以上、高３は55以上で集計

出所：プレジデントファミリー2012年6月号「私立中学受験組と公立組の学力差はどれくらいか」

すこし古いデータであるが、約５万人が受験する駿台模試で私立の高校生と公立の高校生の偏差値がどれぐらい違うのか、という貴重なデータがプレジデントファミリーという教育雑誌の２０１２年６月号に載っていた。

表５－２は、私立中高一貫校の受験生の平均偏差値から公立高校の受験生の平均偏差値を引いたものである。注目すべきは、大学受験に直結する高３のデータだ。全体で見ても偏差値上位層で見ても、数学では偏差値が４〜５違う。英語で３程度、国語は１程度である。全体のほうで、理系と文系をすべて平均して、これら３教科の偏差値の私立vs.公立格差を計算すると２・６で、四捨五入すると約３となる。もちろんこれらはすべての公立高校ではなく、大学進学を希望し駿台全国模試

を受けるような公立高校なので、ある程度の進学校であろう。

前述のように、中学受験をすると塾の費用と私立中高一貫校の学費などで、公立中学→公立高校のコースよりも合計で約1000万円ぐらいは余分に教育費用がかかる。つまり、ここから得られる結論は、約1000万円ぐらい余分にかければ偏差値が3程度は上がるかもしれない、ということだ。もちろん、これはあくまで平均値なので、私立の中高一貫校の環境がよく合って、3よりももっと偏差値が上がる子供もいるし、逆に本当は勉強ができるのに、私立難関校の優秀な子供の中で霞んでしまい、勉強をやる気がなくなり、かえって公立中学に行ったほうが良かった、という子供もたくさんいるだろう。こうした個人間のばらつきは大変に大きく、私立中高一貫校に通わせれば子供の偏差値が3上がる、と単純に考えるべきではない。

仮に大学受験の偏差値+3を1000万円出せば買えるとしたら、たとえば私大だとMARCHが上智ぐらいにはなる。上智が早慶ぐらいにはなるかもしれない。阪大が京大ぐらいにはなるだろう。東工大、一橋大、早慶上位学部に順当に受かる子供なら、偏差値3程度そこから上げることができたら、東大には十分にチャレンジできる。あるいは、同じ大学に行くにしても、浪人が現役になるかもしれない。つまり、この数字だけ見たら、約1000万円出せば、期待値では子供の大学がワンランク上がるかもしれない、というぐらいの相場観だ。

しかし、受験勉強の適性には、明らかに遺伝的な影響もある。塾の費用を負担し私立に子供を通わせられるような裕福な親のほうが遺伝的に優秀である傾向があり、それゆえにこの私立vs.公立格差のうちのどれほどが中学受験塾と私立中高一貫校の教育効果、環境効果に依るものかはわからない。このような限られたデータから遺伝的影響の割合を求めるのは容易ではないが、高3理系の国語の偏差値格差を遺伝的影響の寄与だと考えてみることにする。理系の場合、国語の対策にはあまり時間を取らないので、言語処理能力の遺伝的資質がよりダイレクトに出ている可能性が高い、と考える。これは全体で見ても、成績上位層だけで見ても、1・1～1・2程度である。先ほどの2・6のうち遺伝的影響を1・1とすると、後天的な教育環境によって生まれる偏差値格差は1・5程度と推定される。また、中学受験は親の負担も相当なものなので、直接の出費は1000万円ほどだが、親が子供の教育に費やす時間までを機会費用として加えると、直接の費用だけにはとどまらない。つまり、1000万円出して、さらに親が多大な労力を負担して、その効果は偏差値1・5程度だということとなると、大学がワンランク上がるかどうかは怪しくなってくる。

詳細なデータがないので本当のところは何とも言えないが、塾講師や私立中高一貫校の教師など受験産業に関わっている人たちの現場の意見も総合すると、中学受験を経て私立中高一貫校に子供を通わせると、期待値としては大学がワンランク上がるかもしれない、あるいは浪人が現役になるかもしれない、という程度のものだろう。そして、子供の将来の年収などを考えれば、大学がワンランク上がれば、あるいは浪人が現役になれば、1000万円ぐらいの追加負担は確かに報われる、とも言える。おそらく世間の人が思っているほどこうしたものの教育効果は大きくないが、さりとて、こうした受験産業が詐欺的で効果がないものを高く売っているわけでもない。ちょうどいい具合に値付けがされている、というのが筆者の率直な感想である。

高校入試の数学は大学受験経験者にはとても簡単

子供の中学受験などにつきあい難関中学の算数の入試問題などを見ていると、小学生がこんなに難しい問題を解かなければいけないのか、と驚く。さらに難関中学の入試はたいてい制限時間が非常にきつい。そして、前章でくわしく解説したように、小学生には連立方程式などの中学以降で習う、問題を解くための当たり前の武器すら配られていないのだ。西日本トップの灘中学や東京のトップの筑波大学附属駒場中学などの算数の入試問題を見ると、こんな問題を作る教師たち、そして、それを制限時間内に解いていく小学生たちに畏怖の念を抱かざるをえない。

その点、高校受験の入試問題は、最難関校といえども、筆者のようなバックグラウンドだと拍子抜けするほど簡単に感じられる。しかし、これは大学入試の数学を勉強した経験があるからであって、そうでない子供たちにとってはやはり難しい試験だろう。これはどういうことかというと、中学受験の算数とは、前章で解説したように、小学校の算数ともその後に習う体系的な数学とも違う「中学受験算数」という独自の分野で、素質のある小学生たちがしのぎを削っている一方で、高校受験の数学はしょせんは中学1年から高校3年までの6年間で習う体系的な数学の中間地点でしかないからである。大学受験で数学を勉強した経験があるならば、難関高校の入試問題とはいえ、高校入試の数学は大学入試のそれを大幅に簡単にしたものに過ぎないのだ。

英語に関しても同じことが言えて、中学1年から高校3年まで6年間かけてすこしずつ語彙を増やし、すこしずつ読める文章のレベルを上げていく過程の中間地点である。

高校入試では、灘高校、筑波大学附属駒場高校、開成高校、あるいは東京の公立トップの日比谷高校や大阪の公立トップの北野高校など、こうした錚々たる最難関高校でも、そのレベルは大学入試でいえば日東駒専よりちょっと簡単なぐらいである。逆にいえば、高校入試のトップ勢は、すでに英語に関しては中堅私立大学の入試とそう変わらないレベルに達しているともいえる。

東京は優秀層が中学受験で抜けるので高校受験の方が楽

全国で私立中学に通う子供は約8％と紹介したが、東京の一部地域では中学受験が過熱しておりそれどころではない。文京区や港区、目黒区や千代田区など所得が高く教育熱心な家庭が多い区では約4割が私立中学に進学し、クラスの半分以上が中学受験する小学校も珍しくない。こうした小学校では6年生の冬休み以降は生徒たちがインフルエンザや新型コロナウイルスなどの感染症を避けたいことと入試に向けてラストスパートをするために学校を休むので、3学期は学校の教室がガラガラになる。一方で、東北地方や中国地方などでは中学受験をする生徒などはほとんどいない。進学実績のいい私立中学が通学圏にないのだから当たり前である。こうした地方では、教育熱心な開業医の子息などは、寮のある名門校である鹿児島のラ・サール学園や愛媛の愛光学園などを目指したり、あるいは新幹線で他県の有名私立中学に通わせようと中学受験するのだが、せいぜい学年で１人か２人程度だ。こうして見ると、私立中学に通う子供の率を全国平均という数字で見てもあまり意味がないかもしれない。東京では中学受験はふつうであり、将来は子供にいい大学に行ってもらいたい、と考えているある程度経済的に余裕がある家庭で中学受験をしないという選択はなかなか難しいのだ。

良くも悪くも、東京ではこのように教育熱心で比較的裕福な家庭の子供たちが小学校を卒業するとごっそりと私立中高一貫校に抜けていく。そうなると、公立中学に入ってくる生徒は、勉強という観点からは上位１、２割が抜けてしまっていることになり、ここれこそが受験産業が中学受験を煽る殺し文句のひとつであるのだが、逆に考えれば、こうした上が抜けた母集団の中で競争すればいい高校受験の方が勝ちやすい、とも言える。

実際に、私立中高一貫校で高校からも生徒を受け入れている学校では、中学入試の偏差値より高校入試の偏差値の方が10程度高くなる。中学受験で偏差値50の学校に受かるのは、高校受験では偏差値60程度の学校に受かるのと同等であり、中学受験で60なら高校受験では70のトップ校となる。

慶応大学や早稲田大学の付属校も高校受験における最難関校の一角を占めているのだが、こうした名門大学の付属校には中学入試で入るより高校入試で入る方がずっと簡単だというのが筆者の率直な感想だ。前述のように、中学入試を受ける子供の母集団と高校入試を受ける子供のそれはまったく違うので、付属校の中学入試と高校入試でどちらが大変かをデータで証明するのは簡単ではないが、慶応や早稲田は高校入試が一番入りやすい、というのは受験産業関係者の間でもよく言われていることである。

実際、筆者の身内の中学生だった子供（「まえがき」に出てきた大学生とは別の子供）が海外に留学していたのだが、高校入試を機に日本に帰りたい、ということになり相談に乗っていたことがあった。帰国子女なので、英語は高校入試などほぼ満点が取れると思っていたのだが、過去問をやらせてみるとそんなに点数が良くない。100点満点中60点ぐらいだった。どうやら日本の入試問題で何を聞かれていて何を答えればいいのか、よくわからなかったようである。しかし、高校入試用の問題集を買って1週間ぐらいかけて1冊やったところ、難関高校の入試問題も100点満点中90点以上はすぐに取れるようになった。こうした難関高校の入試は6割ちょっと取れれば合格である。数学も高校入試用の問題集（たしか『最高水準問題集』だったと思う）を日本から送って1ヶ月ほどやったところ、過去問で７、８割ぐらいすぐに取れるようになった。慶応や早稲田の高校入試は英数国の３科目で、他の難関私立高校も、帰国子女は英数国の３科目で受けられるところが多い。英語90点、数学70点なら、国語が40点以下でも難関高校に合格できる。高校入試でも、西日本最難関が灘高校で東日本最難関は筑波大学附属駒場高校である。そのちょっと下に私立では東京の開成高校や、寮のある鹿児島のラ・サール学園や奈良の西大和学園などがある。中学校での内申点も必要な公立高校と私立高校の入試は簡単には比べられないが、公立高校トップは東京の日比谷高校、神奈川の横浜翠嵐高校、愛知の旭丘高校、大阪の北野高校などである。慶応大学や早稲田大学の付属高校はこうした最難関高校と同レベルの難易度とされている。筆者は、東京の中学受験の過酷さを知っていたので、海外の留学先で塾にも行かずにわずか１ヶ月ほど市販の参考書を自分で勉強するだけで、このレベルの高校に楽々と合格できる水準に達することがわかり、高校入試というのは中学入試と比べてどれほど楽なのか、と大いに驚いたものだ。

大学受験では私立中高一貫校の生徒たちと戦うことになる

前述のように、昨今は中学受験が過熱しており、トップ進学校や名門大学の付属校に入ることは、東京などでは中学受験より高校受験の方がだいぶ楽なのであるが、大学受験ではこうした厳しい中学入試を乗り越え、高校入試がないことから6年間かけてじっくりと大学入試のための効率的なカリキュラムで勉強してきた中高一貫校の生徒たちと、高校入試が終わったあとに当たり前であるが高校範囲を3年間しか勉強していない生徒たちがまったく同じ土俵で戦うことになる。

それでは公立中学を選択し、中学受験ではなく高校受験に照準を合わせる家庭の子供たちが、どうやって私立中高一貫校の連中と戦うかだが、それにはまずは相手の弱点をよく知る必要がある。中学受験には非常に大きな欠陥があるのだ。それは大学入試においてこれほど重要な英語も数学も中学受験の入試科目にはないということだ。それゆえに、関東と関西にいくつかしかない最難関中学（率で考えれば毎年3000人も合格する東大に入るよりだいぶ難しい）に合格した子供の下位10～20％程度は、浪人してもMARCHや関関同立にも受からない程度の学力になる。進学校のボトム層は時に深海魚などと呼ばれるのだが、こうして小学校時代のすべてを中学入試の勉強に費やしたような子供たちも深海魚になってしまうと、田舎で鼻水を垂らしながら野原を駆け回っていたちょっと勉強ができる公立高校出身の塾にも行ったことがない子供に大学受験で簡単に負けることになる。算数は中学入試で死ぬほど勉強するので、大学入試の数学はこうした算数で鍛えられた子供たちが強いのは事実だが、中学に入ったとたんに勉強をやめてしまうと、前章で解説したような算数の線分図や面積図といった武器がなまじっか強力なため、中学で出てくる数学の問題も方程式を使わず解けてしまい、方程式などの代数の考え方を十分に修得しないまま高校数学に入っていくと、そこでゲームオーバーとなる。

さて、中学受験に必要な労力の半分でも大学受験に直結する英語と数学の先取り学習に費やすことができたなら、大学入試では公立組のほうが理屈の上では有利になると考えられる。中学受験をするアドバンテージは６年間かけて大学受験に照準を合わせた勉強ができる、ということが受験産業の謳い文句であり、実際にそれはそのとおりである。中高一貫校は中学範囲の学習を２年弱で終え、高校範囲の学習を約３年かけてじっくりと行い、最後の１年を大学入試のための演習に当てるのが標準的なカリキュラムだ。日本のカリキュラムは、義務教育の中学までの範囲が少なく、義務教育が終わってからの高校範囲が大変なのである。筆者の肌感覚としては、中学３年間の学習量を①だとすると、高校３年間の学習量は軽く⑩は超える。高校受験で足止めされない中高一貫校の生徒たちは中学範囲を早く終えてしまい、多くの時間を高校範囲の学習に費やすことができる。

しかし、高校受験がないからこそ大学受験に向けたカリキュラムを最適化できる、という理屈から言えば、中学受験さえ無駄になるとも言える。小学校から英語の勉強などをがんばれば、大学入試に向けてより直線的な、より合理的なカリキュラムになるからだ。中学受験は異常なほどの勉強量を小学生に強いる。仮にその半分でも英語学習につぎ込むことができれば、小学校卒業時ですでに高校入試に対応できるぐらいの英語力には到達してしまう。あとは、公文などで、数学の先取り学習でもしておけば十分だろう。中学受験組の親子が、二度と使わない算数の鶴亀算などの難問で消耗している間に、楽しみながら英語や数学の勉強をどんどん進められれば理想的だ。なお子供の英語学習についてては次章でくわしく述べる。

高校受験組の弱点は数学の遅れ

高校受験組は、小学校の間は当然だが中学受験をしなくてもいいので時間にゆとりがあり、英語学習などを進められる。また、高校入試では英語がとても重要なので、入試対策でも英語をみっちり勉強することになる。だから、英語は高校受験組のほうが、中学入試が終わったあとに勉強をサボってしまった中高一貫校の生徒よりも総じてよくできる。しかし、問題は数学である。こちらで上位の中高一貫校に差をつけられることが多い。高校入試の数学は、当然だが中学校で習う範囲から出題されるのだが、前述のように中学校の範囲は非常に少ないのである。代数は二次方程式までしか進まないし、幾何は三平方の定理までである。これがどれぐらい少ないかというと、過酷な中学受験を乗り越えて難関中学に受かった子供なら、中学入学前の春休みに2、３週間勉強すれば基本的なところは終わってしまうほどの量なのだ。

一方で、高校で習う数学はまずは数学ＩＡでもっと複雑な方程式を操れるように式変形やさまざまな数学の論理に習熟し、確率や図形の問題もより複雑になる。そして、こうした数学ＩＡを土台として、その上に数学ⅡＢの図形と方程式、指数・対数関数、数列、ベクトル、確率と統計、微分積分といった数学の諸分野が広がる。これらの単元一つひとつがすでに中学3年間で習う中学数学すべてより多いのだ。そして、理系はさらに数学Ⅲをやらないといけない。筆者の肌感覚でしかないが、中学3年間の数学の分量を①とすると、数学ＩＡⅡＢが⑥で数学Ⅲが④ぐらいはある。つまり、高校数学は中学数学の10倍かそれ以上の分量なのだ。高校3年は大学入試の演習に費やしたいので、高校受験組はこの10倍の分量をたったの2年間で学ぶ必要があるのだ。

理想を言えば、高校入試の受験勉強の段階で、簡単な参考書でいいので、数学ⅠAぐらいまでは自分で先取り学習しておきたい。しかし、眼の前の高校入試の次のことまで考えて、中学生が自覚を持って先取り学習を自発的にやることはなかなか現実的には難しいし、かといって思春期の中学生に親がやれ、と言ったところで反発されるだけだ。だから、数学の先取り学習はなかなか難しい。その点、英語なら高校入試で必要なので、中学生の子供にも勉強する理由がよくわかるのだが。

高校入試に成功し上位の進学校に入学すると、高校1年生の間にものすごいスピードで数学の授業が進んでいくことになる。なにせあの難しい中学入試を乗り越えた中高一貫校の生徒たちが、3年ぐらいかけてゆっくり学ぶことを、1年やそこらで学び切らないといけないのだ。だから、中学のうちに先取り学習ができなかったとしても、せめてこの高校1年の数学の授業には死にものぐるいでついていかないといけないことはぜひ自覚させよう。高校入試が終わったからといって遊んでいる暇はなく、3年後の大学入試で中高一貫校で順調に学習を進めている生徒たちに打ち勝つためには、高校1年生の間にいかに数学ⅠＡとⅡＢの基礎を修得できるかが極めて重要なのである。

なお、難しい高校数学を３年間かけてじっくり勉強できるのは順調に勉強を進める中高一貫校の上位３分の１程度の生徒であり、筆者のように中学に入ってから怠けている生徒は難しい高校数学を高３の１年で一気に勉強する羽目になる。高校受験組は少なくとも中学数学を習得しているので、むしろ中高一貫校の下位の生徒には大きく勝っている。

内申点対策

さて、名門公立高校に進学するには、悪名高い内申点で高得点が必要になってくる。内申点というのは、中学校の成績でふつうは１から５（５が最高）の評定が各科目ごとに付けられるのだが、その合計点である。公立高校の入試は、この内申点と英数国理社のペーパーテストの合計点で決まる。内申点とペーパーテストの割合は自治体や高校ごとに異なるが、一般的には、内申点のウエイトは２割から５割程度となる。内申制度反対派と中学受験推進派が連合して、この内申制度は、中学生が学校の先生にいかに気に入られるかを競い合う不毛なものである、と非難するわけである。しかし、上司などの目上の人にいかに気に入られるかというスキルは、学科試験が少々得意かどうかよりはるかに社会に出てからの成功を決める重要な要素であり、この点に関しては、むしろ内申制度で鍛えられたほうがいいのではないか、と考えることもできる。

とはいえ、高校受験経験者にいろいろ聞いて調べてみると、実際のところ、内申点は定期テストの点数などでほぼ客観的に決まってくるもので、それほど恐れるものではない。しかし、体育や美術や音楽などでも4か5を取らないと、難関公立高校の受験では不利になる。逆に言えば、トップ公立高校に入ってくる生徒たちは、勉強ができるだけでなく、体育や美術や音楽なども優秀だった生徒なのである。

英語や数学や国語などの内申点は、中学の定期試験で決まってくるのだとしたら、当然だが定期試験で高得点を取るための対策をしよう、というせせこましい考えが生まれてくる。地域の塾などは、生徒たちが通う中学での過去問を保存しており、定期テスト対策で過去問をやらせるところもある。さすがに、これはやめたほうがいい、というのが筆者の率直な意見だ。学校によっては、定期テストは毎年ほとんど同じ問題のところもあり、過去問をやっていれば、当たり前だが高得点が取れる。これはある種の不正行為とも言えるし、かなりズルい。また、難関高校の入試、そして、その先の大学入試では、いかに初見の問題をその場で考えて解くことができるか、が重要になる。長い目で見ると、中学校の定期テストを過去問を使って対策することは、そうした初見の問題を解く訓練の場を奪ってしまうことにもなる。中学の定期テストは基礎的な問題がほとんどなのだから、将来は難関大学に進学したいと思っているなら、この程度は過去問なんかやらずに本質的な理解をすることで簡単にねじ伏せてほしいものである。逆に言えば、公立中学校の定期テストごときに、過去問を手に入れるようなチートで対応しようというのではこの先が思いやられる。

第6章　日本の教育に足りないものを家庭で補う

英語ができない日本人

多くの日本人は、中学の3年間、高校の3年間、大学の4年間と合計10年間も英語を勉強するのに、英語を話すことができない。今日では小学校の高学年で英語が正式教科になったので、この記録は12年に延長されることになった。このようなことは筆者が子供のころから言われていたが、驚くことに令和の現在でも状況はさほど変わっていない。

日本人は受験勉強などでこれほど英語を勉強しないといけないにもかかわらず、英語ができない、特に英会話ができない理由には諸説ある。曰く、そもそも外国語を習得するには最低でも数千時間の学習時間が必要であり、10年、いや12年勉強していたとしても、週に数コマの授業や受験勉強だけでは到底足りない。文法中心の英語教育でかえって英語ができなくなってしまう。そもそも中高の英語の先生の大半が英語をしゃべれない。日本語は言語学的に英語から非常に離れた言語なので、日本語が母国語の日本人にとって英語習得は元々困難なものである。日本に住んでいれば英語をしゃべらなくても何不自由しないのだから必要性がまったくない英語ができなくて当然ではないか……。

日本人が英語ができない理由は定かではないが、とにかくいまでもできないことには変わりない。それでも日本の英語教育もすこしずつは改善されている。筆者が日本で高校生をしていたころは、大学入試の英語でリスニング試験が課されることはなかったので、状況はもっと酷かった。高校入試や大学入試の英語でリスニングがほぼ必須になったことで、少なくとも聞くことに関しては多少なりとも改善したと思われる。

そして、大学入試改革では、次はTOEFLやIELTSや4技能化した新英検などの民間の英語検定試験を使って、スピーキング技能も測ることを必須化しようとしていた。リーディング、ライティング、リスニング、そして、スピーキング、と日本の大学の英語入試で4技能をすべて見るのである。良くも悪くも、日本人は大学入試のために勉強するので、大学入試にリスニングが加わり日本人のリスニング力が若干は向上したように、これでとうとう最後のスピーキング力も改善させる狙いであった。しかし、これは試験の公平性が保てないだとか、受験生に経済的な負担が増えるだとか、各方面からいろいろと難癖をつけられて頓挫してしまった。筆者は、入試の4技能化は日本人の英語力改善において素晴らしい案だと思い、また、民間の英語検定試験を使うことも実務的に問題とは思えなかったので（そもそもアメリカの大学など昔から留学生の英語力をＴＯＥＦＬで見ているし、イギリスやオーストラリアではＩＥＬＴＳで見ている）、この案はさすがに実現するだろうと思って見ていたのだが、それがこうしてつぶされてしまったときには大変に驚いた。なるほど日本という国は日本人が英語ができないことで得している層がいるのか、といささか陰謀論じみたことを思ったものである。じつは、これは単なる陰謀論ではなく、日本語という言語による参入障壁が日本ではさまざまな既得権益を生み出しているのだが、これに関しては後ですこし解説する。

筆者の英語勉強法

筆者は日本生まれの日本育ちである。日本の高校で伝統的な受験勉強をして、一般入試で大学の理系学部に合格した。日本の大学では物理学を勉強していたのだが、学部時代に学術論文を書くことができた。アメリカで博士号を取っていた指導教官に直してもらったが、もちろん論文は英語で書いた。それらをまとめた卒業論文も英語である。その後、海外の大学院に行き博士号を取得した。当然だが、留学中は同僚や指導教官との

表6-1　英語能力指数ランキング（2021年）

非常に高い	高い	標準的	低い	非常に低い
1 オランダ	14 セルビア	32 香港特別行政区	59 アルメニア	87 アフガニスタン
2 オーストリア	15 ルーマニア	33 スペイン	60 ブラジル	88 ウズベキスタン
3 デンマーク	16 ポーランド	34 レバノン	61 グアテマラ	89 シリア
4 シンガポール	17 ハンガリー	35 イタリア	62 ネパール	90 エクアドル
5 ノルウェー	18 フィリピン	36 モルドバ	63 エチオピア	90 ヨルダン
6 ベルギー	19 ギリシャ	37 韓国	63 パキスタン	92 メキシコ
7 ポルトガル	20 スロバキア	38 ベラルーシ	65 バングラデシュ	93 ミャンマー
8 スウェーデン	21 ケニア	39 アルバニア	66 ベトナム	94 アンゴラ
9 フィンランド	22 エストニア	40 ウクライナ	67 タンザニア	94 カメルーン
10 クロアチア	23 ブルガリア	41 ボリビア	68 モザンビーク	96 カザフスタン
11 ドイツ	24 リトアニア	42 ガーナ	69 アラブ首長国連邦	97 カンボジア
12 南アフリカ	25 スイス	43 キューバ	70 トルコ	98 スーダン
13 ルクセンブルク	26 ラトビア	44 コスタリカ	71 モロッコ	99 コートジボワール
	27 チェコ共和国	44 ドミニカ共和国	72 バーレーン	100 **タイ**
	28 マレーシア	44 パラグアイ	73 パナマ	101 キルギス
	29 ナイジェリア	47 チリ	75 ベネズエラ	102 **オマーン**
	30 アルゼンチン	48 インド	75 アルジェリア	103 タジキスタン
	31 フランス	49 中国	76 ニカラグア	104 サウジアラビア
		50 ジョージア	77 マダガスカル	105 ハイチ
		51 ロシア	78 **日本**	106 ソマリア
		52 チュニジア	79 カタール	107 イラク
		53 ウルグアイ	80 インドネシア	108 リビア
		54 エルサルバドル	81 コロンビア	109 ルワンダ
		55 ホンジュラス	82 スリランカ	110 コンゴ民主共和国
		56 ペルー	83 モンゴル	111 南スーダン
		57 マカオ特別行政区	84 クウェート	112 イエメン
		58 イラン	85 エジプト	
			86 アゼルバイジャン	

出所：EF English Proficiency Index

会話は英語であるし、論文もすべて英語で書いた。というよりも、筆者は日本語で学術論文を書いたことが一度もない。現代の科学の世界はすべて英語なのである。また、博士号を取ったあとは日本に戻ってきて外資系投資銀行の東京オフィスに就職した。そこでもやはり英語が主たる言語であった。その後、いろいろあり、現在は香港で会社を経営している。

そんな筆者の英語力はというと、日本人なりに通じやすい発音を心得ているし、簡潔な通じやすい表現を使うことに慣れているので、自分の言っていることが相手に伝わらないということはほとんどない。日常生活やビジネスではまったく不自由しない。しかし、それでも映画の英語は気の利いたセリフをボソッとしゃべるような場面が多く、いまだに完全には聞き取れない。また、ネイティブのような発音もできず、日本人なまりである。だから、胸を張って自身の英語力を自慢できるというわけではない。とは言っても、日本生まれ日本育ち、そして、伝統的な受験英語を勉強した日本人としては、控えめに言っても、かなり英語をものにした方だと思う。筆者自身がどのように日本の英語教育の中で英語ができるようになったのか振り返ってみよう。

まず、筆者は中学生ぐらいのときに発音記号を読めるようになっていた。同級生は英単語をカタカナで覚えていたが、筆者は発音記号もいっしょに覚えていたのである。中学生だった筆者は、なぜか辞書の後ろにあった付録の発音記号の解説を誰に言われるでもなく熱心に読んでいた。各発音記号に対応する舌の位置や口の形などを辞書の付録のとおり覚えた。そもそも発音記号など中学の定期テストにも大学入試にも出ないのだから覚える必要はない。実際に同級生はずっと英語の発音をカタカナに直して覚えていたと思う。にもかかわらず、中学生だった筆者が、なぜそれほど筋の良い学習に勝手にたどり着いたのかはよくわからない。単に運が良かったのだと思う。同級生たちが英語を勉強すればするほど間違ったカタカナ発音を強化してしまっている間に、中学生だった筆者は、英単語を覚えるときは発音記号といっしょに覚えていた。

中学高校と勉強をサボっていて成績も良くなかったのだが、高校2年生ぐらいに本屋で『DUO』という単語帳を偶然見つけて買ってみた。いまでは単語帳の定番の1冊であるが、ちょうど筆者が高校生ぐらいのときに発売された本である。ひとつの文章になるべく多くの重要単語を詰め込み、覚える文章の数をなるべく少なくして、それらの例文を覚えれば自然と膨大な数の単語を効率的に身につけられる、というのが売りの単語帳である。筆者はなぜかその単語帳に熱中し、1ヶ月程度で一気に終わらせた。このときCDも買って、毎日聞いてなるべく耳から単語を覚えるようにしていた。これで筆者の英語の成績が一気に伸びた記憶がある。次に、これもいまでは定番の参考書なのだが、Z会の『速読英単語』を買って、これまたCDをずっと聞いて耳から勉強していた。筆者は、古典や歴史など文系科目がまったくできなかったのだが、英語はこうして得意になることができ、大学入試でも英語が足を引っ張ることはなかった。

その後、大学に入ったあとも英語は身につけたいと思っていたので、自由に選べる一般教養科目ではなるべく英語を聞いたり話したりすることができる授業を取った。また、当時、夏休みを利用して物価の安いフィリピンに語学留学した。こうして筆者は英語ができるようになっていった。

受験英語最高峰でもレストランで注文できず

大学生のとき、ひょんなことから日本の私立大学文系学部の最高峰に英語と世界史の2科目受験で入ったという友人ができた。彼は群馬県出身で、数学などはまったくできなかったが、高校時代に持ち前の根性で英語と世界史を猛勉強して見事に私大最難関の入試に合格したのだ。世界史などはタイの歴代の首相の名前まで暗記したという。2科目しかないので、それらを集中的に勉強した英語や世界史のスペシャリストの受験生がしのぎを削るため、こうした入試では英語だけなら東大よりも難しい。つまり、日本の受験英語の最高峰に彼は登りつめたわけである。筆者も英語は得意科目であったが、理系の場合、数学や理科2科目など多くの重量級の科目を勉強しないといけないため、英語だけやるわけにはいかない。筆者の受験英語の偏差値は60ちょっとで、軽く70を超える彼の足元にも及ばなかった。

そんな彼と筆者はお互いの大学の休みを利用してオーストラリア旅行に行くことになった（当時は貧乏な学生がちょっとしたアルバイトで貯めたお金で物価が安いオーストラリアやヨーロッパに旅行に行くことはふつうだった）。そして、驚くことに、受験英語の最高峰にまで登りつめた群馬県出身の彼はまったく英語が話せなかったのだ！一言も英語が口から出てこない。レストランで注文したりホテルの受付でチェックインしたり、筆者はそれぐらいの英語ははじめからふつうにしゃべれたのに、彼はまったくしゃべれなかったのである。

彼は英単語をすべてカタカナに変換して覚えていた。英文を読むときも、これは主語、これは述語、この関係代名詞がここにかかっている、と文章を前に行ったり後ろに行ったりしながら解読していた。異様に高速で解読できるのだが、どう考えてもそれはふつうの読み方ではない。英文は前から後ろにそのまま自然に読めばいいのである。こんな間違った回路が受験勉強を通して彼の脳内で強化され続けたわけである。

おそらく日本の英語入試を突破するという目的だけなら、英単語をカタカナで覚えようが、発音記号で覚えようが、どちらでもいいし、むしろ発音までいっしょに覚えるほうが大変なので発音記号で覚えるほうが不利なのだろう。英文をまるで漢文のように日本語に変換して読んでいても受験英語ではいいのかもしれないし、受験英語では英語と日本語の言語としての対応関係や違いを問われることが多いので、むしろ前に行ったり後ろに行ったり構造を考えながら読んだ方が得点を取れる場合もあろう。

しかし、このような受験英語の勉強では、やはり10年勉強しても英語がしゃべれない日本人ができあがる。受験英語そのものが悪いわけではないのだが、勉強ができる日本人、つまり国語力や論理的思考力が高い、本来は賢い日本人が受験英語でいい得点を取るために必死で勉強をがんばってしまうと、カタカナで英単語の読み方を覚えて、漢文のように英文を解読する癖がついてしまい、英語がしゃべれなくなってしまいがちなのである。英語をしゃべれるようになるには、英語を英語のまま理解し、英語で考えて英語を発しないといけないのだが、こういう受験英語をがんばった賢い日本人は、常に頭のなかで論理的に英語と日本語の変換作業を行ってしまっているようなのだ。一度こうなってしまうと、英語がしゃべれるようになるために、まずは10年間かけて強化されてしまった間違った回路を頭から取り除くことからはじめないといけなくなる。

子供の英語の正しい勉強法

日本人の子供が英語をできるようにするにはどうしたらいいのだろうか。小学生高学年から中学生ぐらいのときに英語が母国語の国の学校に留学させて帰国子女にすればいい。以上である。

しかし、留学が経済的に難しい場合もあるし、日本人としての文化の理解がおろそかになる、という点も心配かもしれない。日本はなんだかんだと島国の経済大国であり、その特異な文化を理解していることは将来役に立つかもしれない。日本人としてのアイデンティティがなくなれば、否が応でも、グローバルな労働市場で、中国人やインド人のエリートたちと英語の世界で競争しないといけない。逆に、最初にすこし述べたが、日本語という言語や日本独特の商慣習などの参入障壁が日本のホワイトカラーの労働者たちを良くも悪くも守っているため、日本の大企業や官庁での仕事はいい大学を卒業した日本人に独占されており、国内のホワイトカラーの競争はとても緩いのだ（筆者の意見ではこのように経済のグローバル化を阻み、言語と文化の障壁を使った労働市場の鎖国を行ってきたことが、世界経済の成長に乗れずに孤立した日本の失われた30年の原因である）。このぬるま湯の既得権益層の中に入れてもらうためには日本語ネイティブで日本の文化に浸かっており、日本のいい大学を卒業する必要がある。もっとも日本生まれ日本育ちの子供が1年や2年留学したところで日本人のアイデンティティがなくなるわけではないから心配する必要はないのだが。いずれにしても、簡単に子供を留学させることができない家庭が大半であろう。

それでは日本にいながらにして英語を身につけるにはどうしたらいいか解説していこう。やはり本格的な受験英語の学習に入る際に、前述のようにカタカナ読みと漢文式の英文解読の方向に子供が行ってしまうことを何としてもブロックしないといけない。受験勉強を通して、多くの英単語を覚え、英文法を理解することは決して無駄なことではない。むしろ外国語として英語を習得するには避けては通れないプロセスであり、それ自体は大変に有用なものであるはずだ。しかし、大学受験を見据えて、何度も繰り返し学習する際に、英語での本来のコミュニケーション能力を阻害しないことを念頭にやっていかないといけない。これにはなるべく早いうちに英会話をやってみることが重要である。実際に外国人と英語でコミュニケーションをして、英語で会話をするという経験があれば、カタカナで単語を覚えたり、前に行ったり後ろに行ったりと英文を解読することは、日本のテストで点数を取る上では問題ないかもしれないが、それがダメな学習だということに子供も自然と気づくはずだ。

まずは英単語1000個を正しい発音で

コロナ禍でこの原稿を書いている時点では受け入れが止まってしまっているが、フィリピンの語学学校などに行けば比較的安価に子供にマンツーマンで英会話の特訓をさせることができる。しかし、何の知識もない子供がいきなり留学して、英語（とタガログ語）しかしゃべれない外国人の先生の前に座っていても、時間の無駄である。日本である程度の英単語を覚えて、基本的な文章を丸暗記しておくといいだろう。よく言われているように、語学留学の機会を活かせるかどうかは日本でどれだけ勉強していくかなのだ。小学生ぐらいの子供は丸暗記が得意で、スルスルと覚えていく。

もちろん親が教えてもいいのだが、何より継続が大切なので、近所の子供向けの英語の塾などがあれば利用するといいだろう。ベネッセや日本の大手英会話教室が提供する週1回ぐらいの英会話なら月に1万円程度だ。公文の英語はネイティブが読み上げた単語や文章を再生するおもちゃがついていて、子供が正しい音声でコツコツ勉強できるようになっている。

親が英語をある程度できたらいいのだが、できない場合は、やはり英語の発音を矯正できる先生がいれば素晴らしい。ここでフォニックスなど単語の綴りと発音の関係を子供が学ぶための教材を使ってもいい。フォニックスとは綴りと発音のだいたいの関係を子供が学ぶために、英語圏でもよく使われている学習法である。ＥＬＳＡという人工知能で英語の発音を直してくれるアプリもある。しかし、この段階で完璧主義になるよりは、とにかく先に進めていくほうがいい。細かい発音は次のステップの外国人の先生に英会話を習う、というところでまた直せるからだ。

小学生がこの段階をクリアするのに1、2年はかかるだろう。もちろん集中してやればもっと早くできるかもしれないが、こんなものである。

外国人に英会話を習う

1000個程度の英単語、そして、あいさつや簡単な文章を覚えて、自分で言えるようになると、外国人の先生との英会話のレッスンが効果的になる。日本にいる外国人の先生を見つけてきて時給3000円ぐらいで個人的に家庭教師になってもらうのもいいし、学校の休みを利用してフィリピンなどに留学するのもいい。子供のモチベーションが高ければオンライン英会話が格安である。

日本でこれぐらい英語の勉強が出来ていると子供の短期留学は実り多いものになる。初級者は英語圏の語学学校より、フィリピン人の先生がべったりマンツーマンで教えてくれるほうがいいと思う。フィリピン留学は夏休みに1ヶ月行くと30万円程度の費用になるので、じつはオーストラリアやニュージーランドのクラスで行う語学学校と、フィリピンのマンツーマンではそんなにコストは変わらない。できれば小学生のうちに、遅くとも中学2年生ぐらいまでにはこうした語学留学をさせたいところだ。もちろん留学中は1日10時間はぶっ通しで英語を勉強することになる。

この間に文法などは日本で勉強して、高校レベルまでは理解しておきたいところである。中学3年までに英検2級（高校卒業程度）には合格しよう。もちろん、小学生の間に英検2級レベルに達すればいうことはないが、現実的に中学3年までには、といったところである。

ところで、語学をはじめるのは早ければ早いほどいい、と信じる人も多く、幼児からの英会話教室なども流行っている。たしかに、英語圏と同じような環境をずっと作り続けることができるならそれでもいいかもしれないが、日本でそうした環境を作るのは困難であり、あまり現実的ではない。日本人の子供が日本語を自然と覚えることから明らかなように、小さい子供は言葉を自然に覚えるが、同時に驚くほど綺麗さっぱり忘れるのである。幼少期に親の赴任でアメリカなどに住んでいてネイティブと同じように英語をしゃべっていた子供でも、小学校の低学年ぐらいで日本に帰ってきて、何か特別な英語力を維持するための環境を用意しないと、ものの見事に忘れてしまう。これが日本に帰国するのが小学校の高学年以降になると、ちゃんと覚えている。筆者が英語教育の重要な時期は小学校高学年から中学生ぐらいだと考えるのは、このような理由からだ。こうした子供の外国語習得の事情をもっと知りたい方は、言語学者である中島和子氏の『バイリンガル教育の方法』（アルク選書）を読むといい。

正しい受験英語の猛勉強

このように最初にある程度の発音を学び、英会話のレッスンで英語をしゃべるとはどういうことかわかっている、という方向性を固めたあとに受験英語を猛勉強すれば、そのままそれが生きた英語力になっていく。ここがないままに受験英語だけを勉強すると、通じないカタカナ発音、漢文読み的な英文読解法の間違った回路が脳でどんどん強化されていき、模試の偏差値が高かったり、あるいはＴＯＥＩＣなどの点数が高くても、英語がまったく話せないという残念なことになってしまう。

中学3年時点で英検2級を、さらにある程度正しい発音で簡単な英会話ができるようになっていたら、あとは受験英語でも何でも、どんどん単語を覚えて、英文をたくさん読み、英語のニュースなどをひたすら聞いて、とにかく量をこなしていこう。

これぐらいやれば、高校3年でＴＯＥＦＬ80点ぐらいに達し、大学入試の英語は東大レベルでも合格者の中で上位の点数を取ることができるだろう。しかし、ここまで読めばわかるが、どれも数年単位の継続的な学習が必要なことばかりである。ある程度の正しい方向性で３０００時間程度は勉強しないと最低限の英語は習得できないのだから、地道な努力を続ける他ない。

ここまで書いてみて思ったのだが、英語ができるようになるには、これほどの時間と労力が必要なのだから、そりゃあ、多くの日本人は英語ができないわけである。

一番いいのは英語圏の現地校への留学

良くも悪くも大学入試を突破するために全体が最適化されてしまっている日本の教育産業の中で、高校卒業までに実用レベルの英語を身につける方法論を書いてきたが、なかなかハードである。中学3年までに英検2級レベルに到達し、正しい発音で語彙を増やし、毎年夏休みは短期語学留学を繰り返す、というぐらいのことをやらないといけないわけだ。しかし、子供のうちに日本の学校を辞めて2年ぐらい英語圏の学校に留学させる、というごく当たり前の方法があり、それで英語に苦労しなくなるならとてもいい教育投資と言わざるを得ない。子供の留学について解説しよう。

まず、最初にどれぐらい費用がかかるのか、ざっくり紹介する。語学学校というのは、やはり英語ができない人たちが集まってきて、マンツーマンなりクラス授業なりで英語を勉強するところであり、この英語ができない人同士の場所は早めに卒業したい。毎日、英語で数学や理科、社会などの授業が行われ、英語で勉強していく、という環境で２年ぐらい生活しないと、やはり本格的な英語力は身につかない。以下の数字は、小学校や中学校、あるいは高校で正規留学するための費用である。

欧米ではボーディングスクールというものがあって、裕福な家庭では子供を寄宿舎に入れて教育するというのがかなり一般的である。たとえばイギリスには、こういう寄宿学校が５００校ほどある。アメリカにもあり、トランプ元大統領なども やはり厳しい寄宿学校で教育を受けた。ヨーロッパでは各国の富裕層の子女が集まってくるスイスの寄宿学校が有名である。さて、こうしたボーディングスクールの学費はいかほどであろうか。

イギリス・アメリカ・カナダ：年間５００～８００万円
スイス　　　　　　　　　：年間７００～１４００万円

英米やちょっと特殊なスイスの寄宿学校は、この程度の学費がかかる。子育てと教育を英語が学べる環境で丸投げするコストはこれぐらいとなる。こういうところに２、３

年通わせれば、そりゃあ、英語はかなりできるようになるだろう。ちなみに、アメリカの大学の学費も寮費を入れるとこれ以上になる。

オーストラリアやニュージーランドにはボーディングスクールは少なく、各学校がホームステイのプログラムを用意していて、英語圏として留学生をたくさん受け入れるということを国の産業としてやっている。ボーディングスクールというのは学校専用の寄宿舎がある学校で、ホームステイというのは単に学校と提携している各家庭で子供が生活し、そこから他の地元の子供と同じように学校に通うというシステムである。オーストラリアとニュージーランドのホームステイ費を含めた留学費用はだいたい次のとおりだ。

オーストラリア　　　　　：年間３００～４５０万円
ニュージーランド　　　　：年間２５０～４００万円

イギリスとアメリカのボーディングスクールは、ある程度の英語力がないと入れてくれないことが多いのだが、オーストラリアやニュージーランドは来てから英語を勉強すればいい、というスタイルだ。オーストラリアは一定レベル（英検２級程度）に達するまで提携する語学学校に通うが、ニュージーランドは最初から学校に放り込まれて外国人向けの英語のクラスで勉強をしながら、数学や理科や芸術科目などは現地の子供と同じ授業に参加することが多い。オーストラリアは留学生を受け入れているのは私立の学校が多いが、ニュージーランドは公立の学校がほとんどで、公立なので地元の子供は非常に安く通えるのだが、留学生からは前述のような金額を取っている。

もうすこし安いオプションはマレーシアである。マレーシアは国の政策として各国のインターナショナルスクールを誘致している。安いところでは年間２００万円程度で授業がすべて英語で行われるボーディングスクールがある。イギリスの名門ボーディングスクールの分校だと、マレーシアでも年間４００万円以上はする。

どうやって留学先の学校を探せばいいかだが、留学コンサルタントなどに頼むと前述の金額の上に、いろいろお金を取られるので、各国大使館が日本で開催している留学フェアに参加して、自分で見つけるほうがいいだろう。そうした留学フェアに留学生を受け入れている学校の先生たちが来ていて、ブースでいろいろと学校の様子や選考について教えてくれる。そこでいくつかの学校に目星をつけて、アポイントメントを取り、子供といっしょに実際に現地の学校を見学しに行くのだ。この学校見学の際の子供を交えた面談がほぼ選考である。だから、見学の前に、ある程度は親子で英会話ができるようになっている必要がある。留学コンサルタントを挟まず、学校と直接やりとりして子供を留学させるには、当然、親がすべて英語で会話し、電子メールのやりとりも英語であるし、手続き等も英語である。学費の振込等で現地の金融機関などとも英語で手続きすることになる。留学中にワクチン接種をしたり、遠足などのたびに、同意書にサインするように言われたりするが、それらはこちらで印刷してサインしてスキャンしたものを電子メールで送り返せばいい。留学中は学校の先生との三者面談なども Zoom でできる。留学コンサルタントはこういうことをやってくれるかもしれないが、年に数回程度の事務作業なので、自分でやればいいだろう。このように書くと親も大変そうだが、子供を留学させてしまえば完全な子育てのアウトソースとなるので、むしろ親は圧倒的に楽になる。

正規留学の費用は高いのか

紹介した留学費用を見ると、ほとんどの日本の家庭には無縁の話ではないか、と思うかもしれない。しかし、そんなに高いかというと、じつはそうでもない。たとえば、地方の家庭で、子供が早稲田大学や慶応大学にめでたく合格したとして、東京で一人暮らしすると年間どれぐらいかかるかというと、学費100万円ちょっとで、あとは生活費とかなんだかんだと200万円近くかかるので、じつは家庭の負担としては年間300万円コースということになる。4年間で1200万円である。生活費の部分が高いので、国立大学でも一人暮らしなら年間250万円、4年間で1000万円となる。日本の私大が年間300万円だったら、アメリカやイギリスの大学が寮費を含めて年間800万円以上するというのも、物価や給与水準が日本の2倍近いと考えるとじつは適正価格である。

次に中学受験の費用を考えてみよう。SAPIXや浜学園に払う総額は3年間でざっくり300万円である。私立の学校の6年間の学費がかかるので、これでざっくり600万円は余分にかかる。中学に入ったあとの塾などは公立中学、公立高校でも同じ程度であろうから、これは考えないとして、日本の教育熱心な家庭でのスタンダードな中学受験コースでも、受験料やら入学金なんかも含めると、ざっくりと1000万円ほど公教育よりも余分に金がかかるわけである。

中学受験をやめてこの1000万円を浮かしてしまえば、英語を習得しやすい（そして忘れにくい）中学生ぐらいの時期に2年間ほど留学させても十分にお釣りが来る。日本の大学受験を公立中学→公立高校のルートで乗り切れるなら、小学校高学年〜中学生ぐらいのどこかの期間に子供を2年ほど留学させるのは、非常にコストパフォーマンスが高い教育投資のように思われる。また、日本の文系の大学入試は英語のウエイトが非常に大きいので、東大のような入試に5科目も必要な国立大学でなければ、むしろ留学させたほうが日本の大学入試も受かりやすくなる可能性が高い。もちろん、そのまま海外の高校を卒業して海外の大学に行くのもいいだろう。

中学卒業までの語学習得のゴールデンエイジに留学させることを考えると、むしろ中学受験させないほうがいい点がひとつある。というのも、中学卒業までの義務教育では、日本は厳格な年齢主義を貫いているので、ふつうの公立中学なら何をしていても進級するので留年しない。登校拒否で学校に来なかった子供でさえ中学は自動的に卒業できるのだ。ところが私立の中高一貫校では、学校の意に反した私費留学で出席日数が足りなくなると中学でも留年してしまう。留学が難しくなるのが私立中学受験のデメリットのひとつだ。

英語の学習も本人のやる気次第

最後にひとつ厳しいことを書いておくと、日本で勉強するにしろ留学にしろ、これだけ親が金と労力をかけても、もちろん英語ができるようにならない子供はいくらでもいる。というのも、留学先として人気の海外の都市にはどこにでも日本人がたくさんいて、日本人とばかりつきあっていればいいからである。また、昔と違って、いまはインターネット接続さえあればスマホで日本の友達とＬＩＮＥなどを使っていくらでも無料で電話できる。海外にいても、日本語のYouTubeを朝から晩まで見て過ごす留学生はとても多い。これは企業で働くようになったあともいっしょで、日本の大企業から海外支社に赴任しても、そこにはちゃんと日本人駐在員同士のコミュニティがあり、日本人学校があり、日本の居酒屋がたくさんあって、日本人とのつきあいだけで不自由しないので、海外経験があっても日本人エリートはやはり英語ができないことが多い。

一方で、親が何もしなくても、英語の音楽や映画が好きで、それらから生きた英語を学び、ひとりで英語を必死に勉強して日本にいながらにしてほとんど金もかけずに英語ができるようになる子供もいる。実際、筆者も学生時代に好きだった映画のＤＶＤと

『スクリーンプレイ』という映画のセリフを書き起こした本を買ってきて何度も何度も見て英語を勉強していたし、親に何か特別なことをしてもらったわけでもない。いまはNetflixなどで多くの英語の連続ドラマや映画を英語字幕をつけていくらでも見ることができる。安価に生きた英語を学べる教材は、これ以上ないほど溢れている。

結局、英語などの語学も本人のやる気次第だ。とはいえ、金持ちの親が子供の教育のために塾や家庭教師にどれだけ教育資金を投入したとしても、数学や物理や国語なら、本屋で買ってきた安い参考書で楽しくひとりで勉強していたり、本を読むのが好きな子供にはまったくもって勝てる見込みはないのだが、英語に関しては金持ちの親がちゃんと金をかければ、それなりに子供に身に付けさせやすい技能である。

英語教育は親にとっては金の遣い甲斐がとてもあるのだ。

プログラミング教育は焦る必要なし

幼少期から子供を必死で英会話教室に入れたりする親は、どちらかというと自身が英語ができないことが多い。自分がぜんぜん英語ができないのは、幼少期からやらなかったからである、というわけだ。一方で、あとから勉強して、英語を実用レベルまで習得した親は、それほど焦ってはいないように思う。あとからでも身につくし、幼少期にいろいろやっていてもぜんぜん身についていない例を多数知っているからだ。

現代社会はいまだＩＴ革命の真っ只中であり、Google や Apple や Microsoft など、世界で最も企業価値の高い会社の多くがＩＴ企業である。また、こうした企業の創業者はプログラマが多い。こうして、メディアでプログラミング教育の重要性を説く記事をよく目にするようになった。子供向けのプログラミング教室なども盛況である。筆者も大学時代はプログラマのアルバイトをしていていくつかの業務システムを作ったり、大学での専攻や博士号を取った研究は、物理現象をコンピュータシミュレーションで解き明かす計算物理学という分野であったし、投資銀行では最初はクオンツをしており市場データの分析のためにプログラムをいくつか書いた。いまでも自身のトレーディング戦略のために必要なプログラムをたまに書いたりしている。

さて、結論から言うと、プログラミングに関しては、子供の頃から何か熱心に習わせる必要はまったくない。これはやったことがある人でないとわからないが、外国語の習得と違い、プログラミング技能には幼少期にやるメリットは何もないと断言できる。筆者がプログラミングができるようになったのは、単に大学の授業で習ったことがきっかけだ。当時はＣ言語だったのだが、それまで数式を手でたくさん書いて計算していたのに、こんな風にコンピュータに計算させることができるのだ、と感動したことを覚えている。また、いろいろなアルゴリズムも非常に面白いと思った。それから自分で勉強したり、簡単なシミュレーションのプログラムを作ったりした。どうしてもプログラミングの技能を伸ばしたくて、零細システム会社に自分で作ったプログラムをいくつか持っていき、未経験者であるがアルバイトとして雇ってもらった。結局、こうしたシステム開発が専業であるＩＴ技術者にはならなかったわけだが、大学院での研究でも簡単なプログラムはすぐに書けたし、また、こうしたＩＴの理解は経済の理解でもとても役に立った。前述のように、現代社会はＩＴ企業を中心に回っているからだ。

なぜプログラミングを子供のころにやってもあまり意味がないかというと、プログラミングとは単に決められた手続きでコンピュータに命令を論理的に正しく書いていくだけだからだ。むしろ論理的思考力などのほうが大切で、それは子供よりある程度いろいろなことを勉強した高校生や大学生のほうが良いのだ。外国語の習得では、ネイティブと同じように聞き取って発音するには、幼少期にやらないといけない、という考えもある。しかし、コンピュータ言語のほうは、どこまで行ってもロジックだけであり、自然言語の習得のように幼少期のほうがいい、などということはまったくない。また、筆者が最初に勉強したのがC言語で（正確に言うと中学生のときにほとんど何も理解しないまま雑誌に書いてあったＢＡＳＩＣのコードをそのまま打ち込んだことはあったと記憶している）、その後はJavaが流行り、実際にアルバイトしていたときはJavaでシステムを作っていたし、最近はPythonである。

もしプログラミングに向いているのなら、大学生ぐらいになってからはじめてやってもまったく問題ない。逆に、子供のころにプログラミング教室に通わせて、子供をプログラミング嫌いにさせないほうがいいぐらいだ。もちろん、子供が自らやりたい、と言い出して、ハマっているのならなんの問題もないのだけれど。

日本の教育に足りないものは一にも二にも英語であって、ＩＴ教育ではない。プログラミング習得に重要な能力というのは、教科書を理解し必要事項を覚え論理的に考えを組み立てられることであり、これらは日本での伝統的な入試のための受験勉強を通して特によく鍛えることができるところである。プログラミングは大学に入ってから始めても、まったく遅いということはない。

理系は医学部に行くべきか

これまでに中学受験をするべきか、あるいは高校受験をするべきか、留学はどうするべきか、といろいろ書いてきたが、日本で育つ子供の人生にもっとはるかに大きなインパクトをもたらす選択がある。それは医学部に行くかどうかである。特に理系の勉強ができる子供にとって、医学部に行くのかそれ以外の学部に行くのかで、人生が大きく変わってくる。医学部以外なら、最初の職業選択は大学生の時の就職活動などでいろいろ考えて行える。また、いまは転職もふつうであり、その後も職業を変えることはよくある。しかし、医学部を選べば、基本的にその時点で生涯の職業が決まるのだ。医者である。

結論から言えば、日本では医者になる方が得である。第1章で挙げたデータを見返してみてほしい。卒業大学の偏差値が高いほど平均年収も高い、ということを書いた。しかし、その頂点の東大卒であっても日本のサラリーマンの平均年収は700万円程度である。一方、厚生労働省のデータによれば勤務医の平均年収は約1400万円となり2倍も違う。筆者の専門は金融分野だが、金融の世界で期待リターンが2倍も違ったら話にならない。むしろ医学部を選ばないほうがどうかしている、と言っていいだろう。一方で、リスクのほうはどうだろう。東大や京大を卒業しても、企業社会が肌に合わず、会社を辞めてしまえば途端に貧することとなる。高学歴というのは、大企業や官庁などに所属していてはじめて輝くものであり、どこの立派な組織にも所属していなかったらただの人である。日本は資本主義の先進国であり、当然であるが個人の自由が保障されている。しかし、高学歴を含め、大半の人にとって資本主義社会における自由とは、いま勤めている会社を辞めてもっと貧乏な暮らしをする自由に過ぎないのである。一方で、医師の国家資格さえ取ってしまえば、ある程度の豊かな暮らしが保証される。大学病院に所属し、最先端の医療技術を研究しながら難しい手術などを執刀していく、という医師として花形のキャリアもあれば、医療脱毛のクリニックで看護師が女の人の脇や脛にレーザーを当てて脱毛するのを医師として監督する（実態はただの名義貸し）だけでチャリンチャリンとお金が入ってくるなどという、他の医師からは尊敬されないが楽に稼げる仕事もいくらでもある。会社組織では到底やっていけないような人であっても、医師免許さえあれば食べていくのに困らない。東大など日本の難関大学を卒業したものの研究者や会社員として行き詰まり、再受験で医学部に入り直して医師として人生をやり直そうという人はいくらでもいるが、その逆に、医師になったあとにもっと学問をしたいからと東大に入り直す人は見たことがない。極端なケースでは、それまでの人生で定職に就かずプラプラしていた40歳ぐらいの塾の先生が医学部を受け直して医師になることもある。人生いつでもやり直せる、というが、40代になって一からやり直して、年収1000万円以上が確約されるような職業が他にあるだろうか。これこそがどんな身分であっても勉強してペーパーテスト一発で誰でも人生をやり直せる、というジャパニーズ・ドリームとして誇るべきことかもしれないが。このように、職業リスクも医師のほうが圧倒的に小さいのである。

筆者が高校生だったはるか昔から、理系の中で医学部はそれなりに難しかった。しかし、最近ほどではない。近年は医学部が他の学部の偏差値を引き離している。昔から、東大理三や京大医学部、あとは大阪大学などの旧帝国大学の医学部は難しかったのだが、私大の学費が高い医学部はそれほどでもなかった。高額な学費さえ払えるのならば、下の方の私大の医学部は入試難易度でいえば日東駒専の理系学部より簡単だったと思う。しかし、現在では、こうした医学部であっても相当に難しい。開業医のドラ息子が金さえ払えば入れる医学部は日本で消滅したと言っていい。医師免許という国家資格の真の価値に多くの人たちが気づいたからである。これだけの高年収が保証されるなら、借金して数千万円の学費を私立医学部に払っても十分にペイする。

しかし、いくら医学部が難しいとはいえ、昔と比べて極端に難化したのは元々は簡単であった下の方の私立医学部であって、元々難しかった上位の国公立医学部のほうはそれほど難化はしていない。東大理系に合格する学力があれば、旧帝国大学医学部や東京医科歯科大学などを除けば、多くの国公立大学医学部に軽々と合格できるだろう。京大理系でも中位から下位の国公立大学医学部にはそのまま合格できる。また、文系であっても難解な数学はもちろん共通テストでは理科2科目が要求される東大文系なら、1年も勉強したら国公立大学の医学部のどれかにはさほど苦もなく受かるように思う。それでも彼らは医学部に行かなかった、というのは考えてみれば不思議な話なのである。

ところで、いまはこんなに医師の待遇が恵まれているが、これからはわからない（＝悪くなるだろう）という意見がある。これだけ医学部が人気だったら将来医者が余る、というわけだ。実際に、就職先を他の大学の学生より選べる立場にある東大生に一番人気の業界は、いまがピークでその後は衰退していく、というようなこともよく言われる。

しかし、医師という職業にこのことを当てはめるのは政治の仕組みや市場メカニズムがわかっていない。人気で高給の業種があれば、たくさんの優秀な学生が殺到してくるため、なり手が増えて給料が低下していく、という市場メカニズムが働くが、医学部定員がきっちりと統制されている以上、医師に関してはこうしたことは起こらないのだ。日本医師会などの政治団体があり、医師は政治力が強いので、医学部定員がこれから増やされるなどの改革が行われる可能性は低いと思われる。将来のことは誰にもわからないのは事実だが、それを言うなら、これから医師の待遇が他の職業に比べて、さらによくなる可能性だってあるのだ。実際に、日本経済の衰退により官僚や弁護士などの勉強が得意な人が就く他の職業が地盤沈下していったため、この20年ほどは医師の待遇が相対的に高くなってきた。それが、これほどの医学部の難化につながっている。

科学技術で食っていかないといけない日本において、理系の最優秀層がこのように将来の良い待遇が守られている医学部に殺到しており、国際的な競争に晒されている工学部や理学部が二番手になっている現状について、筆者は由々しき問題であると思っているのだが、そうした政策論は本書のテーマではないので、他の識者や政策担当者の方々に譲ろう。

海外大学への進学について

日本経済が衰退し続けている昨今では、日本の大学ではなく、海外の大学に進学した方がいいのではないか、と言う人も最近では多くなってきたように思う。海外大学進学について筆者の考えを書いておこう。

もちろん、海外の大学に行きたい人はどんどんチャレンジしてもらいたい。筆者は、優秀な日本人が海外に飛び出し、もっと世界で活躍してほしいと思っているし、日本にも外国からたくさんの人が来て、もっと多くの国籍の人が暮らす多様性のある国になってほしいと常々思っている。実際に筆者は、いまは香港という多国籍企業がひしめき、さまざまな国籍の人が暮らしている国際都市に住んでいる。もし、日本生まれの日本人が海外の大学に行くことで、その後の人生を圧倒的に有利に進められる、というなら本書は日本の大学進学など目もくれずに、最初から海外大学進学マニュアルとして書かれていたことだろう。

海外大学の問題点はまず第一に高額な学費である。人気のある英米の大学だと寮費を含めて年間800万円程度は見ておかないといけない。4年間で3000万円以上になる。海外の大学を卒業しても高給の職が得られる保証はないので、もし大学進学の目的がこうした将来の稼ぎというなら、同じ金額を日本の私立大学の医学部に支払うほうが良い教育投資だ。また、日本の将来を危惧して、子供には海外でもやっていける人材になってほしい、と願うならば、これまた海外大学を卒業したということよりは、おそらく医師免許のほうが確実性は高い。国にもよるが、医師はだいたいの国で不足している。イギリスには東欧などで医師免許を取得したドクターが多く働いているし、オーストラリアなども移民のドクターは多い。フィリピンなどで医師免許を取得した優秀なフィリピン人は、より多くの報酬が見込めるアメリカなどに渡る。もちろん現地の言葉がある程度できる必要があり、外国の医学部を卒業した者が移住先の国で医師免許を取得するための試験などあるだろうが、医師などの高度な専門職はどこの国でもビザを取りやすく、外国人であっても働きやすい。一方で、海外の有名大学を卒業していても、何か産業で役に立つ専門性がなければ、企業がわざわざ外国人の学生の就労ビザのスポンサーになり、高い給料を払って雇ってくれるわけではない。その点は、とりあえず有名大学を卒業すれば、専門性を問われずに企業が雇ってくれる日本の就職活動とは随分と異なる。

また、ＳＴＥＭ（＝Science, Technology, Engineering and Mathematics）分野で優秀な学生なら、学費の安い日本の大学で何らかの研究成果を出したりして能力が認められれば、海外の大学院のＰｈＤ課程に進学することで、学費がかからないどころか生活するのに十分な奨学金や給料まで支給される。不思議なことかもしれないが、アメリカの名門大学ではアメリカ人の子供が何百万円も授業料を支払っている一方で、優秀でハングリーな中国人や韓国人やインド人のＰｈＤ候補の理系の留学生たちは学費も払わず、大学から年間５００万円ぐらいのお金をもらっているのである。アカデミックな世界では研究成果のみで評価され、大学の学部生に教える時間などはどちらかというと雑用と考えられている。もちろん優秀な研究者であると同時に、学生に教えることが好きな人もいるけれども、熾烈な国際競争に晒されている研究者は1秒でも多く自分の研究に時間を使いたいというのが本音だ。こうした研究者たちがラボを構え、世界から集まってくる優秀なＰｈＤ課程の学生たちとともにすこしでもインパクトのある成果を出そうと日々研究に励んでいる。

そもそも商売の基本は人件費の安い国で製品を作り、それを高く買ってくれる国で売ることだ。学費が安い日本の大学で人材を育て、給料がもらえるが研究成果というアウトプットを要求される大学院レベルで海外に行くというのが原則である。こうした観点から言えば、物価が高いアメリカなどで親が働いてお金を稼ぎ、子供は学費が安く質が高い日本の学校に留学させるほうがいいのであり、給料が安い日本で親がお金を稼ぎ、学費がべらぼうに高いアメリカの大学などに子供を留学させるのは経済的には逆行している。

ＳＴＥＭ分野などは、第3章で解説したように、世界中どこでも学部で学ぶ内容はほとんど同じである。だから学費の安い日本の大学は得なのだが、学費のことを考えなくてもいいなら、すべての授業が英語で行われたほうが学部の勉強を通して英語を習得できる分、海外の大学に行ったほうがもっと得であるとも考えられる。将来のことを考えると、日本人にとっては英語を習得できることは本当に重要なのだ。もし高校の段階で数学オリンピックで優秀な成績を残したり何か高い能力があることを示すことができ、海外の大学から奨学金がもらえるなど学費の問題がクリアできるのならば、ぜひ海外の大学に進学しよう。こうしたＳＴＥＭ分野で才能があるならば、日本より海外のほうが報われることが多い。また、ＳＴＥＭ分野なら、大学名より専門性が重要なので、アメリカやイギリスの有名大学でなくても、オーストラリアやニュージーランド、シンガポールや香港などの大学はアメリカなどと比べて学費もだいぶ安いし、とても面白いと思う。ＳＴＥＭ＋英語が、日本人がグローバルなキャリアを目指す際に一番成功しやすい。日本で就職するにしても、海外の大学で学位を取って、ＳＴＥＭ＋英語の強みがあれば、高待遇の外資系企業に格段に就職しやすくなる。

もちろん、海外の名門大学に行きたい、となると、日本の名門大学に入ることが大変なように、いろいろと大変な出願準備をしないといけない。アメリカやイギリスなどの大学はすべてがＡＯ入試である。高校の成績、ＳＡＴやＴＯＥＦＬなどのテストのスコア、本人をよく知る教師の推薦状、志望動機などのエッセイ、そして、これまでの活動歴が総合的に判断される。日本の難関大学の入試を目指してがんばりつつ、海外の大学への出願準備をするのは非常に大変である。

東大や京大を目指しながら海外の大学も併願することを考えてみよう。高校の成績はふつうに学校の勉強をがんばればいいだろう。ＴＯＥＦＬも東大の英語の受験勉強とさほど変わらない。他には、数学オリンピックなどの国際科学オリンピックでの入賞歴をなんとか作って、履歴書に書けるものを用意するというのが東大などの難関国立大学との併願では楽である。しかし、数学オリンピックで入賞するのは、範囲も問題の傾向も違うので何とも言えないが、東大入試の数学で合格点を取るよりはだいぶ難しい。日本のトップ私立中高一貫校には、受験勉強が出来すぎて高校2年生の終わりぐらいには東大入試の合格点に達してしまうぐらいの子供はちらほらいる。彼らは国際科学オリンピックでも優秀な成績を残していることが多く、こういう高校生なら、東大を滑り止めにして、ＭＩＴやスタンフォード大学などのアメリカの名門大学に出願するなどという芸当も十分可能だし、毎年何人かは実際にアメリカの名門大学に奨学金をもらって進学している。ところで、アメリカなどの海外の名門大学は日本の入試のようなわかりやすい合格基準がなく、日本人にとっては国際科学オリンピック入賞歴のようなものがわかりやすいが、あくまで総合的な評価である。こうしたことは、アメリカの日本語学校で多数の卒業生を名門大学に送り出した東大卒の高校教師である冷泉彰彦氏の『アイビーリーグの入り方　アメリカ大学入試の知られざる実態と名門大学の合格基準』（ＣＣＣメディアハウス）にくわしい。

早稲田や慶応などの私立大学の文系学部を押さえにして、海外の大学を目指す併願戦略は比較的容易だ。というのも、これらの私立大学はＡＯ入試もやっているので、準備で重なる部分も多い。また、一般入試を受けたとしても、英語の比重が大きいので、英語さえ圧倒的にできてしまえば合格するのはさほど難しくない。英語圏の大学に留学したいなら、それぐらいの英語力は必要だろう。

ところで、こんなに学費が高額ならアメリカの家庭はどうしているかというと、それは日本の家庭の子供が医学部に行くときと同じである。日本でも私立の医学部は非常に学費が高いので、最初から親がうちは私立は無理だからね、と子供に説明している。アメリカも地元の州立大学なら安く通える（外国人留学生は高い学費を請求される）。教育ローンを借りてもいい。私立大学や他の州の州立大学に進学したい場合、フルに授業料と寮費を払える裕福な家庭なら、大学からの合格通知をもらった段階で進学できることが決まるが、そうでないなら、ちょっと遅れて届く奨学金や授業料免除の通知次第である。合格したけど奨学金や授業料の免除などを得ることができなかったら、残念、ということで子供はあきらめることになる。アメリカの大学の真の合格発表はこちらなのだ。子供が日本から海外の大学への進学を目指す場合は、金銭面でどこまで親が出せるのか、事前によく話し合っておくことが必要だし、奨学金が出なかった場合のために日本の大学を併願するなどのバックアッププランが必要だ。

日本の教育はまったく悪くない

客観的に見て、日本の教育は悪くない。無料の日本の公立小学校に子供を通わせるだけで、自然と難しい漢字を覚え、九九ができるようになり、理科や社会のさまざまなことがらに興味を持たせてくれる。いまでは外国人の先生が公立小学校の教室にやってきて、英語まで教えてくれる。こんな教育インフラが日本の隅々にまで行き届き、それらがすべて無料だということは驚嘆に値する。こうした日本の公立小学校の教育を世界は羨望の眼差しで見ている。中学校で教えている内容も驚くほど高度でよく考えられている。中学の公民の教科書を読めば、現代社会を生きる上で必要な政治や経済の仕組みがしっかりと解説されていることがわかる。義務教育の社会科を勉強すれば、国際的なビジネスの場面で必要な歴史や政治経済の知識がしっかりと身につくことになる。中学の数学はいまや統計学の内容をかなり含んでおり、データ分析の基本が学べる。英語は、小学校から習いはじめるようになった結果、それまで高校の内容だった仮定法などの文法事項が中学の教科書に前倒しで入り、文法的なことは中学の間にほぼすべて終わるようになった。中学校で習う社会科や英語をしっかりと修得すれば、英語で書かれた政治や経済のコラムなど十分に読みこなせるだろう。情報教育も進んでおり、公立中学でもプログラミングなどの授業が始まっている。義務教育でこれだけの内容なのだから、これ以上何を望もうというのか。

そして、日本の教育で素晴らしいのは何と言っても高校である。大学入試では1点でも足りなければ不合格となる。さらに国立大学は1校しか受けられない。その一発勝負の入試に向けて、高校生たちは日々真剣に勉学に励んでいる。徹底的な実力主義《メリトクラシー》の世界だ。そして、高校のほうも進学実績で常に外部から評価されている。難関大学の合格者数が数年続けて落ちるだけで、伝統のある名門校といえども転落していくという厳しい競争が繰り広げられているのだ。だから、高校の先生たちも必死に効率的なカリキュラムを考え、授業を工夫する。こうした真剣勝負の世界で戦っている受験生や教師たちは凛として輝いている。

日本の大学ではより自主性が重んじられ、学問を探究したい学生にはいくらでも学べる環境が用意されている。卒業論文などを通して、学部生のうちから指導教官とともに研究の世界に足を踏み入れていける。優秀な学生なら、すでにこの段階で世界的な研究成果を出すことがある。

筆者は、日本の大学でしっかりと学部教育を受けた優秀な学生なら、海外の大学院の世界的な研究チームに自信を持って推薦できるし、何の問題もなくそこで研究成果を出せると思う。日本の教育の大きな欠点は英語だが、それは家庭で容易に補える部分でもある。日本の大学で統計学などの数学やプログラミングなどのITリテラシーを当然のように身につけ、加えてなにかひとつ専門分野を深く学び、英語もビジネスレベルに達している学生なら、そのまま世界的なグローバル企業に入社して、高い給料にふさわしいホワイトカラーとしてのキャリアをスタートできるはずだ。

日本経済は世界の成長から取り残されてしまっており、その責任の一端は日本の教育にあるかのような言説があるが、悪いのは日本の産業界や政治の方だと思う。日本の子供たちは、1点刻みの点数で順位が出る厳しい実力主義の中で切磋琢磨しているにもかかわらず、大学を卒業して日本の大企業や官庁に就職すると、めったなことでは首にならず、がんばっても給料が増えないというぬるま湯にどっぷりと浸かっていく。経営者は業績を伸ばせなくても咎められない。これほど日本の子供たちの教育の世界は競争的なのに、肝心の大人の政治や経済のほうは競争をあの手この手で制限してしまい、まるで社会主義国のようである。日本語という言語や特殊な商慣習や規制などで国内の産業や労働者を保護してしまっているから日本の経済には新陳代謝が起きず、それゆえに経済成長しない。もちろん、受験勉強をがんばる理由のひとつは、日本版科挙で選ばれし正当なメンバーとして、こうした既得権益の中に入れてもらうことであることは否定しないけれども。

学問の世界、特に理学や工学には国境などなく、曲がりなりにも世界との競争に晒されている日本の大学は、さまざまな指標で評価が落ちてきたとはいえ、２０２２年のＱＳ（Quacquarelli Symonds）世界大学ランキングでは東京大学が23位、京都大学が36位、東京工業大学が55位、大阪大学が68位、東北大学が79位にランクインしている。世界トップ１００校の中に日本から5校も入っていれば立派なものだ。ノーベル賞の数もアジアの中では突出している。一方で、産業界の方を見れば、２０２２年の世界の時価総額ランキングで１００位以内に入っている日本の企業は、もはやトヨタ自動車ただ１社だけになってしまった。

あとがき

筆者自身も文字通りに寝る間も惜しんで受験勉強をがんばったが、それはひとり暮らしをするためであって、大学に入って何か学びたいものなどなかった。当時から、日本の大学生はぜんぜん勉強しない、しなくても卒業できるなどと言われていて、筆者はそれをすっかり信じていたので、大学1年生の間は塾の講師のアルバイトなどで学生としてはかなり稼ぎつつ飲み会などで遊び呆けていた（当時は18歳が酒を飲むことは容認されていた）。大学の授業にもすぐに行かなくなった。それでも物理や数学などの科目は試験前の一夜漬けでなんとか最低の成績で単位を取れたのだが、理系には実験の実習があり、当然だが、これはちゃんと実験に出席して、自分で実験データを取り、レポートを提出しないと単位がもらえなかった。必修の実験科目をサボるほど筆者は遊び回ることに夢中で、勉学に身が入っていなかったのだ。この必修の実験科目を落としてしまったし、第二外国語など本当にスレスレだったのだが、間一髪で大学1年生の留年は免れた。

　この落とした実験が2年生の春学期に再履修になり、これを再び落とすと留年決定である。さすがにここで筆者の尻に火がついた。毎週、真剣に与えられた実験課題を予習し、当日は真剣に実験を行い丁寧にデータを取った。参考文献も大学の図書館で借りてきて必死に読んだ。パソコンでデータを分析し、綺麗にグラフを作り、よく考えて考察を書いた。こんなにまとまった文章を書くのは人生ではじめての経験であった。各実験では学科に所属する研究者である教官の方たちがインストラクターをしており筆者のレポートを添削してくれた。また、そうした教官の方たちと実験中にディスカッションできたし、わからないことは聞くと喜んで教えてくれた。毎回違う実験テーマでこんなことを毎週やったのだから、さすがにいろいろな力がついたと思う。筆者は再履修の実験を最高の成績で単位を取ることができたし、2年生には2年生の実験もあるのだが、そちらも同様に最高の成績を取ることができた。いま思うと、このときはじめて日本語の文章の書き方を学んだのだと思う。おかげで、いまではこうして文章を書いてお金を稼ぐことができている。

　さすがにサボりすぎると留年すると気がつき、2年生のときは最低限はがんばるようになったが、相変わらず生活の中心はまだまだアルバイトと遊びであった。筆者は塾講師などで学生としてはかなり稼いでいたのだが、ある日、年間どれぐらい稼げるのか計算してみると、授業にも行かず遊んでばかりの筆者の大学生活のために裕福でもない親が払っている学費と仕送りの合計と同じぐらいであった。これは何かとてつもなく虚しいことをしているのではないか、と思った。せっかく大学に行かせてもらっているのだから、ちょっとは勉強してみるか、という気になってきた。そして、アルバイトも飲み会も減らすことにした。

当時、筆者は夜型の生活だったのだが、近所にあったデニーズで夜通し大学の数学や物理に関する教科書を毎日7、8時間は勉強するようになった。ちょうど量子力学を本格的に習いはじめたころだった。量子力学とは電子などの非常に小さな物の挙動を計算するための理論である。電子は一つひとつが粒でもあり同時に波でもある、という人間の感覚では理解不能なものなのだが、こうした不思議な状態がシュレーディンガー方程式という量子力学で習う方程式で見事に表現される。この方程式はとてもシンプルな形をしている位置と時間に関する偏微分方程式なのだが、2乗すると-1になる虚数iが入っているし、見慣れないラプラシアン∇^2という演算子も入っている。これを解くと、電子の存在確率と関係する虚数が入った波動関数が出てくる。波動関数を2乗すると虚数が消えて粒である電子の存在の濃淡を表す確率密度が計算できる。

虚数など単に代数方程式を解くために導入されたものであると思っていたし、大学で習う微分方程式などは物理の力学や工学で必要なものだから発展したんだな、ぐらいに思っていた。波を表現する三角関数は大学では複素数や指数関数といっしょになってフーリエ解析という分野になる。音楽などの音声をデジタル情報に変換して記録できるのはフーリエ解析のおかげだ。線形代数で習う行列やベクトルや固有値なども単なる計算の道具だと思っていた。こうした様々な数学分野を大学1年生で習うのだが、正直、どれも無味乾燥なものであった。いい大学に行くために高校数学をやらないといけないように、筆者にとっては留年しないために最低限やらないといけないものでしかなかった。しかし、驚くことに、こうしたバラバラに勉強した、それぞれにぜんぜん関係ないと思っていた数学の分野が、この一本のシュレーディンガー方程式で出会い、驚くべき巧妙さで電子の不思議な挙動を完璧に記述するのだ。そして、その上に現代のエレクトロニクス産業が築き上げられている、という。単なる工学のための道具だとか数学のための数学ぐらいに思っていたそれぞれの数学分野が総動員され、この我々の自然を驚異的な精緻さで描き出す。

筆者はこの事実に圧倒され、深夜のデニーズでひとり打ち震えた。幼稚園ぐらいに数の数え方を覚え、小学生になったら四則演算を習い、中学生になったら一次方程式を習い、受験勉強ではうんざりするほどたくさんの数学の問題を解き、大学に入るとさまざまな数学の分野を勉強して……、と幼稚園から数えるとここまでたどり着くのにかれこれ15年以上はかかったと思う。この瞬間のために15年間勉強してきてとても良かった、と心から思った。

毎晩ひとりで物理や数学の勉強をする、という日々が2、3ヶ月ほど続いた。そして、大学は2年生の秋学期になった。筆者は前述の実験以外は最低の成績しか取ったことがなかったので自分は出来の悪い学生だと思っていたのだが、それまでほとんど行っていなかった大学の授業に出るようになると驚くほどよく理解できるようになっていた。そして、勉強が大変に面白くなった。成績も突如としてトップクラスになった。本質的な理解をしているので、定期試験では過去問や他人のノートなど集める必要もなく、教科書の大事なところを試験前に見直すだけで簡単に高得点が取れた。それまで留年スレスレだったのが嘘のように、大学院の授業まで履修して卒業に必要な単位よりはるかに多くの単位を取った。食べ放題のバフェではどれだけ食べても同じ値段なので、みんな目一杯お腹に詰め込もうとする。大学の授業も同じである。

そして、大学3年生の終わりぐらいには、当時、アメリカから帰ってきて自分の研究室を立ち上げて間もなかった指導教官と出会うのだが、そこから本格的な筆者の研究生活がはじまった。起きている時間はすべて研究していたのだが、やがて家に帰るのも時間がもったいないと思うようになり、よく研究室のソファーで寝ていた。4年生の春ぐらいには早くも学術論文が書けそうな結果が出てくる。指導教官といっしょに論文にまとめて国際的な学術誌に投稿した。指導教官が航空券やホテル代を研究費から工面してくれて、筆者は海外で催されていた国際会議で自分の研究を発表できた。

そうこうしていると、海外の大学院からPhD課程の学生としていろいろとお誘いが来るようになった。指導教官は自分の研究室に筆者が残ると思っていたようで、もちろん残念がってくれたのだが、筆者としては親から学費や生活費をこれ以上出してもらうわけにはいかない、という思いがあり、十分な奨学金をオファーしてくれていた海外の大学院に進学することになった。指導教官も最後は快く送り出してくれた。

あれからもう20年以上経つが、筆者を研究の世界に最初に導いてくれた当時は若かった指導教官は、教育者としても研究者としても随分と偉くなっている。筆者もこうしていま教育の本を出版するに至った。お互いに、ずいぶんと遠くまで来たものだと思う。

藤沢数希　Ph. D. 物理学研究者、外資系投資銀行でクオンツ、トレーダーを経て、香港で資産運用業を営む。「週刊金融日記」発行。著書に『「反原発」の不都合な真実』『外資系金融の終わり』など。

Ⓢ新潮新書

974

コスパで考《かんが》える学歴攻略法《がくれきこうりゃくほう》

著　者　藤沢数希《ふじさわかずき》

2022年11月20日　発行

発行者　佐　藤　隆　信

発行所　株式会社 新潮社

〒162-8711　東京都新宿区矢来町71番地
編集部(03)3266-5430　読者係(03)3266-5111
https://www.shinchosha.co.jp
装幀　新潮社装幀室

印刷所　錦明印刷株式会社

製本所　錦明印刷株式会社

ISBN978-4-10-610974-4　C0237

価格はカバーに表示してあります。

新潮新書

924
世界の知性が語る「特別な日本」
会田弘継

近現代日本は世界にとって如何なる存在だったのか。リー・クアンユー、李登輝、オルハン・パムクらにインタビューし、「日本の達成」に対する彼らの特別な思いに迫る。

918
楽観論
古市憲寿

絶望って、安易じゃないですか？　危機の時代、過度に悲観的にならず生きるための、「あきらめながらも、腹をくくる」「受け入れながらも、視点をずらす」古市流・思考法。

883
空気が支配する国
物江潤

「空気」は、日本では法よりも総理大臣よりも上位に立つ存在である。この息苦しさを打ち破る手立てはあるのか。得体の知れぬものの正体を若手論客が鮮明かつロジカルに解き明かす。

869
トヨタに学ぶカイゼンのヒント71
野地秩嘉

「ベストを追求するな」「残業を疑え」――強さの秘密は、職場のムダを徹底的になくすカイゼン＝改善の積み重ね。働く人を楽に、楽しくする究極の働き方改革がここにある。

868
スマホ料金はなぜ高いのか
山田明

「スマホ料金4割値下げ」はどこへやら、高止まりする日本の通信料金の裏には、大手3社による寡占市場と官民癒着の構図がある。通信業界のエキスパートが徹底解説！

Ⓢ新潮新書

862
歴史の教訓
「失敗の本質」と国家戦略
兼原信克

なぜ戦前の日本は、大きな過ちを犯したのか。「官邸外交」の理論的主柱として知られた元外交官が、近代日本の来歴を独自の視点で振り返り、これからの国家戦略の全貌を示す。

861
美術展の不都合な真実
古賀太

入場前から大行列、一瞬だけ見る「屈指の名画」、お土産ショップへ強制入場――「美術展ビジネス」の裏事情を元企画者が解説。本当に観るべき展示を見極めるための必読ガイド。

856
私の考え
三浦瑠麗

「人生は一回限り。人間、迷ったら本音を言うしかない」常に冷静に、建設的に言論活動を続けてきた著者が、政治について、孤独について、人生について、誠実に向き合った思索の軌跡。

854
トラックドライバーにも言わせて
橋本愛喜

幅寄せ、路駐、急ブレーキ……公道上でとかく悪者にされるトラックとドライバー。でも彼らには〝深い事情〟があるのをご存知？　元ドライバーの著者が徹底解説。

846
「反権力」は正義ですか
ラジオニュースの現場から
飯田浩司

「権力と闘う」己の姿勢に酔いしれ、経済や安全保障を印象と感情で語る。その結論ありきの報道は見限られてきていないか。人気ラジオパーソナリティによる熱く刺激的なニュース論。

Ⓢ新潮新書

702
ADHDでよかった
立入勝義

正面から向き合ったことで、「障害」は「強み」に転じた。実は世の天才、成功者も「ADHDだらけ」！　アメリカ在住20年の起業家・コンサルタントが綴った驚きと感動の手記。

701
キレイゴトぬきの就活論
石渡嶺司

「学歴不問。実力重視」「若者よ夢を持て」なんて大嘘！　企業は学生のどこを、学生は企業のどこを見るべきか。就活にまつわるモヤモヤ、ナゾを豊富な取材とデータで解消する。

692
観光立国の正体
藻谷浩介
山田桂一郎

観光地の現場に跋扈する「地元のボスゾンビ」たちを一掃せよ！　日本を地方から再生させ、真の観光立国にするための処方箋を、地域振興のエキスパートと観光カリスマが徹底討論。

659
いい子に育てると犯罪者になります
岡本茂樹

親の言うことをよく聞く「いい子」は危ない。自分の感情を表に出さず、親の期待する役割を演じ続け、無理を重ねているからだ——。矯正教育の知見で「子育ての常識」をひっくり返す。

647
ほめると子どもはダメになる
榎本博明

生きる力に欠けた若者は、欧米流「ほめて育てる」思想の産物だ。「ほめても自己肯定感は育たない」「母性の暴走が弊害のもと」……臨床心理学で安易な風潮を斬る、日本人必読の書。

Ⓢ新潮新書

560 東大教授 沖大幹

「東大教授」とはどんな職業なのか？　給与、学歴、勤務時間、適性、出世、研究キャリアの醍醐味、入試突破法や有名人との交際などまで。現役教授が、豊富な体験と情報から徹底解説。

550 和食の知られざる世界 辻芳樹

世界の一流シェフたちを驚嘆させた魅力とは？　最高の状態で味わうコツは？　良い店はどこが違う？　幼い頃から味覚の英才教育を受けてきた辻調グループ代表が綴る「和食の真実」

536 イスラムの人はなぜ日本を尊敬するのか 宮田律

イスラムを過剰に怖れる必要はない。日本は理想的社会と見られ、アニメやマンガも引っ張りだこ。その親日感情を国益にどう結びつけるかを論じる最強のイスラム入門。

491 ピカソは本当に偉いのか？ 西岡文彦

「あんな絵」にどうして高い値段がつくのか？　本当に上手いのか？　なぜ芸術家は身勝手な女性関係が許されるのか？　現代美術のからくりをあばく、目からウロコの芸術論。

464 恐山 死者のいる場所 南直哉

イタコの前で号泣する母、息子の死を問い続ける父……。死者に会うため、人は霊場を訪れる。たとえ肉体は滅んでも、彼らはそこに在る。「恐山の禅僧」が問う、弔いの意義。

たりしない。

営業のような目立つ課の女の子が、

「いいわね、庶務は。やさしい課長さんで」

と、羨ましがるほどだった。

もうすぐ昼、十二時のチャイムが鳴るだろう。――どうしたのかしら？

待っている早川の顔が、だんだんこわばってくる。今四十八歳の早川だが、この三十分で何だか年齢《とし》を取ったかのようだ。

十二時のチャイムがオフィスに鳴り渡った。それと同時に、早川のケータイが鳴った。

いや、マナーモードで震えた。

「もしもし！」

と、早川は言った。

少し間があって、

「やったよ」

と、息子の声が聞こえた。

「やった……。やったのか。受かったんだな」

早川の声が震えていた。

「当り前じゃないか」

と、息子の一郎《いちろう》が言った。

「そうか。良かった。しかし――今まで何してたんだ？　発表は十時だろ？」

「十時なんかに行ったら混んじまうから、時間ずらしたんだ」

「お前……。ずっと待ってたんだぞ」

つい、グチを言ってしまう早川だった。

「信用しろよ、息子を」

と、一郎はちょっと笑って、「じゃ、友達と昼飯食って帰るから」

「ああ。一郎――」

「何？」

「おめでとう。良かったな」

父親の言葉に、一郎は、

「じゃあね」

とだけ言って切ってしまった。

急に緊張が途切れて、早川はしばらく席から立てなかった。オフィスはもうみんな昼食に出て、空になっていた。いや一人だけ、林美香が残っていた。

「課長さん、おめでとうございます」

と、美香が声をかけると、早川はやっと我に返った様子で、

「林君か。――ありがとう」

と言って、涙を拭った。「いや、みっともないね。いい年齢《とし》をして……」

「そんなことないですよ。一郎さん、きっと大学でも優等生でしょうね」

「親に似ずね」

と、早川は泣き笑いの顔になって、「どうだ、林君、昼をおごるよ。一緒に食べよう」

「課長さん、そんなのおかしいですよ。私がお祝いしなくちゃ」

「どうだっていいさ！　さ、行こう」

早川が勢いよく立ち上ったので、椅子が後ろの書類棚にぶつかった。

そのとき、この大学で息子が誰と出会うことになるか知っていたら、早川もこれほど浮かれはしなかっただろう……。


「現場は？」

と、私が訊くと、原田《はらだ》刑事が、

「この奥です」

と、狭い通路の方へ目をやった。「狭いですよ」

言われなくても、一目で分る。原田の巨体では、その通路をそっくりふさいでしまいそうだった。

しかも……。

「どうなってるんだ」

と、私は眉をひそめた。「これじゃ、火事になったら逃げられないな」

ただでさえ狭い通路に、古ぼけたスピーカーだのアンプだのがいくつも積み上げてあって、体を横にしないと通れないくらいだ。

そして、突き当りのドアが開いていて、中で動いているのは、鑑識の連中らしい。

その部屋も、通路に劣らず、段ボールや楽器で半分近くのスペースが占められていた。

「宇野《うの》さん」

原田が、なぜか部屋の奥のカーテンを開けて入って来た。

「お前、どこから来たんだ?」

「通路が狭いんで、舞台の方を回って」

そうか。そのカーテンの向うはもうステージなのだ。

部屋には小さなテーブルと折りたたみの椅子が何脚かあり、お茶のペットボトルが飲みかけのまま置かれていた。

そして――テーブルと壁とのわずかな隙間に、女が倒れていた。

一見して、後頭部に血が固まっていて、それが致命傷だったろうと分る。

「これが凶器でしょうね」

と、原田が床に落ちている、重そうなスパナを見て言った。

血が付いている。指紋が採れれば……。

「発見したのは？」

と、私は訊いた。

「出演してたバンドのメンバーです。ステージを終えてここへ入って来たら、その女性が倒れていたと」

「そのメンバーはどこにいるんだ？」

「ステージです。何しろここは狭いんで」

「分った。話を聞こう」

と、私は死体をよけて、カーテンの向うへ出て行った。

――小さなライブハウスである。

ステージといっても、四、五人が並べば一杯だろう。エレキギターやドラムセットが所狭しと置かれている。

そして、ステージの前面に腰をおろしていたのは四人の若者。どんな顔なのか、いや男か女かもちょっと見ただけでは分らない。

ともかく、顔を仮面のように塗りたくっていて、一人一人、海外のロックバンドの真似なのだろう、髪も金色やら紫色やらに染めて、とんがり帽子のように立っていたり、元の様子は全く分らない。

「客はどうした？」

と、私は訊いた。

「ステージが終ったら、みんな帰ったよ」

と、バンドのメンバーの一人が言った。

「一人残ってるわ」

と、照明を落として薄暗いフロア――椅子はない――から声がした。

まさか……。

「何してるんだ？」

と、私は訊いた。

「友達に連れられて来たのよ」

と、ステージの方へやって来たのは、何と永井《ながい》夕子《ゆうこ》だった。「原田さんがいたんで、あなたも来るかなと思って」

殺人現場にはよく似合う（?）女子大生である。

「ちょっと見せてね」

と、夕子はステージに上ると、カーテンの向うへ入って行った。

四人組のバンドの名は、〈H＆H〉。地獄《ヘル》と天国《ヘヴン》の二つの〈H〉なのだそうだ。

夕子がステージに戻ってくると、

「服装が合わないわね」

と言った。

確かに。——バンドのメンバーは、みんな黒革のジャケットに、鎖や首飾りをジャラジャラとさげているのだが、殺されていた女性は、ごく当り前のスーツ姿だったのである。

「殺された女性に見覚えは?」

と訊くと、四人は顔を見合せていたが、

「——顔、はっきり見てないんだよ」

と、一人が言った。「だって、気持悪くてさ……」

「ねえ」

と、女の子が言った。「あんなに血が……。私、貧血起しそうだった」

悪魔をイメージしたようなメイクにしては気が弱そうだ。

「——なあ、もう帰っていいだろ?」

と、リーダーらしい男が言った。「遅くなると、家でうるさくてさ」

「殺人事件なんだ。ちゃんと話を聞かないとな」

と、私は言った。

すると原田が、ライブハウスの入口の方から、

「宇野さん」

と、声をかけて来た。「何だか、ここに用があるって男性が」

「あの……」

と、おずおずと入って来たのは、だいぶ頭の禿げ上った中年男で、くたびれたスーツとネクタイ姿だった。「ここで、〈H&H〉とかいうバンドが……」

腰をおろしていたバンドのメンバーの一人、リーダーらしい男がびっくりして立ち上った。

「親父!」

「え?」

その中年男は面食《めんくら》った様子で、そのメンバーを見ていたが、「――お前、一郎か?」

「失礼。このメンバーのお父さんですか?」

「はあ……」

と、ただ目を大きく見開いて、「たぶん、あれは息子の一郎です」

「何しに来たんだよ」

と、息子の方は目をそらしている。

「会社の部下の女性が、ここへ来てると言っていたんで……。しかし、どうしたっていうんだ?」

「待って下さい」

と、私は言った。「見ていただきたいんですがね」

「はあ……。でも、何をです?」

私はその男の腕を取って、ステージに上げると、奥のカーテンを開けて、

「ご存じの方ですか?」

男はポカンとしていたが、こわごわ覗き込んで、女性の顔をひと目見ると、サッと青ざめた。

「――林君! どうしてこんな……」

「あなたの部下というのが――」

「林美香君です。あの……死んでるんですか？　何てことだ！」

男はよろけて、椅子につかまったが、軽い折りたたみ椅子ごと、ひっくり返ってしまった。

その男の名前が、早川宗男《むねお》というのだと訊き出すのに十分もかかったのだ……。

2　スケジュール

これがあの四人か？

おとなしく椅子に並んで座っている若者たち。

顔のメイクを落とし、それぞれジャケットやジャンパーにジーンズという服装。髪だけは金色や紫色のままだったが、少なくともペタッとなでつけられていた。

昼間のライブハウスは、ほとんどただの物置という感じだ。

「君がリーダーか」

と、私は言った。「早川一郎君だね」

「ええ」

と、口を尖らしながら、「もう、ゆうべ散々親父に文句を言われましたよ。勘弁してほしいや」

「そうよ。あなたたち、ロックやパンクに偏見があるんでしょ」

と、強気の口調で言ったのは、四人の中の唯一の女性、長田《おさだ》あかねだった。

「別に偏見はないつもりだがね」

と、私は言った。「親に出してもらった学費を全部バンドに注ぎ込むってのは、ちょっと問題なんじゃないか？」

「人生には回り道も必要よ」

と、長田あかねが言った。

「君は地方から一人で上京して来てるんだろ？　仕送りしてくれてるご両親は知ってるのか？」

「殺されるよりいいでしょ」

どうやら口の達者な女の子らしい。

「君らは同じS大生だね。――他の二人は？」

「俺は大学なんか行ける身分じゃねえよ」

と、ヒョロリとやせた男、佐田初《さだはじめ》が言った。

「毎日、バイトで食いつないでるんだ」

「しかし、バンドをやる余裕はあったんだろ？」

「これもバイトさ」

と、唇を歪《ゆが》めて笑った。

「本当ですよ」

と、早川一郎が言った。「一日五千円でドラムを叩いてもらってた」

「君は？　君もバイトか？」

もう一人は、四人の中では大柄な太めの男で、安永圭太《やすながけいた》といった。

「公務員です」

「公務員？」

「M市の市役所に勤めてます」

身分証を見れば、確かにそうらしい。

「三十歳？」

そういえば、髪は少し薄くなりかけている。

「――よし、ゆうべ何があった？」

と、私は訊いた。

四人は顔を見合せていたが、やがて早川一郎が口を開いた。

「ゆうべは七時からのステージで、六時ごろからここでリハーサルしてたんだ」

「他に誰が？」

「いませんよ。スタッフ雇うほどの金もないし」

「それで？」

「六時二十分ごろかな。六時半には客を入れるんで、そろそろ一旦切り上げようかと思ってたら、女が入って来て……」

「林美香さんだね」

「うん。俺は知らなかったけど、向うは俺のこと知ってて、『お父さんに隠れて、こんなことして！』って言うから、『あんたの知ったこっちゃないだろ』って言ってやった」

一郎は肩をすくめて、「そしたら、親父に知らせるって言うから、好きにしろ、って言ってやったんだ」

「争いになって殴り殺したんじゃないか？」

「そんなことしないよ！」

と、一郎は言った。「ただ、もう客が入って来てたんで、大声出すと聞こえちまうだろ。だから、このステージが終るまで待っててくれって言ったんだ」

「本当よ」

と、長田あかねが言った。「私も一緒だった。他の二人はステージにいたけど」

「それで、林さんは？」

「渋々だけど、分ったと言ってくれて……。後は知らないよ。俺たちはステージで演奏してた。客も七、八十人はいたかな。こういう所じゃ、それだけ客が入りゃ大したもんなんだ」

「ステージから、あの奥へ出入りした者は？」

「喉が渇くんで、ペットボトルの水飲みに入ったわ、一度」

と、あかねが言った。

「俺とあかねはボーカルだからな」

と、一郎があかねの肩を抱く。

すると、

「よせ！」

と怒鳴る声がした。

「早川さん。捜査中なんです」

「その女のせいなんだ！」

早川宗男が入って来ると、「その女が、一郎をたぶらかしたんだ」

「父さん、やめてよ。俺が彼女を誘って――」

「嘘をつけ！　お前はもともとこんなバンドなんか関心なかったじゃないか！　その女に誘惑されたんだ」

と、早川があかねを指さして言った。「せっかく、S大に合格して、この先は順調に、一流企業に入って、と思ってたのに……。この女のせいで、何もかも狂っちまった！」

「落ちついて下さい」

と、私は言った。「今は林美香さんを誰が殺したかを調べてるんです。あなたの息子さんの人生設計はとりあえず別の話ですから」

早川はムッとした様子だった。

私はあかねに、

「君が水を飲みに奥へ入ったとき、林さんは？」

と訊いた。

「椅子にかけてたわ」

と、あかねが言った。「ちゃんと生きてたわよ」

「林君を馬鹿にするようなことを言うな！」

と、早川が怒った。

「別に馬鹿になんかしてないわ。椅子にかけて、スマホをいじってた。私が水を飲んでると、『こんなにやかましいの、いつも？』って言うから、『気に入らなかったら、耳ふさいでたら？』って答えたの」

あかねはそう言って、「それだけよ。私たち、ずっとステージにいたんだから」

「そうだ。客が見てたんだから、俺たちに殺人なんてできない」

と、一郎が言った。

「証人の話を聞きたいがね。ゆうべの客と連絡が取れるのか？」

一郎はちょっと詰《つま》って、

「それは……。いちいち住所や名前なんか訊かないよ」

「そうよ。ロックはすべての人のものよ。身許《みもと》なんて……」

「でも、曲の間には、トークもあったんじゃない？」

いつの間にか、夕子がやって来ていた。「ステージから、カーテンの中へは一歩だけ。一瞬、メンバーの誰かがステージから消えても、お客は気が付かないんじゃない？」

夕子の言葉には、四人とも黙ってしまった。

「凶器のスパナは誰のものだ？」

と、私が訊くと、バイト暮《ぐら》しの佐田が渋々手を上げた。

「バイトで使うことがあるんで、バッグに入れて持ち歩いてるんだ。でも、俺はあんな女なんか知らないよ」

「バッグにあれが入ってることを、他のメンバーは知ってたのか？」

「さあね」

と、佐田は肩をすくめて、「誰かがバッグを覗いてりゃ、見えただろうな。口を開けたままにしてたから」

そして、続けて、

「あれが俺のスパナだからって、俺がやったなんてことにならないよね。見も知らない女を殺したりしないさ」

凶器からは指紋が出なかった。拭き取ってあったのだ。

「殺して指紋を拭き取る。――何秒もかからないわね」

と、夕子が言った。「でも、あそこには、反対側の通路からも入れる」

確かに、このメンバーの誰かがやったという証拠はない。

「――よし、必ず連絡が取れるようにしておけよ」

と、念を押して、四人を帰すしかなかった。

しかし、一郎はあかねの腕をしっかりつかんで、

「俺たち大学に行くから」

と、父親へ言った。

そう言われると、早川も止めるわけにいかないのだろう。しかめっつらで、二人を見送っていた。

「――全く」

と、早川はこぼした。「子供のためだと思って、女の子との付合も許さなかったんです。今思えば、高校でガールフレンドでも作っておけば……」

「後悔先に立たずですな」

「そうですね……」

と、早川はため息をついたが、「――お前、何してるんだ？」

中年の女性が立っていたのだ。

「あの――家内の素子《もとこ》です」

早川素子は、ぼんやりとライブハウスの中を見回してため息をついた。

「ここで、一郎はバンドをやってたの……」

と、素子は言った。

「お前の来る所じゃない」

と、早川は素子に、「さあ、一緒に出よう」

しかし、素子は動こうとしなかった。

「きっとにぎやかだったんでしょうね」

「やかましいだけだ。こんな所で下手な演奏なんかしたって、何の役にも立たない」

「でも、あなた……。きっと一郎は楽しかったのよ」

「何だと？」

「私たちは、一郎に、小さいころから何一つ好きなことをさせてやらなかった。あの子は受験も塾も、私たちに言われるままにやって来たわ」

「それがあいつのためだからだ。お前だって分ってるだろう」

「あなたにとってはね」

「それは——どういう意味だ？」

「いいじゃないの。一年くらい、大学を休んで好きなことをしたって。人生は長いわ」

「何を言い出すんだ！　留年なんかしたら、就職に不利になるんだ。あいつだって、そんなことは分ってるはずだ。それが、あの長田あかねって女に引っかかって、こんなことに。しかも、林君が殺されたんだぞ」

「一郎は、そんな乱暴なことのできる子じゃないわ。血を見ただけで貧血を起こすような子よ。——十八歳で恋をするなんて当り前じゃないの。私、ホッとしてるのよ。一郎が恋をしたってことに」

早川は妻の言葉に当惑顔だったが、そこへ夕子が、

「いいお母さんですね」

と言った。「若いころにむだなことをしておくのって大切だと思います」

「もういい！　ともかく行くぞ！」

と、早川がしびれを切らしたように言った。

しかし素子は、

「行って。私、もう少しここにいるわ」

と答えた。

早川は、

「わけが分らん！」

と、ひと言、ライブハウスを出て行った。

3　計算違い

「何があったの？」

夕子が車に乗り込んで来る。

私はすぐ車を出した。――ちょうど大学を出る夕子を待っていたのだ。

「死体が見付かった」

「誰の？」

「あのバンドのバイトメンバー、佐田初だ」

「殺された？」

「そういうことらしい」

と、私は言って、ともかく現場へと急いだ。

パトカーが停《とま》っているのは、古いビルの解体工事の現場だった。

原田が待っていた。

「今日は作業が午後からだったそうで」

と、囲いの中へと入って行く。「発見が遅れたようです。血はもう乾いていました」

鉄骨と、バラバラになったコンクリート片の間に、ヘルメットをかぶった佐田が倒れていた。

仰向けに倒れた作業服姿の胸に、刃物によると見られる傷があった。出血もかなりあったようだが、すっかり乾いている。

「ケータイは？」

と、夕子が訊いた。

「持ってませんでした」

と、原田が言った。

「作業してたのなら、持ってたでしょうけどね」

「犯人が持って行ったのか」

「たぶんそうね。――あのライブハウスの事件と関ってるとしたら、きっと佐田さんは……」

「あのとき、何かを見てたんだな」

「そして――お金が欲しかったんでしょうね。知れたらまずい相手をゆすった」

「ケータイに、そのやり取りが残ってたんだろう。一緒に作業してたのは？」

「一日限りの仕事だったようです。連絡が取れるといいんですが」

「ともかく当ってみろ」

と、私は言った。「ゆうべの内にやられたんだろう。――気の毒に」

「バンドは、別のドラマーを捜さなくちゃね」

と、夕子が言った。


「あれ？」

S大学のキャンパスを並んで歩いていた早川一郎と長田あかねが足を止めた。

「もう帰るところですけど」

と、一郎が言った。「逮捕しに来たんですか？」

「冗談でも、そんなこと言うと、本当に逮捕されるわよ」

と、夕子が言った。「佐田初さん殺害の容疑でね」

「どうして佐田さんが――」

と、一郎は笑って言いかけたが、あかねが真顔で、

「本当に？」

「うん。ビルの解体工事の現場でね。ゆうべはどこにいた？」

「そんな……」

一郎は青ざめて、「どうしてそんなことに……」

「ゆうべは私たち一緒でした」

と、あかねが一郎の腕にしっかりと自分の腕を絡《から》ませて言った。「本当です」

「うん……」

「佐田さんはお金が欲しかったのよ」

夕子が状況を説明すると、

「畜生！」

と、一郎が呟《つぶや》くように言った。「ちゃんとギャラを払ってやれば良かった」

あかねが付け加えるように、

「頼まれてたんです、佐田さんから。次のステージのギャラを前払いしてくれないか、って。でも……」

「払おうと思えば、払えないことはなかったんだ。でも、そうしたらきっと次のときも、ってことになると思って、断った」

一郎はため息をついて、「そこまで困ってるとは思わなかった」

「おそらく、佐田さんは何かを見た。そして誰かをゆすった。でも、ステージの途中で、ドラムが外したことはあった？」

と、夕子が訊いた。

「ドラムがいなくなればすぐ分るわ。ねえ？」

「そうだな」

夕子はちょっと考えていたが、

「でも、ドラムは他の三人より後ろにいるでしょ？　もし、一郎君がお客相手にトークをしてるとき、席を立っても、すぐ戻れば分らないんじゃない？」

一郎とあかねは顔を見合せた。

「——それはその通りだわ」

と、あかねは言った。「ステージが始まったら、後ろを振り向くことはあんまりないわね」

「でも、長くは無理ね」

と、夕子が肯《うなず》いて、「たぶん、ほんの一瞬、あのカーテンの奥を覗いたんだわ」

「それで、何を見たんだろう」

と、一郎が言った。「あの女の人を殺した犯人？」

「たぶんね」

と、夕子は言った。「でも——元に戻らないと。林美香さんはどうして殺されたのか」

「動機ということか」

「ええ。そもそも、林さんは何をしに、あのライブハウスに行ったのかしら？」

「それはたぶん、一郎君が本当にあそこに出ているか確かめようと……」

「それなら、客として入ればすむでしょ？　演奏してるのを見れば分るでしょうからね」

と、夕子は言った。「わざわざ、あの奥でステージが終るのを待っていたのは、何か話したいことがあったから」

「一郎君に言って聞かせたかったからだろう」

私の言葉に、夕子は何も答えなかった。


「また……」

と、早川一郎が言った。「また、ここでやれるかな」

少し間があって、

「すぐには無理よ。分ってるでしょ」

と言ったのは、長田あかねだった。

「うん……。でも……残念だな」

一郎が、ガランとしたライブハウスの中を歩いて行って、ステージに上った。

「ステージって、もっと高いよな、本当は」

「そうね。ここは三十センチくらいしかない。――でも、その分、お客さんたちと同じくらいの高さで演奏できる。そこがいいところなんじゃない？」

「そうかもしれないな。しょせん、俺たちはアマチュアだから」

「そうよ。でも、アマチュアはアマチュアの良さがある。そうでしょ？」

「そう信じてやって来たけど……」

「一生をかけてやるだけの手応えはなかったわね」

「そうだな」

一郎はちょっと笑った。

二人はステージの端に並んで座ると、しばらく黙っていた。

やがて、一郎が口を開いた。

「――どうしてだ」

「一郎……」

「どうして……。そんなことになるなんて、俺は思ってもみなかった」

「私だって。でも――逆らえなかった。男があんなに死にもの狂いで抱きしめて来たら……。拒んだら殺されてしまうかと思った」

「いっそ殺されてくれりゃ良かった！」

と、一郎は震える声で言ったが、「ごめん、お前のせいじゃないのにな。お前に死ねば良かったなんて言う権利は、俺にはない」

「一郎……」

あかねは床に目を落として、「どうしてもっと前に、私のこと抱いてくれなかったの？一郎とそうなってたら、あんなことには……」

「よそう。すんじまったことは、もう取り返しがつかない。そうだろ？」

「ええ」

「これからだって、やり直せるんじゃないか？」

「でも――」

「分ってる。きっと分っちまうよな、本当のことが」

「あの永井夕子って人、何もかも分ってるみたいだった」

「そうだな。たぶん……」

そのとき、ライブハウスへ入って来たのは――。

「母さん」

と、一郎は言った。「どうしたの？」

「お父さんがいないのよ」

と、素子は言った。「会社にも行ってない。ここへ来たかと思って」

「来てないよ」

「そう」

素子は肩を落として、「自分で結末をつけるつもりかもしれないわね」

あかねが立ち上って、

「奥さん。すみません。私のせいで……」

「あの人は、いい年齢《とし》をした大人ですよ。あなたのせいじゃないわ」

「でも――」

「そうだったんですね」

と言ったのは、カーテンを開けてステージへ出た夕子だった。

私も続いて出て行くと、

「奥さん、ご主人はさっき自首して来ましたよ」

と言った。「死のうとして、できなかったようです」

「そうでしょう」

と、素子は肯《うなず》いて、「気の弱い人なんですから」

「早川さんは、息子があかねさんに影響されて、大学へ行かずにバンドをやっていると思って、あかねさんに会いに行ったんですね」

「私のアパートに……」

「そして、話している内に、早川さんはあかねさんに魅せられて、襲いかかった……」

「拒み切れなかったんです。怖くて、そのまま、あの人の言うなりになってしまって……」

「早川さんが変ったことに、林さんは気付いた。そして、あかねさんと密会を重ねていることを知って、林さんはここへやって来た。あかねさんに、早川さんと別れてくれと言いに」

「私が早川さんを誘惑したと思い込んでました。違うと言っても信じてくれなかった」

と、あかねは首を振って、「ステージが終るまで待ってもらうことにして……」

「そこへ早川さんがやって来た。林さんに責められて、もともと後ろめたい気持のあった早川さんはカッとなった。怖くなって逃げようとした林さんを、早川さんはスパナで殴った。――死ぬとは思ってなかったでしょうけど、我に返って、指紋を拭き取り、逃げ出してしまった」

「指紋を拭いたのは私です」

と、あかねが言った。「早川さんと林さんが言い争ってるのが、聞こえてましたから」

「でも、音楽が大ボリュームで鳴っていたので、他の誰も気付かなかった。あかねさんはカーテンに近い位置にいたのね」

と、夕子は言った。「逃げ出す早川さんを佐田さんが見てしまった。早川さんのことを知ってたの？」

「昼間、親父は一度ここへやって来たんだ。そのときは佐田しかいなかった。それで佐田は親父を憶えてた」

「お金をゆすり取ろうとして、殺されてしまった。――早川さんも、そこまで行く前に止《や》めておけば良かったのに」

「私が気付けば良かったんです」

と、素子が言った。「でも――主人が若い女の子と浮気してると思って、放っておいたんです。おかしくなっていることに気付けば良かった……」

素子はその場にうずくまった。

「母さん。大丈夫だ。僕がついてるよ」

――息子のためを思ってのことだった。

いい大学、いい企業。幸せな結婚。

しかし、そう思い通りにはいかなかった。

「何もかも、うまく行ってたんです」

自首して来て、早川はそう言った。「あの女が現われるまでは……」

――そうじゃないだろう。

息子の人生を自分が決めようとしたこと自体、間違っていたのだ。

「父に会えますか」

と、一郎が言った。

「一緒に来てくれ」

そのとき、私のケータイが鳴った。

「――原田か。どうした?」

私は原田の話に立ちすくんだ。

「どうしたの?」

と、夕子が訊いた。

「――奥さん」

私は素子に言った。「ご主人が心臓発作を起して……。亡くなったそうです」

「まあ……」

素子は呆然《ぼうぜん》として、一郎と手を取り合った。

「自分の体のことは、まるで気にしない人でした……」

「人を殺したことが、ストレスになってたんだろうな」

と、私は言った。

「もともと、気の小さい人だったのよ」

夕子は肯いて、「あかねさんを襲ったときも、きっと必死だったわね」

ライブハウスを出ようとして、夕子はステージの方を振り返った。

「音楽のせいもあったかもしれないわ」

「何のことだ？」

「林さんと言い争ったときよ。こっちで大音量のロックをやってて、きっと大声を出さなきゃ聞こえなかったでしょ。穏やかに話してれば、殺すようなことにならなかったかも」

「そうか？」

「分らないわね、当人が死んでしまったんじゃ」

夕子は肩をすくめて言った。「私たちがこの先どうなるかも分らないわよね？」

展覧会の絵

展覧会の絵

1　プロムナード

〈本日休館〉

その文字は、無情に鮮やかに目に入って来た。

「おい、これじゃ……」

と、私は言った。

「変ね」

と、首をかしげたのは永井夕子。「確かに今日だって言われたんだけど……」

「何かの勘違いだろ」

と、私は肩をすくめて、「ここにいても仕方ない。どこかで飯でも食べよう」

大きなショッピングビルの中、三フロアを使って、美術館が作られている。

入口がビルの六階になっているので、私と夕子はエレベーターで六階へ上ったのだが、〈本日休館〉の札の出迎えを受けたというわけだ。

今、美術館では、〈真木朋子《まきともこ》展〉が開かれていた。美術界には一向に詳しくない私でも、〈真木朋子〉の名前は知っていた。

しかし、多忙の身では、そう気楽に美術展に足を運ぶわけにはいかない。警視庁捜査一課の警部は、結構忙しいのである。

こうして、休日の午後、恋人の女子大生、永井夕子と出かけて来たのは、〈真木朋子〉が、夕子の大学の先輩であるというので、

「招待券、二枚もらった！」

行きましょうよ、もったいないわ。夕子にそう言われたからだった。

「九月二十日に来て」

という、画家からのメールに従ってやって来た。

ところが意外な〈休館〉。大方、先方が日取りを間違えたのだろう。

「あの人が、そんな間違いをするなんて……」

と首をかしげる夕子と二人、美術館を後にしかけたときだった。

「夕子さん！　待って！」

と、声がして、振り向くと、写真で見憶えのある女性が、スーツ姿で駆けて来たのである。

「真木さん」

「ごめんね！」

と、その女性は息を弾ませ、「今日は休館日なの。だからゆっくりと見てもらえると思って、わざとこうしたのよ」

「何だ、そうなんですか」

「こちら、あなたの言っていた……」

「宇野喬一《きょういち》です」

と、私は名刺を差し出した。

「どうも。どうぞこちらへ」

と、真木朋子が先に立って、美術館の入口とは反対側のドアから中へと入って行った。

「すぐに気付かなくてごめんなさい」

と、真木朋子は言った。「今日、他にも親しい人たちを何人か招《よ》んでいるの。その相手をしてたら、見逃しそうになっちゃったのよ」

「でも、普通に来たら、凄い混雑なんでしょう？　何だか悪いみたい」

「そんなことないわよ。夕子さんにはお世話になったんだもの」

お世話に？――何も聞いていない私は、夕子を見たが、もちろん今はそんな話をしてはいられない。

「事務室を通って行くの」

と、朋子は言って、小さなオフィスの中を通り抜けて行く。

真木朋子は三十代後半、大学の先輩とはいえ、夕子はどういう関りがあったのだろう。

まあ、その話は後で聞こう。

気が付くと、美術館の中に入っていた。

「少し照明は落としてあるけど、普段もこうなの」

と、朋子が言った。「ご紹介するわね」

フロアの中央に、五、六人が集まっていた。

「お待たせしました」

と、朋子は声をかけて、「こちらは私の大学の後輩、永井夕子さんと、彼女の叔父さんです。――お忙しい中、おいでいただいて嬉しいです。どうぞ自由にご覧になって下さいね」

朋子は、もちろん私のことを夕子から聞いて知っているはずだが、ここではあえて「叔父さん」ということにしたのだろう。

「――奥様、どうもわざわざ」

と、朋子が挨拶している。

その相手には何となく、見覚えがあった。

きちっとスーツを着て、正に「良家の夫人」という印象。すると夕子が小声で、

「〈オノ物産〉の会長夫人よ」

と言った。

そうだった。週刊誌やテレビのワイドショーで度々取り上げられた顔だ。冷たい印象すら与える美人である。

〈オノ物産〉のオーナー一族のトップに立つ小野寺誠《おのでらまこと》会長。七十歳を過ぎて、今も企業を動かしているとされる。

その妻は――確か小野寺恒代《つねよ》といった。三十代半ば。再婚である。そして、前の妻は……。

「――どこか張りつめてる感じがあるわね」

と、夕子が言った。

「おいおい、絵を見に来たんだろ?」

「現実って作品も鑑賞に値するわよ」

夕子は澄まして言った。

もちろん、真木朋子の作品も眺めて行く。

「——ずいぶん写実的なんだな」

と、私は言った。

真木朋子の絵は、現代アートにしては、現実社会をていねいに描いて、分りやすい。

それが広く一般に人気を集めているのだが、決して単なる写真的な描写ではなく、構図や風景を切り取るアングルに新鮮なものがあった。——とは、美術通の友人の受け売りだが。

朋子は、他の客にも挨拶している。

「スポンサーの企業の人たちね」

と、夕子は言った。「小野寺さんの所も、この展覧会の協賛会社になってる」

「そういうことか」

と、私は肯《うなず》いた。

すると、朋子がやって来て、

「夕子さん、この絵、気が付いた?」

「何ですか?」

「これ、あなたよ」

〈若草〉と題された絵。——緑の豊かな大学のキャンパスで、飛びはねるように友人たちと笑い合う女子学生。

「本当だ! ありがとう、朋子さん」

確かに、精密に描かれてはいないが、その弾むような動き、顔立ちも夕子のものと分る。

「君らしさが出てるね」

と、私も感心して言った。「この絵の中じゃ、いつまでも若いということだな」

「まだ当分若いわよ」

と、夕子は私をにらんで言った。

「別にそういうつもりで——」

と言いかけたとき、

「真木さん!」

と、甲高い声が響いた。

小野寺恒代だ。朋子は急いで、

「何かありましたか？」

と、歩み寄った。

「いえ……。この絵はどこで？」

冷静な小野寺恒代が、何かに動揺しているようだ。

恒代が足を止めていたのは、〈朝市〉という絵で、どこか地方の町の朝市に、野菜や魚の出店が並ぶ風景を描いていた。

売る者、買う者も描き込まれている。

「これはどこを描いてるの？」

と、恒代が訊いた。

「これは……北陸の方の町です。漁港で、毎朝新鮮な魚を——」

「どこの何という町？　それを訊いてるの」

単に絵に関心があるだけではないらしい、と私は思った。

「何という町だったか……。たまたま立ち寄った所なので……。調べれば分ると思いますが……」

「調べて」

と、恒代は強い口調で言った。

「今、ここでは……。アトリエに行きませんと」

「では……今夜にでも連絡をちょうだい」

「分りました。あの……何か……」

「いえ、いいの」

と言うなり、恒代は、「急ぎの用を思い出したので、失礼するわ」

と、足早に行ってしまった。

それは、あまりにも唐突だった。

「――どうしたのかしら、一体？」

と、朋子は呆気《あっけ》に取られた様子。

夕子はその〈朝市〉の絵をじっと見ていた。そして朋子の方へ、

「この絵は、実際の光景そのままですか？」

と訊いた。

「記憶の通りね」

と、朋子は言った。「別に写真を撮っておいて描いたわけじゃないから、そっくりそのままとは言えないけど、そのとき目にした記憶で描いてる」

そして、夕子と並んで〈朝市〉を眺めながら、

「名探偵さんとしては、どう推理する？」

「はっきりしてますよ」

と、夕子は言った。「この絵の中の誰かをあの人は知ってたんです」

「そうか……。でも、一人一人、そんなに細かくは描いてないけど」

夕子は、絵の一点を指して、

「ここに、ちょっと変った柄のコートをはおった若い男の人がいますけど、周囲の地元の人たちとは違いますね」

「そうね。詳しいことは、もう忘れたけど、たぶん観光客でしょうね。感じが都会的だわ」

「確かに」

と、夕子は肯いて、「どこの町なのか、分るんですか？」

「調べれば、たぶん。でも——小野寺さんの奥さんはこの絵の中に、何を見たんでしょうか？」

と、朋子は首をかしげて言った。

2　行方不明

「梶川智子《かじかわともこ》」

と、私は手帳を開いて言った。「それが、小野寺誠の前の妻の名前だ」

「そんな名前だった」

と、夕子は肯いて、「小野寺と離婚して、梶川の姓に戻ったんだったわね」

「そして、〈梶川智子〉の名で遺書を残して死んだ」

「正確には行方不明でしょ？　死体は見付からなかった」

大学の近くのカフェで、私は夕子と会っていた。

あの〈真木朋子展〉での出来事から、一週間たっていた。

「ワイドショーや週刊誌の報道はあてにならないから、正確なことを調べて」

という夕子の命令に、多忙な中、精一杯応えたのである。

「しかし、車ごと崖から落ちるのを目撃されてる」

と、私は言った。「車は下の岩にぶつかってバラバラに。――まず、梶川智子は生きてないだろう」

「たぶんね。――それで事件は終らなかったでしょ？」

「息子の小野寺安人《やすと》が姿を消した。――ワイドショーでは、母親の死のショックで、自分も後を追ったと言われたが――」

「小野寺誠の後妻になった恒代が〈悪役〉になったわね」

「しかし、あれから、もう五年だ」

「まだ五年とも言えるわ」

と、夕子はコーヒーを飲みながら言った。

「ＴＶや週刊誌も、ほとんど事件を取り上げなくなった。それには小野寺誠からの圧力があったのは確からしい」

「〈オノ物産〉の系列企業は多いものね」

「それで……。この間の〈朝市〉の絵だ」

「あの絵の中の若者が、安人だった、ってこと？」

「恒代がそう思ったんじゃないかとは言えるな」

「あのとき、動揺していたのを見れば、そう思えるわね」

と、夕子は言って、「小野寺安人が姿を消したときの服装は分る？」

「どうかな。――そうか、あのコートだな」

「顔ははっきり分るほど描いてなかった。そうなると、あのコートで、安人かもしれないと思ったんでしょう」

それは鮮かな黄色に枯葉を散らしたような柄だった。確かに目立つだろう。

「調べてみるが、安人はもうあのとき二十三だった。〈家出人〉とも言えないし、捜索願が出ているかどうかだな」

「色の感じからいうと、イタリア製かしらね、あのコート」

「メーカーを当るか。もう一度、しっかり見ないと」

夕子がケータイを取り出して、

「撮影禁止は分ってたんだけど」

と、あの絵の画像を出して見せた。

そのとき、夕子のケータイが鳴って、

「噂をすれば、だわ。真木朋子さんから。――もしもし」

「夕子さん、この間の〈朝市〉の絵のことだけど」

と、朋子が言った。

「何か分りましたか？」

「手間取ったけど、あの〈朝市〉は、N市の近くの港町。そこの名前は分らないけど、N

市の駅前のホテルから歩いて行った記憶があるから」

「分りました。そのこと、小野寺恒代さんには？」

「それで電話したの。あの後、毎日のように問い合せて来てね。それで分ったことを知らせたら、礼も言わずに切っちゃった」

「そうですか……」

通話を切った後、夕子は、「たぶん、恒代さんはN市へ行ってるでしょうね」

と言った。

「そうだな」

と、私が肯いて——ちょっと微妙な間があった。

「——おい」

と、私は言った。「今は休みが取れないんだ。気持は分るけど」

「分ってるわ。あなたが忙しいので、私は一人でその町へ出かける。あちらで犯罪に巻き込まれて、哀れ永井夕子は若い命を散らす……」

「ちょっと待てよ」

私はため息をついて、「一日だけなら何とか休めるかもしれないが……」

「それでこそ、私の相棒よ」

やれやれ……。どっちが「哀れ」なんだか。

「うまい手だったわね」

と、夕子はご機嫌だ。

「まあ……ね」

大欠伸《あくび》しながら、私は言った。

バスは朝六時、N市のターミナルに着いた。

時間をむだにせずすむ方法を考えて、眠って行ける深夜バスを利用することにしたのである。

駅前のホテルで朝食を取りながら訊くと、朝市は七時ごろから開いているという。

「ちょうどいいわね」

食事を終えてホテルを出ると、教えてくれた方向へと歩き出した。

「――見て」

夕子が私をつつく。――ホテルの駐車場に、場違いな大型の外車が停っていた。

「小野寺さんの奥さんが乗って来たんじゃない？　東京のナンバーだ」

「ゆうべの内にホテルへ入ったんだろう。朝市で会うかもしれないな」

「観光で来たような顔をしてればいいのよ」

夕子の度胸には、とてもかなわない。

すでに店を開いている所もあるが、半分以上は準備をしている様子だ。

新鮮な魚を並べていた、陽焼けした奥さんが、夕子に、

「東京からかね」

と訊いた。

「ええ。分ります？」

「ここんとこ、ちょっと東京のお客が減ってるんでね。お洒落な人は目立つんだよ」

「他にもいました？」

「ああ、さっきも何だか金ピカのバッグだのアクセサリーの派手な人が来てね」

「その人、誰かを捜してませんでしたか？」

と、夕子が訊くと、

「よく知ってるね。あんたたちの知り合い？」

「もしかすると。――誰を捜してました、その人？」

「たぶん、この先の〈R〉って喫茶店の人じゃないかと思うよ」

「そこで働いてる人ですか？」

「自分の店だと思うよ。一人でやってるからね」

「男の人ですか？」

「うん。まだ三十そこそこじゃねえかな」

「名前、知ってます？」

「さてね……。この辺じゃ、名前なんか知らなくても、『〈R〉の兄ちゃん』で通ってるよ」

「行ってみます。この道を？」

「朝市を出たら海の方へ曲って、後はその道を行きゃ、いやでも見付かるよ」

「ありがとう！」

と、夕子は言って、「一番いい魚、後で取りに来ますから」

と、千円札を出した。

「あんた、義理がたいんだね」

と、奥さんが笑った。「おつりだよ」

「後で」

——私と夕子は、教えられた道を辿って行った。

目の前は海という道に面して、〈R〉があった。喫茶店といっても、他の商店を手直ししたのだろう。かなり古びている。

ガラス扉に〈R〉の文字が半分かすれている。その扉を、引張っているエプロン姿の女性がいた。髪が白くなって、この辺の住人と見えた。

「――開かないんですか?」

と、私は声をかけた。

「そうなのよ。変だわね」

と、首をかしげて、「お休みのときは必ず〈本日はお休みです〉って札が下ってるんだけどね」

「入口はここだけですか?」

「いや、玄関は裏手だよ」

私と夕子は急いで店の脇を回って裏へ出た。

玄関の引き戸が、十センチほど開いている。

「失礼するよ!」

と、戸を開けようとしたが、レールが歪《ゆが》んでいるのか、ガタガタと引っかかって、やっと通れるくらい開いた。

「誰かいるか?」

と、声をかけたが――。

夕子がハッとして、

「呻《うめ》き声がした！　表の方だわ」

狭い部屋を通り抜けて、喫茶店の方へ出る。

「誰か倒れてる」

古ぼけたソファ席の上に倒れていたのは、小野寺恒代だった。

「血が――」

夕子が駆け寄って、「小野寺さん！　恒代さん！」

と呼ぶと、恒代は目を開けて、

「誰か……呼んで」

と、かすれた声で言った。

「脇腹を刺されてる」

と、夕子が言った。「止血するわ」

「救急車を呼ぶ」

と、私は言った。

ケータイを手に、表の扉のロックを開け、外へ出た。

「どうかしたの？」

と、白髪の女性が言った。

「けが人です。――この辺に病院は？」

「町へ行かないと、この辺にはないね」

私はできる限りの手配をして、

「今ここへ来たんですか？」

「五分前くらいかしらね」

「この店の主人とか、出て行った人間を見ませんでしたか？」

「誰も。――けがしたのは誰？」

「東京からの客です。救急車が来るまで、待っていてもらえますか？」

「いいよ、そんなことぐらい」

「ありがとう！」

店内に戻ると、夕子が店にあったタオルやナプキンで恒代の傷口を押えていた。

「――ここへ来たのは、安人さんがいるかもしれないと思ったからですね？」

と、私は訊いた。

「ええ……。でも……」

と、恒代はとぎれとぎれに言った。

「刺したのは、安人ですか?」

恒代は首を横に振った。――違うのか?

それとも「分らない」という意味か。

どっちとも言わないまま、恒代はただ痛みに呻き続けた……。

3　矢印の問題

「急所は外れています」

と、その若い医師は言った。「命の危険はとりあえずないでしょう」

「そうですか」

私はホッとした。

「お二人が出血を最小限に止《とど》めるように処置してくれたので、助かりましたよ」

私と夕子は顔を見合せたが、

「――私は刑事ですから」

と、私は言った。「多少の知識はありますし……」

むしろ、何もしないで放っておくことなど考えられなかった。

「しかし、適切でしたよ」

と、医師はくり返して、「当分は入院になりますが」

「分ります。しかし、私は東京の者ですから――」

と言いかけると、

「ありがとう」

と、静かな声が、病院の待合室に響いた。「あんたたちが、家内の命を救ってくれたのだな」

こんな地方都市の病院には不似合な、ダブルのスーツにネクタイという男性。

もちろん、それが、刺された恒代の夫、小野寺誠であることはひと目で分った。

「小野寺さんですか」

と、医師は言った。「奥さんは、痛み止めの点滴で眠っています。少しお待ちいただかないと、お会いになれませんが」

「分りました。どうかよろしく」

小野寺誠は、相手の医師が若くても、決して見下すことなく、頭を下げた。

私はちょっと感心した。――小野寺ほどの男なら、「妻を東京の病院へ連れて帰る」とでも言い出しそうだが。

「小野寺です」

医師が呼ばれてその場を離れると、改めて私たちの方へ、「礼を言います」

「いいえ、たまたま居合せたので」

と、私は言ったが、

「ちゃんとご説明した方がいいわ」

と、夕子が言った。「海辺の町に、喫茶店をやっている男性がいて、そこを訪ねたんです」

「その男というのは……」

「もしかすると、行方不明になっている、息子さんの安人さんではないかと思って、やって来たんです」

そして、私が、

「奥さんも、おそらくそう思われて、やって来られたのでしょう」

と、付け加えた。

「そう思った事情をご説明すると、ちょっと長くなります」

と、夕子が言ったときだった。

思いがけない顔が病院へ入って来た。

「夕子さん！」

「真木さん、早かったのね」

真木朋子だった。

「だって、元はといえば、私の描いた絵のせいで」

と朋子は言った。「夕子さんから事件を知らされて、じっとしていられなかった」

「ぜひ皆さんのお話を伺いたい」

と、小野寺が言った。

病院の前には大型のリムジンが横づけされて、病院に出入りする人たちは「何だこれは」と、目を丸くしていた。

「ともかく乗って下さい」

と、小野寺が促した。

リムジンの滑らかな走りは、普通の車とはちょっと違っていた。

そして、驚いたことに、十分ほど走ると、海を見下ろす高台に、洒落た建物が現われたのだ。

「――私が建てたホテルです」

と、車を降りると、小野寺は言った。「自分の別荘のつもりもありましてね」

その静かなラウンジで、香り高いコーヒーを飲みながら、私たちはそれぞれが係り合いを説明しながら、あの喫茶店〈R〉を訪れるまでのいきさつを語った。

小野寺は黙って話を聞いていたが、話が一段落すると、

「よく分りました」

と肯いて、「確かにそれは安人だったかもしれません」

「でも、もしその人が奥さんを刺したのなら、どうしてそんなことを……」

と、真木朋子が言った。

「恒代さんは、誰に刺されたとはおっしゃっていませんでした」

と、私は言った。「話ができるようになれば、はっきりするでしょうが」

「でも使われた刃物が……」

と、夕子が言うと、小野寺は、

「何か気付いたことでも？」

と、夕子の方へ目をやった。

「短いナイフが落ちていて、それはもちろんこちらの警察が持って行きました。あれはどう見ても、凶器というより、調理用のナイフです。喫茶店とはいえ、サンドイッチ一つこ

しらえるにも、ハムやチーズを切る必要があるでしょう」

「確かに、あれは店のものだったろう」

と、私は言った。「指紋がどうなのか、結果を待たねばなりませんが」

「ともかく、お二人が店に入って、恒代を発見してくれなかったら、あれは死んでいたでしょう」

と、小野寺が言うと、夕子が、

「そのタイミングなんです。気になったのは」

と、コーヒーを一口飲んで、「ここのコーヒーはおいしいですね」

「結構やかましく言っているのでね」

と、小野寺は微笑んで、「タイミングというのは？」

「もちろん、結果としては、いいタイミングだったんです。恒代さんを救えたんですから。でも、私たちが玄関から入って、家の中を通り抜け、店のソファに恒代さんが倒れているのを発見したとき、まだ刺されたばかりだったと思います」

と、夕子は言った。「すぐに出血を止めるように頑張れたのも、まだ出血がひどくなっていなかったからです」

「夕子さん、それってどういうこと？」

と、朋子が訊いた。

「単純です。恒代さんを刺して、犯人はどこへ行ったのか」

と、夕子は言った。「私たちは喫茶店の正面に行ってから、玄関が裏だと聞いて、急いで裏へ回りました。でも玄関の戸は、人が通れない程しか開いていなかった。それを何とか開けて中へ入りました。犯人はあの玄関から逃げていったんでしょうか？　でも、あの玄関の戸はそうたやすく開かない。もし出て行ったとしても、出てからあそこまで閉めるのも大変だったでしょう。そんな時間があったでしょうか」

「つまり、犯人は表から出たということか」

と、私が言った。

「でも、表には、店が閉っているので首をかしげている女の人が立っていた」

と、夕子は言った。

「そうだ。救急車が来るのを待っていて、合図してくれた。ええと……」

私は手帳を開いて、「名前は〈落合伸子《おちあいのぶこ》〉」といって、港の方の食堂で働いている人です」

「その人に会って、確かめなきゃいけないことが」

と、夕子は言った。「だって、まず、あの『〈R〉の兄ちゃん』が、本当に安人さんなのかどうか。――私、ケータイに、行方不明になったときの安人さんの写真を送ってもらいました」

「確かに、それを知りたいですね」

と小野寺が言った。

「もし、恒代さんを刺したのなら、逃走しているかもしれないが」

と、私は言った。「恒代さんの意識が戻るのを待っているわけにも……」

「行ってみましょう」

と、小野寺は肯いて、「その食堂という所へ」

――私たちはまたリムジンで海辺の方へ下りて行ったのだが、大きな車体は、港の細い道には入れなかった！

三十分近く歩いて、やっと港に着いた。

どこの食堂と迷うことはなかった。目につく〈大衆食堂〉は一軒しかない。

ガラッと戸を開けて入ると――。

「いらっしゃいませ」

エプロンをつけたあの女性が、手を拭いて振り向いたが……。

「――あら」

「お前……」

小野寺が愕然として立ちすくんだ。

「こんな所まで来たの」

面食らっている私に、夕子は、

「自殺した梶川智子さんよ」

と言った。


「この近くの海岸に打ち上げられたんです」

と、梶川智子は言った。「港の人たちは、私がどこでどうして死にそこなったのか、何も訊かずに、看病してくれました」

「どうして連絡してくれなかった」

と、小野寺は訊いた。

〈食堂〉の片隅で、私たちは話していた。

「だって、もう別れたんですもの。今さらあなたに助けてもらうわけにはいかないわ」

と、智子は言った。「世間では、あなたは若い女のために妻を追い出した冷血漢ってことになっていた……」

「それが一番いい道だった」

「だから私も死んだことにしておいた方がいいと思ったのよ」

「待って下さい」

と、私は言った。「では、お二人が別れたのは——」

「私のせいなんです」

と、智子が言った。「息子の安人は、小野寺の子ではなかったのです。そのことが、たまたま息子のけがで分ってしまい……。私は自分から離婚してくれと頼んだんです。安人が誰よりショックを受けていて、私は安人から責められて死のうとしたんです」

「でも安人さんは、あなたがそんなことになるとは思っていなかったんですね」

と、夕子は言った。「母親を死なせたと思って家を出てしまった」

「いや、私も悪かった」

と、小野寺が言った。「恒代とは、安人のことが分る前から関係がありました。再婚すれば、恒代が悪く言われると分っていたが、彼女はそれでもいいと言ってくれて……」

「そうだったんですか」

と、朋子が言った。「で、安人さんはやっぱりここに？」

「今、私のアパートにいます」

と、智子が言った。「私を、どうやってか捜し当てて来て、びっくりしましたが、どうしても一緒にいると言うので、あの喫茶店に……」

「私の絵を見て、恒代さんがここへやって来たんですね」

と、朋子が言った。「でも、どうしてあんなことに？」

「恒代は会いたかったんですよ、安人に」

と、小野寺は言った。

「え？」

朋子が目を見開いて、「まさか……」

「私と関係を持って、会っている内、安人が恒代にひかれて行った。――むろん、彼女は年上ですが、五、六歳の違いでしかない。私はもう若くはありません。恒代も安人にひかれるように……」

「でも、あの子は拒んだんです」

と、智子は言った。「私と二人で静かに暮しているから、放っといてくれ、と」

「智子さん、あなたはあの喫茶店を見に行ってたんですね」

と、夕子が言った。「どうしてあんなことに？」

「恒代さんがカッとなって、お店のナイフをつかんで、安人へ切りかかったんです。それを安人がよけて、ナイフを奪おうとしてもみ合っている内、刃が恒代さんの脇腹に」

夕子が肯いて、

「それで、あなたは店の表に出た。私たちが来るのを見て、とっさに扉が開かない、と言って、私たちを裏へ回らせた。その間に、安人さんが表へ出て、鍵をかける。そして安人さんを逃がしたんですね」

「恒代さんの傷がどうかも分らなかった。安人もショックを受けていたし……。ともかく様子を見てから、と思ったんです」

と、智子は息をついて、「ともかく、恒代さんが助かったようで、良かった」

「智子……」

と、小野寺が言った。

「何も言わないで、あなた。――安人と一緒に警察へ行きます。その後のことは、今は何も考えられない」

「うん。――しかし、こうして生きて会えたんだ。どうするのがいいか、よく考えよう」

と、小野寺は言った……。

「やれやれ」

私は伸びをして、「ややこしい話だったな」

「誰が誰を好きになるか、矢印の向きは、必ずしも世間の人の思う通りじゃないっていうことよ」

と、夕子が言った。

「男と女は、永遠の謎ね」

と、朋子が言った。「私がたまたまあのコートを憶えてたから……」

私たちは、もう店仕舞いした〈朝市〉の通りを歩いていたが——。

「ちょっと！」

と呼ばれて足を止めると、あの魚屋の奥さんが、「あんたの魚！」

「あ、忘れてた！」

夕子が笑って、「どうもありがとう」

と包みを受け取る。

「それと、おつり！」

「そうだった」

「これだから、都会の人は。ちゃんと一円まで数えてよ」

「はい、確かに」

「まいど、どうも！」

威勢よく言って、その奥さんはゴム長靴をキュッキュッと言わせながら歩いて行った。

お化け屋敷に雪が降る

1　時代遅れ

「今どき〈お化け屋敷〉か？　子供だって怖がらないぜ」

「もう！　文句ばっかり言って。やっと見付けたアルバイトじゃないの。今夜の食事代にも困ってるくせに」

「今夜ぐらい大丈夫だ。明日の食事代はないけど」

「何言ってんの」

呆れたように言ったのは緑川《みどりかわ》安奈《あんな》、相手は同じS大三年生の小柳《こやなぎ》宣彦《のぶひこ》である。

「まだ少し時間あるわ。仕事中は何も食べられないよ。何か食べて行こうか」

二人は、私鉄の駅を降りて、〈Mパーク〉へと歩いていた。今日のバイト先である。

「そこの定食屋、安くてボリュームがあるっていうじゃない」

「ああ、そうだな……」

と、小柳宣彦が迷っている様子に、

「大丈夫。ここは私が払ってあげるわよ」

と、緑川安奈がポンと肩を叩いた。

「いてえな。相変らず馬鹿力だな。お前」

「そういうこと言うと、おごってやらないよ！」

「分った！　取り消す！」

と、宣彦はあわてて言った。

夕飯どきにはまだ少し早いので、店は空いていた。

「――俺、〈今日の定食〉、ご飯大盛りで」

「よく食べるわね。私おそばのセット」

注文して、お茶をガブガブ飲んでいる宣彦へ、

「あんまり飲むと、仕事中にトイレに行きたくなるよ」

と、安奈が言った。

「トイレも行けないのか？」

「お化けの格好して？　みっともないでしょ」

こういう店は味より量で、しかも早い、というのが取り柄。――二人も、早々に食事にありついた。

ともかく、アルバイトが見付からない。二人に限らず、大学生はバイト探しに駆け回っているのだ。

宣彦だって、本当はこんなアルバイト、したくはないのだが、ぜいたくは言っていられない。

「どんな格好させられるのかなあ」

と、ため息をついて、「一本足のお化けとかいやだぜ。足がつっちまう」

「聞いてないの？　宣彦は体が大きいから、一ツ目入道とかじゃない？」

「いやだな。濃いメイクされると、落とすの大変なんだ」

と、宣彦は顔をしかめて、「お前は何やるか、分ってんのか？」

「私は決ってるわよ！」

と、安奈は言った。「この美貌を台なしにしちゃもったいないでしょ、白装束の雪女よ」

「ふん、楽でいいな」

「あら、結構楽じゃないのよ。あそこだけ、ガンガンクーラー入れるから寒いの！」

「雪女が寒がってちゃ笑えるな」

二人がそろそろ席を立とうとしていると、

「――先生、こんな所で何してるんですか？」

と、いきなり宣彦は声をかけられて、びっくりした。

振り向くと、上品なスーツ姿の女性。

「あ、奥さん！　どうも――あの――」

と、焦っている宣彦に、

「今、お化けの話をしてらしたの、先生でしたの？」

「ええ、ちょっと……バイトで」

「まあ。何の話かしらと思って聞いてたんですよ」

宣彦は、ちょっと咳払いして、

「こちら、俺が――僕が家庭教師に行ってたお宅の奥さん」

「こちら、先生の彼女？」

「いや、そんな――」

と、宣彦が言いかけると、

「そうです」

と、安奈が答えた。

「まあ、微妙な仲でいらっしゃるのね。相原久里子《あいはらくりこ》です」

「緑川安奈といいます。宣彦がお世話に……」

「和茂《かずしげ》がとても小柳先生と気が合いましてね。この春、おかげさまで無事私立中に受かりました」

「それはおめでとうございます」

「今のお話だと――この先の〈Mパーク〉でアルバイトを？」

「ええ、ちょっと……」

「今どき〈お化け屋敷〉なんかあるんですのね」

「時代遅れですよね」

と、宣彦は言って、「奥さんは〈Mパーク〉に？」

「いいえ」

と笑って、「この近くに、華道の先生のお宅があって、今夜集まりが。ずっと食べられないので、ここでちょっと食べておこうと思ったんです。じゃ、お邪魔して」

「いいえ、そんな……」

相原久里子はニッコリ笑うと、支払いをして出て行った。

「——ああ、びっくりした！」

と、宣彦が息をつく。

「すてきな人じゃない。いかにもいい家の奥様ね」

「旦那は外科医だって。会ったことないけど年中、ニューヨークやらローマやらに出かけてるよ」

「へえ。——でも、気に入られてたのね。息子さんを合格させて」

「それがさ……」

と、宣彦は苦笑して、「そりゃ、和茂君とは気が合った。合い過ぎて、ほとんどゲームの話ばっかりしてた。それで成績が上らないんで、クビになったんだ」

「あら」

「後は、予備校の講師までやってたってベテランが来たって話だよ」

「じゃ、あれは皮肉？」

「どうかな。——さ、もう行こうぜ」

「ええ。——あれ？　伝票がない」

と、安奈が立って言うと、店の女の子が、

「今のお客さんが払って行かれましたよ」

と言った。

角を曲ると、暗かった夜道に急に明りが広がった。私はハンドルを握って、

「何だ、ここ？」

と言った。

助手席でウトウトしていた永井夕子は目を開けて、

「ああ、ここ遊園地よ。〈Mパーク〉っていうんじゃないかな」

と言うと、大欠伸《あくび》した。

「こんな所に？　ずいぶん古いんじゃないか？」

「そうよ。でも、却って今はレトロなところがいいって、若者に受けてるんですって」

「それにしても、こんな時間まで開いてるのか？　もう九時だぜ」

「連休だもの、稼ぎ時でしょ」

「連休か」

「だから私たちも出かけたんじゃないの」

――女子大生、永井夕子と、私、警視庁捜査一課警部、宇野喬一はれっきとした（？）恋人同士で、不倫ではない。

この休みに近郊の温泉で一泊しての帰り道だった。連休とはいえ、世間の人々とは違って、丸々休むわけにはいかない。

ことに、夕子と二人でいるときは、たいてい何かが起って——。

車の前に、突然白い人影が現われた。

「危い！」

と、夕子が叫ぶより早く、私はブレーキを踏むと同時にハンドルを切った。

車が横滑りしてヒヤリとしたが、何とか無事に停った。

「大丈夫だな？　ひいてないよな」

人をひけば分るはずだ。

「接触もしてないと思うよ」

夕子がシートベルトを外して、車から出る。私も、エンジンを切って車を降りた。

道の真中に白い服の女性が倒れている。

急いで駆け寄って、うつ伏せになっていた女性を仰向けにして——ギョッとした。

「おい……」

「メイクよ」

と、夕子が言った。

「メイク？」

「この白装束、長い髪のカツラ、きっと〈雪女〉だわ」

夕子が〈Mパーク〉の方を振り返る。

なるほど、道に面した建物は、入口が逆の方だろうが、〈お化け屋敷〉という文字がチラッと見えていた。

白く塗った顔に、唇は紫色、眼の周りは青くぼかした色になっていた。

私は手首を取った。

「――脈がある」

「救急車を呼ぶわ」

と、夕子が言った。

そこへ、

「どうしたんですか？」

ガタガタとゲタの音をたててやって来たのは、〈一つ目小僧〉だった。

「君は〈Mパーク〉の人？」

「バイトですけど……」

「警察の者だ、一一九番はしたが、〈Mパーク〉にも医務室があるだろう？」

「ええ、たぶん……」

「医者がいたら、呼んで来てくれ」

「分りました」

と言って、行きかけたとき、「それ――〈雪女〉ですか？」

「そうらしい」

「大変だ！　安奈！」

と、〈雪女〉へ駆け寄る。

「知り合いか？」

「同じ大学です」

それを聞いた夕子が、

「その人、どう見ても大学生じゃないわよ」

と言った。

「え？」

「もっと年齢《とし》よ、よく見て」

〈一つ目小僧〉は、そばに膝をついて、〈雪女〉の顔を覗き込んだが、

「――奥さん！」

と、啞然として言った。

「知ってるのか？」

「ええ、相原さん――相原久里子さんです。こんなメイクしてるので、すぐには分りませんでした」

と息をついて、「僕は――小柳です。小柳宣彦」

「今あなた、この人のこと、〈アンナ〉って呼んだわね」

「同じ大学の――緑川安奈が、この役のはずでした」

「でも、入れ替ってたってこと？」

「そうですね。でも、僕は何も聞いてませんでした」

ともかく、死んでなかったことで少しホッとしている様子だった。

「宣彦！」

と、声がして、〈お化け屋敷〉の方から、下着の上にガウンだけはおった若い娘がフラフラとやって来た。

「安奈！　良かった！」

小柳宣彦は安奈を抱きしめた。

「どうしたの？　私、何だか誰かに薬か何か口に押し当てられて……」

と、倒れている女性を見て、「これ、〈雪女〉じゃないの」

夕子が、〈雪女〉の髪をちょっといじって、

「カツラでしょうけど、白い粉が……。でも、何だか変よ」

と言った。

「やれやれ……」

やっぱり、夕子といると、ろくなことにならない……。

2　身替り

「一体、どういうことなんだ！」

その男は、やって来るなり怒鳴った。

私が面食らっていると、一緒にいた小柳宣彦が、

「あ、相原さんのご主人ですね」

と言った。

「君は？」

「和茂君の家庭教師だった小柳です」

と、宣彦は言って、

「ああ、君か。クビになった大学生だな」

ダブルのスーツの五十がらみの男である。「――君がどうしてここにいるんだ?」

「奥さんが倒れて――」

「どうして私に連絡して来ない! こんな病院に運び込むとは」

「運んで来たのは救急車ですが」

と、私は言った。「奥さんは薬の中毒症状で、意識不明です」

「何だと? すぐ私の勤めるN大病院へ運ぶ! ここの医師を呼べ!」

わが者顔に振舞っているのが、N大病院の外科部長、相原雄作《ゆうさく》だと知るまでが大変だった。

「他人が口を出すことじゃない!」

と、怒鳴り散らしていたのだ。

「――すぐには動かせません」

と、ここの担当医が説明したが、

「責任は私が持つ! ここの院長を呼べ!」

「夜ですよ。院長はご自宅で――」

「君は当直か」

「そうですが……」

「私はN大病院の相原だ。文句があるなら、後で何とでも言って来い！」

ずいぶん無茶を言う男だ。

「待って下さい」

と、夕子が間に入って、「あなたもお医者なら、冷静になって下さい」

「何だと？」

「何をあわてておられるんですか？　奥さんの病状も訊かないで、移すことばかり急いでらっしゃる」

なるほど、相原が強硬に言い張るのは、焦りの裏返しかもしれない。

緑川安奈も、クロロホルムらしいものをかがされていたので、一応診察してもらっている。

「私はたまたま居合せましてね」

と、私が名のると、相原は少し穏やかになって、

「これは失礼。——妻が倒れたことなどないので、動揺してしまって……」

「とりあえず朝まで様子を見ましょう」

と、当直の医師が言った。「その上で、無理でなければ搬送を」

「頼む。うちの病院車を用意させておく」

「ともかく院長が出て来るまでお待ち下さい」

「――分った」

と、息をついて、「一体何があったんだ?」

と、宣彦へ訊いた。

「はあ……。それが僕もさっぱり……」

そこへ、エレベーターから、原田刑事の巨体が現われたので、びっくりした。

「原田! どうしてここへ?」

「私が連絡したの」

と、夕子が言った。「状況から見て、〈お化け屋敷〉をよく調べる必要がある、って思ってね」

「君の方が警部に向いてるな」

と、私が言うと、原田刑事は、

「夕子さんの言う通りでした」

「何だと?」

「中を調べました。壁の中の通路で、女性が死んでいました」

私は啞然とした。

「殺人か？」

「おそらく。刃物で刺されたあとが……」

〈Mパーク〉は閉鎖できるか」

「もう閉園時間を過ぎているので、誰もいません。現場に警官を」

「よし〈Mパーク〉へ行こう」

と、私は言って、「宣彦君だったな。君も来てくれ」

と促した。

「分りました」

宣彦は、〈一つ目小僧〉のメイクを洗って落としたものの、完全には落ちなくて、ひどい顔色になっている。

「宣彦、どうしたの？」

と、診察を終えた安奈がやって来た。

「君、大丈夫か？」

「ええ、もう何ともない。あの人は？」

「君も一緒に来てくれ」

と、私は安奈に言った。「途中で話すよ」

このややこしい状況は五分や十分で説明できない。

「では相原さん、奥さんの件は後ほど」

と、私が声をかけ、エレベーターへみんなが急ぐと、

「――待ってくれ！」

と呼び止めたのは当の相原だった。

「どうかしましたか？」

「私も行く」

と、相原が言った。「妻の方は大丈夫だろう」

「しかし――」

「確かめたいことがあるんだ」

それを聞いて、夕子が言った。

「〈お化け屋敷〉で殺されてる女性に、心当りがおありなんですね？」

相原が黙って肯《うなず》く。

かくて、大勢が〈Mパーク〉へと向うことになったのである。

閉園した遊園地は、派手な照明などがすっかり消えてしまった分、陰気な場所に見えた。

〈お化け屋敷〉の前には制服の巡査が二人立っている。

「ご苦労」

と、私は言った。

「じき、検視官も来るでしょう」

と、原田が言った。

何とも古めかしい〈お化け屋敷〉である。

「明りをつけてあります」

と、原田が言った。

「どこだ、現場は？」

「もっと奥です」

場所が場所なので、中は迷路のようになっている。

「おい……」

ウロウロ歩き回るのはごめんだ、と思っていると、壁が派手に壊れている。

「その中です」

と、原田が言った。

「元から壊れてたのか？」

「いえ……。係員が案内してくれたんですが、何しろ通路が狭くて……。かがみ込んでから、立ち上るときに、壁をちょっと押したら、こういうことに……」

と、原田が頭をかいた。

「じゃ、犯人が壊したわけじゃないんだな？　まあ、分りやすくていい」

確かに、客が歩く通路とは別に、スタッフが行き来するように作られた通路で、人一人やっと通れるくらいの幅しかない。

そこに、女性が倒れていた。うつ伏せになっているが、顔はこっちを向いている。

かがみ込んで脈を診《み》て、死んでいることを確かめると、

「相原さん」

と、私は傍《わき》へどいて、「ご存じの方ですか？」

相原は、さっき怒鳴りまくっていた勢いはどこへやら、こわごわ近付いて、明りの下で倒れている女性の顔を覗き込んだ。

「これは……」

相原の表情は微妙だった。

「どうしました？」

「いや……。知った顔です。しかし……」

「心配していた人ではない？」

「はあ……」

「つまり、こういうことですね」

と、夕子が言った。「もしかしたら、恋人が殺されているかもしれない、と思っていたけれど、死んでいたのは別人だった」

「まあ……そういうことで」

相原はハンカチで汗を拭いた。「これは小泉弥生《こいずみやよい》君という……看護師です。外科に最近入って来た、まだ一年ほどの……」

「なるほど」

と、私は言った。「では、もしかしたら、と思っていたのはどなたです？　今さら隠しても仕方ないでしょう」

「はあ……。それは……」

と、相原が口ごもっていると、

「私です」

と、突然声がした。

立っていたのは、地味なスーツ姿の中年女性だった。

「八田《はった》君……」

「N大病院の看護師長、八田真子《まさこ》と申します」

と、その女性ははっきりと名のって、「小泉さんを殺したのは私です」

と言った。

3　限界

「若くて可愛い方がいいってものじゃないってことね」

と、夕子は言った。

「分らないでもないな」

と、私は言った。

相原は、殺された小泉弥生と「遊んでいた」と認めたが、

「その内、疲れて……。八田君は私の気持を分ってくれました」

と、ため息と共に言った。

相原の妻、久里子は、N大病院の院長の娘だった。もちろん、相原は外科医としての腕を買われて部長になったのだろうが、結婚相手を選ぶときには……。

「別に、それが理由で結婚したわけでは……」

と、相原は言った。「ともかく忙しかったし、結婚のことなど考えている余裕はありませんでした。で、すすめられるままに、久里子と……」

――久里子が運ばれた病院に戻って来ていた。

「少し落ちついてくると、色々目うつりしたというわけですか」

と、私は言った。

「まあ……久里子もいい母親です。ただ、和茂の入試などの話になると、私の言うことなど耳を貸さず……」

それを聞いていた宣彦が、

「最近、一度、和茂君と会ったことがあります」

と言った。「僕とゲームの話がしたい、と言って……。まるでくたびれたサラリーマンみたいでしたよ」

「八田さんが、相原さんの心の慰めになったんですね」

と、夕子は言った。「でも問題がもう一つあるわ」

「そう。そうですとも！」

と、相原が言った。「八田君が人を殺したりするはずがない！　あれは何かの間違いです！」

しかし、夕子は、

「その話はまた後で」

と、相原を抑えて、「〈雪女〉に扮した奥さんの黒髪のカツラに付いていた白い粉のことです」

「それは〈雪女〉だから、雪だったんじゃないですか？」

と、宣彦が言うと、

「粉じゃないわ」

と、安奈が首を振って、「〈お化け屋敷〉で降らせてる雪は細かく切った紙吹雪よ」

「紙？　芝居とかで使う？」

「そう。どうせ青白いライトしかなくて、よく見えないし、それに粉みたいなものじゃ、演じてて吸い込んじゃうでしょ。私、一度紙吹雪を吸い込んじゃったことがあるけど、そりゃあ大変よ。喉の奥にペタッと貼り付いて取れなくなるの。むせるどころじゃない。苦しくて死ぬかと思った」

「そんなに？」

「大げさじゃないって。それ以来、〈雪女〉やるときは口をギュッと閉じることにしてる」

「それ以来って、何度もやってるのか？　そんなこと言わなかったじゃないか」

「いちいち、何のバイトしてるか、宣彦に断る必要ないでしょ」

「その話は後にして」

と、夕子が言った。「私が言ってるのは――」

そこへ、

「分りましたよ」

と、相原久里子を診ていた当直の医師がやって来た。「あの白い粉は、確かにコカインです」

「何だって？」

私が仰天する番だった。「あの〈お化け屋敷〉にコカイン？」

「相原さん、奥さんはコカインの粉を吸い込んでしまわれたんでしょう。でも、大丈夫。じき意識が戻ると思いますよ」

「何てことだ」

私はため息をついて、「〈お化け屋敷〉に戻るぞ！」

——もう朝になりかけていた。

「ここが〈雪女〉の立ち位置です」

と、安奈が言った。

古びた井戸。枯木と、小屋の戸口に掛けられた、みのと錆びた鎌。

下には紙を細かく切った雪が積もっている。

「なるほど」

私は身をかがめて、ハンカチで口元を隠しながら、積った雪をかき分けた。

「——ここにある」

下からビニール袋が出て来た。破れて、中はほとんど空だが、少し残っているのは白い粉末だ。

「中のコカインが紙の雪に混ってしまったんだな。——原田、慎重にえり分けろ」

「分りました」

「でも、どうしてこんな所に……」

と、安奈が言った。

「病院の関係者では？」

と、夕子が相原に言った。「安奈さんにクロロホルムをかがせて、気を失わせたのは、たぶん奥さんでしょう」

「久里子がなぜ――」

「ここで、誰かが待ち合せていたのでは？」

「つまり――」

と、私は言った。「小泉弥生さんと誰かが？」

「私じゃない！」

と、相原はあわてて言った。

「そうでしょうね。でも、奥さんはそれがご主人だと思った」

「待ってくれ」

と、相原は何か思い出したように、「昨日の朝、用があって早めに病院に行った。外科部長室に入ると、デスクの上に、どういうわけかこの〈Mパーク〉のパンフレットが置いてあったんだ」

「それをどうしたんですか？」

「何かの間違いだろうと思った。こんな所に来る理由もないし。で、パンフレットは屑カゴに捨ててしまった」

と言ってから、「そうだ。その後、廊下に出ると、久里子がいたんだ。どうしたのか訊くと、『薬をもらいに来たのよ』と言ってた」

「それはいつものことだったんですか？」

「うん。酔い止めの薬を、よく出かけるとき病院に寄ってもらっていた。――私はそれから出かけてしまったので、忘れていたが……」

夕子は肯いて、

「たぶん、奥さんはあなたより前に、そのパンフレットを見ていたんでしょう」

と、言った。「それを、ご主人と小泉弥生さんの待ち合せ場所だと思い込んだ」

「そんな……」

と、相原は言いかけたが、「――確かに、小泉君は、こういう遊園地の〈お化け屋敷〉が好きだった」

「そして、奥さんは、小泉さんが誰かと夜何時かに待ち合せる約束をしているのをたまたま耳にしたんでしょう」

と、夕子が言った。「てっきり、ここで待ち合せていると思った奥さんは、ご主人をびっくりさせてやろうと思い付く。〈お化け屋敷〉での待ち合せと聞いて、〈雪女〉になって驚かせてやろうと……」

「私にクロロホルムまで使って？　ひどいわ」

と、安奈が口を尖らす。

「そう強く効いてなかったろ」

「でも……」

「申し訳ない」

と、相原が言った。「ちょっと子供じみたところのある奴で」

「しかし、本当に小泉さんが待ち合せていたのは――」

「病院から、どこかのルートでコカインを仕入れることができた人間ね。それとも、逆に小泉さんが渡そうとしていたか……」

「そんなことに関ってたのか！」

相原が青ざめた。「とんでもないことになるところだった！」

「そうですよ。相原さん、小泉さんはあなたのことも巻き込もうとしていたかもしれない」

私はちょっと考えて、

「病院内に、そんな共犯者が？」

「考えたくないが……」

「朝、早く来て、パンフレットを、いつもなら初めに見付ける人ですね」

と、夕子が言った。

「掃除業者だ！」

と、相原が言った。「薬品を捨てることもあるので、専門の業者が入っている」

「そこを調べよう」

と、私は言った。「おい、原田、〈お化け屋敷〉に絶対人を入れるな」

「もちろんです」

「やれやれ、すっかり朝ですよ」

と、私は言った。

「しかし八田君が本当に……」

「それはこれからです」

と、夕子が言いながら、私たちと共に〈お化け屋敷〉を出た。

郊外の朝の空気は、ひんやりとしていた。

4　引っ掛かる

殺人事件まで起って、〈Mパーク〉は臨時休園するのかと思ったら、しっかり定刻に開けるという。

休日の稼ぎどきでもあり、開けるなとも言えない。もちろん、〈お化け屋敷〉だけは、前に警官が立って、〈閉館中〉の札が下っている。

ニュースで、殺人事件があったことを早くも知って、わざわざ〈お化け屋敷〉の前で写真を撮る物好きもいた。――何を考えてるんだ？

午前十時の開園から三十分もすると、園内はかなりの人出になった。

そして――。

「おい、交替だ」

と、〈お化け屋敷〉の外で、警官が入れ替る。

若いカップルが、

「人殺しがあったのって、ここ？」

と訊いて、「現場で記念撮影できない？」

「だめですよ！」

と、警官が呆れている。

もちろん、中には誰も……。

明りは消えているが、〈非常口〉の誘導灯だけは点いていて、ぼんやりと辺りを照らしている。

ザワザワと音がして――〈雪女〉のコーナーの古井戸に積った紙吹雪がかき分けられると、ゆっくり立ち上った男がいる。

何度も息をついて、

「死ぬかと思った……」

と呟くと、井戸から出て、「――参ったな」

男は壁の中の通路へ入って行くと、じきに大きなビニール袋を持って戻って来た。

そして、床に積った〈雪〉を、ビニール袋の中へ、そっとかき集めて入れた。

ビニール袋に入るだけ入れると、袋の口を結んで、忍び足で出口へと……。

警官が大欠伸しているのを見て、そっと外へ出たが――。

「ご苦労さん」

と、私は声をかけた。

男がギョッとして振り返る。

「お前――」

相原が男を見て、「こいつ、病院の薬局で働いてる男です」

「コカインの粉を少しでも持って帰りたかったんだろうが、残念だな」

と、私は言った。

「それと、あの〈雪女〉の小屋の戸口に掛けてあった鎌、錆びて見えたけど、たぶん乾いた血だと思うわよ」

と、夕子が言った。「小泉さんが、協力を拒んだのね」

原田が男に手錠をかける。――ビニール袋が足下にドサッと落ちた。


「すみません」

と、八田真子が淡々と言った。

「いや……。僕の方こそ」

相原としては、そう言うしかない。

八田真子は釈放されて、久里子の退院に合せて病院にやって来たのだ。

「やってもいない自白はやめて下さい」

と、私は言った。「捜査を混乱させてしまいますからね」

「申し訳ありません」

と、八田真子はほとんど無表情のまま頭を下げた。

これでは文句の言いようがない。

「――奥様の診察が済みました」

と、あの当直だった医師がやって来て、言った。「もう退院されて大丈夫ですよ」

「お世話になって」

相原は、怒鳴りまくっていたのが嘘のように、若い医師に礼を言った。

「退院のご用意をお手伝いします」

と、八田真子が病室へ向うと、相原があわてて追いかけた。

「八田君、君は……」

と、並んで歩きながら、「僕が小泉君を殺したと思って、代りに自分がやったと言ったのかい？」

八田真子はそれにには答えず、

「奥様のことを、もっと大事にしてあげて下さい」

と言った。「ご主人が構ってあげないから、お子さんを思い通りにしようと必死になるんです」

相原も、それ以上何も言えなかった。

「——名外科医も形無しだな」

と、私は廊下で相原たちを見送って言った。

「人の心まで手術はできないわよ」

と、夕子が言った。

エレベーターから出て来たのは、小柳宣彦と緑川安奈だった。

「やあ、ちょうど久里子さんが退院するところだよ」

と、私は言った。「君らは……」

「〈お化け屋敷〉のバイトがなくなっちゃったので」

と、安奈が言った。

相原に腕を取られて、久里子がやって来た。後ろに、着替えの入ったバッグを手に、八田真子がついている。

安奈を見ると、久里子は、

「ごめんなさい！」

と歩み寄って、「ひどいことしちゃって」

「いえ、大したことじゃ……」

「良かったら、N大病院でアルバイトしない？　いつでも紹介するわ」

「それ、助かります」

と、安奈は微笑んだ。

「小柳さん」

と、久里子は宣彦の方へ、「また家庭教師に来て下さらない？」

「え？　でも――」

「和茂とゲームの話をしに来て下さい。あの子も、親には言いにくいことができてくる年ごろですから」

宣彦もニッコリ笑って、

「分りました。喜んで伺います」

と言った。

私は伸びをして、

「これでやっと、ゆっくり眠れるな」

夕子がちょっと首をかしげて、

「子守唄でも歌ってあげましょうか？」

と言った。「一曲三千円でどう？」

壁を越えて

1　後悔

多少の遅刻は大目に見てもらわなくては。

それでも、いつもよりは速足でその店に向って、結局二十分ほどの遅れで夕子の待つテーブルへ……。

だが、夕子は一人ではなかった。同年代の――おそらく女子大生らしい女の子が、同じテーブルについていたのである。

「あら、早かったのね」

夕子が私を見て言った。

「まあね……。せいぜい急いで来た」

私は椅子を引いてかけると、「ええと……」

と、その女の子の方へ目をやった。

「この子、高校で一緒だった、浜田由佳《はまだゆか》。これが目下のボーイフレンドの宇野さん」

永井夕子から私のことを聞いているのだろう、その浜田由佳という子は、ちょっと照れくさそうに、

「お邪魔してすみません」

と言った。「夕子と、この店の前でバッタリ会ったものですから」

「いや、一向に構わないよ」

私はシャンパンを頼んでおいてから、夕子たちと一緒にメニューを眺めることになった。

「おっと」

うっかりしていた。折りたたんだ夕刊を上着のポケットへねじ込んでいたのが、床に落ちたのである。

夕刊を拾ってテーブルに置くと、メニューへと目を戻した。

私は宇野喬一。警視庁捜査一課の警部である。四十男といっても、男やもめ。

夕子とは不倫の仲ではない！

今夜は、少し遅く、もう九時を回っていたが、何とか時間を作ってのデートだった。

もっとも、デートとは二人でするのが普通だが、私と夕子の場合、しばしば「第三者」が加わる。そして、なぜかそれがきっかけで、デートが「個人的捜査活動」に変貌をとげることは珍しくないのだ。

もちろん、私としては、そんなことになってほしくはないのだが。

しかし、今日夕子が出会ったという旧友、浜田由佳は、特に問題を抱えているようではなかった。

むしろ、高校時代の思い出話に夢中の二人から、私一人が浮いた存在になっている感じだったのである。

「――ああ、おいしかった」

と、夕子と由佳はほとんど同時に言って、一緒に笑った。

ひっきりなしにしゃべっていたのに、どういう手品か、皿の料理はきれいに片付いていたのだ。

「あ、ごめんなさい」

由佳が皿を動かした拍子に、ナイフが皿から滑り落ちて、私がテーブルに置いたままだった夕刊の上にソースが飛んだのだった。

「いいさ、もう読んだから」

と、私は言ったが……。

「え……」

由佳の目が、折りたたんだ夕刊に釘付けになった。そして夕刊を手もとへ引き寄せると、

「この子……」

紙面に載っていた女の子の写真をじっと見つめている。夕子がそれを見て、

「由佳、どうしたの？」

と訊いたが、耳に入っていないようで、夕刊を広げて、中の記事を読むと、由佳は目を見開いて、

「あの子だわ！」

と言った。「あの子が……殺された」

夕子が私を見る。私は夕刊を見て、

「この記事のことか？　中学生の女の子が亡くなったと。——しかし、自殺らしいという話だが」

「私が……あのとき、何とかしてあげてたら……。私のせいだわ！」

由佳は涙声になっていた。夕子が由佳の手を握って、

「落ちついて。ね、由佳、ともかく水を飲んで。——そう、深呼吸するのよ。もう大丈夫

だから」

由佳は涙を拭《ぬぐ》うと、やっと立ち直ったように、

「——ごめん」

と言った。「でも……本当なの。私が何もしなかったから……。あの子は本当に怯《おび》えてた……」

私は、その記事をもう一度読んだ。

死んだのは、十五歳、中学三年生の道野《みちの》妙子《たえこ》といった……。


浜田由佳が、その町の小さな警察署の前に車を停めたのは、別に逮捕されたからではなかった。

大学の休みに故郷へ帰っていて、車で東京へ戻るところだった。しかし、あれこれやることがあって、家を出るのが遅くなり、それでも、「明日の講義はサボれない」というので、出発した。

ところが、暗くなって道を間違え、ひたすら山道を走って、やっとこの町に入ったのが、もう夜の十時だった。

二十一歳の胃袋は、空っぽになって悲鳴を上げていた。——といって、来たこともない

この小さな町で、食堂などは見当らず、由佳は恥をしのんで、

「あの……すみません」

と、警察署の中へ入って行ったのである。

中では、もう白髪すら薄くなった制服のお巡りさんが一人、ウトウトしていたのだが……。

「あの……ちょっと……」

と、由佳がもう一度声をかけると、やっと気付いた様子で顔を上げ、

「あんた……誰だね？」

と、トロンとした目で由佳を眺めて言った。

「大学生です。車で東京へ帰るんですけど、道に迷っちゃって……。カーナビはあるんですけど、この辺はよく分らなくて……」

「東京へ？　じゃ、まだ大分かかるよ。この前の道を左へ行って、二つ目の角を右へ行けば、後は一本道で国道へ出るよ」

「ありがとうございます！　それと……」

「まだ何か？」

おっとりした、人の好さそうなお巡りさんだった。由佳は、どこか食事のできる所はな

いかと訊いた。

「そりゃ気の毒に」

と、お巡りさんは笑って、「この町にゃ、こんなに遅くまで開いてる店はないよ。でも、国道へ出たらすぐSAがある。二十分はかからんだろう」

「そうですか！　生き返りました！」

礼を言って、由佳は表に出ると、車に乗った。

すると、

「助けて！」

突然、後部座席から女の子が顔を出したので、由佳は仰天した。そしてあわてて車から外へ飛び出してしまったのである。

「何してるの、私の車で？」

「ごめんなさい！　びっくりさせるつもりじゃなかったの」

と、車から降りてきたのは、中学生ぐらいの女の子で、底冷えのする寒さの中、パジャマの上にカーディガンをはおっただけという格好だった。そしてスリッパをはいている。

「あなた――」

「お願い！　助けて！　殺される！」

女の子は、涙声になって、哀願するように言った。由佳はただ面食らっているばかりだったが――。

「どうかしたかね?」

と、あのお巡りさんが、声を聞きつけたのだろう、外に出て来たのだ。

由佳はちょっとホッとして、

「この子が、何だか――」

と言いかけたが、女の子は由佳にしがみついて、

「いや! 戻りたくない!」

と、叫ぶように言った。

「どうしたっていうんだ? ――お前、あの学校の子だな?」

「お願い! 私を連れてって!」

と、女の子は必死の様子で、由佳にすがるようにしている。

「落ちついて! ね、お巡りさんが助けてくれるよ。殺されるって、一体――」

「本当なの! 私のこと、殺そうとしてる!」

「誰が?」

「まあ、いいから、ともかく中へお入り」

と、お巡りさんが促したが、女の子は由佳のかげに隠れて、動こうとしない。

「困った子だ。——ああ、車だ」

と、お巡りさんが言った。

夜道をやって来る車のライトが目に入った。大分古びた乗用車がすぐそばへ来て停ると、中から大柄な白衣をはおった男性が降りて来た。

「ああ、倉田《くらた》先生」

と、お巡りさんが歩み寄って、「ちょうど良かった」

「こんな所まで来ていたのか」

六十歳近いだろうか、白髪だが、老《ふ》けた印象はなく、その体つきや雰囲気は力強くさえあった。そして由佳を見ると、

「あなたは？」

「あの——たまたま通りかかって……」

しかし、女の子は由佳にしっかり抱きついて、その体は細かく震えていた。

「それはご迷惑でしたな。その子は私の学校の生徒で。——妙子、戻るんだ」

「あの……この子、『殺される』って、何度も……」

「色々空想するくせのある子でしてね」

倉田先生と呼ばれた男はそう言って、「署長さんにもご迷惑をかけてしまって」

この人、「署長」なのか。由佳はちょっとびっくりした。

「さあ、おいで」

と、倉田が近付いて来て、手を差し出す。

すると――妙子と呼ばれた女の子は、フッと由佳から離れた。そして、顔を伏せ、足を引きずるようにして、倉田の方へと歩いて行った。

「そうそう。――いい子だ。戻って、温いスープでも飲むといい」

と、女の子の肩を抱いて、車の方へと連れて行こうとした。

女の子は力なく足を運んでいたが――。

ちょっと足を止めると、由佳の方を振り返った。そして、由佳はその子と目が合った。

「――あのときの、あの女の子の目が忘れられない」

と、由佳は言った。「あんなに怯えて、助けを求めていたのに……。振り返ったその子の目は、もう何もかも諦め切った、すべてを失ったような目をしてた……」

「記事には、『寄宿制の学校の生徒』とあるだけだ」

と、私は言った。「大型トラックの前に飛び出して、はねられたそうだ」

「私、気になったけど……。疲れてたし、お腹空いてたし……。何でもなかったんだ、って自分を納得させて、そのまま車で……。あの子の言うことを、もう少し聞いてあげてたら……」

「由佳。それは仕方ないよ」

と、夕子が言った。

「でも……本当にあの子は死んだんだわ」

由佳は首を振って、「何とかしてあげられなかったのか……」

夕子が私を見る。私はため息と共に、

「どういうことだったのか、調べてみよう」

と言う他はなかった……。

2 消失

二時間ほどの仮眠で、私は捜査会議の資料作りに、ほとんど徹夜していた。

やっと仕上げると、よくしたもので大欠伸《あくび》が出る。そのとたん、

「宇野さん」

と、原田刑事に声をかけられ、私は思わずむせ返ってしまった。

「――何だ？　何しろ、ほとんど寝てないんだ」

捜査一課の机は、大部分が空席である。もちろんサボっているわけではない。

「お客ですよ」

と、原田が言った。

「客？　誰だ？」

「女の子です。大学生らしいですよ。宇野さん、夕子さん以外の子にも手を出してるんですか？」

「何を下らないこと言ってるんだ」

と、原田をにらんでおいて、席を立った。

むろん原田も冷やかしているだけだ。

「――宇野さんですか」

廊下へ出ると、立っていた女の子が言った。

「宇野は僕だが……」

「あの――私、浜田のぞみといいます」

と、その女の子は言った。「姉がこの間お会いしたって……」

「お姉さん?　もしかして浜田由佳君のことか」

「そうです」

と、女の子はホッとしたように、「私、妹なんです。姉から話を聞いて」

「そうか。――由佳君と会ったのは、半月ぐらい前だな。それで僕に用?」

「あの――姉が言ってたんです。『何かあったら、宇野さんを訪ねなさい』って」

浜田由佳が、道野妙子という少女の死について、責任を感じていたことは分っていた。

しかし、事情を調べようにも、警視庁の管轄でもなく、私は都内で起きた殺人事件の捜査に入って、他のことに時間を使う余裕はなくなってしまったのである。

「で、由佳君から何か――」

「連絡が取れなくなったんです」

と、のぞみは言った。

「つまり……由佳君はどこかへ出かけたということ?」

「ええ。宇野さんにお話しした件で」

「そうか。しかし……」

夕子からは何も言って来ていなかった。

私もここしばらく、夕子に連絡していない。

「一人でそんなことを……。ひと言、相談してくれたら、止めたんだが」

と、私は言った。「僕もこのところ大変でね」

「一人じゃないです」

と、のぞみは言った。

私はちょっと戸惑って、

「一人じゃないって……」

「姉と一緒に行ってくれたんです。永井さんって人が」

「永井……夕子のことか？」

「ええ、そういうお名前の――」

「待ってくれ」

私はあわてて席に戻ると、ケータイで夕子にかけた。しかし、

「おかけになった電話は……」

というアナウンス。

どうしてひと言、言わないんだ！

そして気が付いた。――メールが入っていることに。夕子からだ。

〈例の道野妙子さんの件で、その学校へ行ってみる。何かあったらよろしく〉

——畜生！　忙しくて、メールを見る時間も取れなかった。

廊下へ戻ると、私は、

「由佳君からは、何の連絡もないの？」

と、のぞみに訊いた。

「ええ。毎日一回は電話するって言ってたんですけど……。もう三日たつので、心配になって」

参ったな！　——私は、夕子の身に何かあったかもしれないと思うと、じっとしてはいられなかった。

「ちょっと待ってて」

私は原田を廊下へ呼び出すと、「俺は出かける。会議には出ないから」

「宇野さん、でも——」

「夕子が危いかもしれないんだ。何ならクビになってもいい」

「分りました！」

原田は力強く肯《うなず》いて、「じゃ、早く出かけて下さい！　後は任せて下さい」

「頼んだぞ」

私は原田の肩を叩いて言った。

白いだけの、殺風景な建物だった。

正面に車を停めると、ガードマンらしい男がやって来て、

「ここへ停めないで」

と、ぶっきら棒に言った。

「校長さんと約束がある」

と私は言った。

「車はそっちの隅の方に」

言われた通り、空地の隅に車を停めて、私はその建物の中へ入って行った。

〈倉田学院〉というその寄宿制の学校は、この辺りではよく知られているようだった。

車でここまで来る間に、原田が調べてくれたところでは、素行などに多少問題のある子を主に受け入れて、中学、高校生が合せて四、五十人生活しているとのことだった。

死んだ道野妙子は、ここの中学三年生だったのだ。

建物へ入って、まず気付いたのは、異様なほどの静けさだった。

学校というのだから、少しは子供たちの声が聞こえても良さそうなものだが。

足音がして、振り向くと、

「宇野さんですか？　校長の倉田です」

浜田由佳から聞いていた通りの、大柄でがっしりした体つきの男性だった。

「お忙しいところ、どうも」

私は丁重に言って、〈校長室〉へ通された。

「東京の警視庁の方と伺いましたが」

と、倉田はソファにかけて言った。

「先日亡くなった生徒さんのことで」

と、私は言った。

「妙子のことですね。悲しいことです。この学校にいたくないと言って……。もちろん、無理にここへ引きとめることはしません」

「しかし、ここから逃げ出したように聞いていますが」

「確かに」

と、倉田は肯いて、「ああいう年ごろは大人への不信感を持つものです」

「なるほど」

「妙子には、希望の学校へ移れるように、手配していたのです。ちゃんとその話もしていたのですが……」

と、倉田は首を振った。

「実は、ある筋から、道野妙子さんの死が、自殺だったのか、事故だったのか、調べてほしいという話がありましてね」

「それは、しかし……。どっちともとれる状況でした。――詳しいことは、署長さんにお訊きになって下さい」

「署長というと？」

「ああ、失礼。この町の警察署の署長で、畑中《はたなか》さんという人です」

由佳が立ち寄った所だろう。

「そうですか。――分りました。お忙しいところどうも」

私は礼を言って、〈校長室〉を出た。

ちょうど、中学生らしい男の子が通りかかって、倉田を見ると足を止めた。

「おい、どうして教室にいないんだ」

と、倉田が言うと、生徒は背筋を真直ぐに伸して、

「先生に言われて、資料を取りに」

と言った。

「そうか。じゃあ、早く行け」

「はい」

「寄り道するなよ」

「はい！」

男の子は大股に歩いて行った。

「とてもしつけが行き届いていますね」

と、私は感心して見せた。

「この学院で何年か学べば、どの子もああなりますよ」

と、倉田が得意げに言った。

「では」

私は会釈して建物を出ると、ホッと息をついた。

この建物の中にいると、なんとも言えない圧迫感を覚えるのだ。

今会った男の子の、倉田を見る目に浮んだのは、どう見ても「恐怖」の色だった。

停めておいた車へと向うと、ガードマンがどこからか出て来て、じっと見ていた。

私は車に歩み寄ると――。

チラッと左右へ目をやって、運転席に乗り込んだ。

エンジンをかけると、後ろの座席の床の辺りから、

「振り向かないでね」

と、声がした。

夕子だ！　――車のドアのロックが開いているのに気付いていたので、誰かが中にいると察していた。

私はもちろん顔色一つ変えずに、車を出して、見送っているガードマンに、ちょっと会釈して見せた。

高台にある〈倉田学院〉を後に、坂を下って、人家の手前で車を停めると、

「大丈夫か？」

と言った。

「来てくれると思ってたわ」

夕子が床から起き上って、息をつくと、「ね、何か食べる物ある？　飢え死にしそうなの」

「今は持ってないがね。駅前のどこかへ――」

「人目につかないようにして」

と、夕子は言った。

「じゃ、町と逆の方へ出よう。二十分も行けばＳＡがある」

「分った。辛抱してるわ」

何があったか、訊くのは後だ。

ともかくスピード違反間違いなしの勢いで車を走らせ、十分と少々でＳＡに着いた。

トイレで顔を洗って来ると、夕子は私がセルフサービスで持って来ておいたカレーライスを、猛烈な勢いで食べた。そして、

「妹ののぞみさんに聞いたの？」

と、やっと口を開いた。

「ああ、警視庁に訪ねて来てくれた」

と、私は言った。「どうしてひと言、言っといてくれなかったんだ」

「こんなことになるとは思ってなかったのよ」

と、夕子は空になったカレー皿を私の方へ押しやって、「お願い。ラーメン一つ、頼んで来て」

——夕子は、浜田由佳と二人で、〈倉田学院〉を訪ねて行った。

「ユニークな教育方針で、教育界で話題になっている〈倉田学院〉について、大学のゼミでリポートを提出したい」

というのが、訪問の目的だった。

「取材の申込みは快く受けてくれた」

と、夕子は言った。「ただ、その際、生徒たちと話をしないでくれ、という条件だったの。妙でしょ？　向うは、『微妙な年代の子供たちで、外部の取材に慣れていないから』と説明してたけど」

「それで？」

「〈校長室〉で、倉田と話したんだけど……。そうね。やっぱり由佳を連れて行ったのが間違いだった」

と、夕子は首を振って、「私みたいに、何くわぬ顔で話してるつもりでも、ついあの晩のことを思い出すのね。緊張しているのが向うにも分ったんでしょう。倉田は由佳のことを憶えていたのね。夜だったし、ちょっと会っただけだから大丈夫かと思ってた」

「で、由佳君は……」

「話の途中で紅茶が出た。倉田は、誰かが呼びに来て、一旦席を外したわ。私は〈校長室〉の戸棚を覗いたりして、紅茶を飲むのが遅れた。由佳は緊張で喉が渇いてたんでしょう。すぐ紅茶を飲み干してた。私が飲もうとすると、由佳が突然気を失ったの」

「薬が入ってたのか」

「私は紅茶を花びんの中に捨てた。気を失ったふりをしてると、がっしりした体格のいい男が数人入って来たの。争っても勝てないと思ったんで、気を失ったふりのまま、かつがれて行った。地下へ運ばれて、由佳が部屋の一つに入れられた。そこで、男たちは二人だけ残って、私を隣の部屋へ入れようとしたのね。一人が鍵を開けようとしてるとき、私は、もう一人の股間を思い切りけり上げて逃げた」

「よく逃げられたな」

「当然、外へ逃げたと思うでしょ？　だからわざと中のロッカールームに入って、ロッカーのかげにうずくまってた。もちろん、向うは大騒ぎで、表を捜し回ってたわ」

「それで、ずっと中に隠れてたのか？」

「次の晩までね。夜中にそっと脱け出したんだけど、建物の周り、夜も男たちが捜し回って、ウロウロしてるの。身動きが取れなくて、裏庭にあった、プレハブの物置に隠れてた」

「そんな所、真先に調べに来るだろう」

「もちろん。でも、中じゃなくて、屋根の上に腹這いになってたの。ちょうど、建物からも見下ろせない位置だったから」

「やれやれ……」

聞いている私の方が冷汗をかいてしまう。

「しかし、どうして倉田はそんなことまで——」

「ここにも、あんまり長居しない方がいいわ」

と、夕子が言った。

「こんな所まで捜しに来るのか？」

「そうなの。何しろ……」

3　規律

貫禄にかけては、誰にも負けない。

「警視庁捜査一課、原田といいます」

その堂々たる存在感は、署長の畑中だけでなく、居並ぶ警官たちを圧倒した。

「これはどうも……。まあ、おかけ下さい」

と、畑中にすすめられて原田は大分古くなったソファに腰をおろした。

ソファはメリメリと音をたてて、それでも何とか必死で（？）持ちこたえていた……。

「——行方不明ということですか」

と、畑中は言った。

「そうです！」

原田が署内に響き渡る声で言った。「この写真の二人です」

「はあ……」

「宇野警部は将来警視総監にもなろうと言われている、捜査一課の要とも言うべき方です」

「なるほど……」

「もう一人の永井夕子さんは、宇野警部の姪ごさんで、大変優秀な助手でもあります。この二人が消息を絶っている。そしてこの近くの駅前で、二人らしい男女を見たという情報が寄せられているのです」

「そうですか。では捜索のお手伝いを、私どもとしても……」

畑中が顔を紅潮させている。

「手掛りがあります」

と、原田が言った。

「といいますと？」

「この二人を見かけたという人が、二人の会話をチラリと耳にして、〈倉田学校〉とか何とかいう名前を聞いたと。そういう学校がこの近くにありますか？」

「はあ……。その……確かあったような……」

と、畑中が口ごもる。

「どっちです？　あるんですか？　ないんですか？」

「あの……あるにはありますが……〈倉田学校〉でなく、〈倉田学院〉というので……」

「同じことじゃないですか！　では、まずそこを捜索したいですな」

「しかし、突然のことで……。一応先生方の都合も訊かねば……」

「捜査はスピードです！　一にスピード、二にスピード！　これは宇野警部の教える、捜査の極意です」

原田が立ち上ると、ケータイを取り出し、

「――ああ、原田だ。捜索隊を寄こしてくれ！　三十名は必要だな。念のため、武装して来いよ。狙撃手も同行しろ」

畑中が目を丸くしている。

「では、早速、〈倉田学院〉へご案内願いたい」

「かしこまりました！　あの……準備をいたしますので、少々お待ちを」

畑中があわてて駆けて行こうとする。

「呑気なことは言っておられません！」

と、原田が畑中のえり元をつかんで、ぐいっと引き戻すと、「ただちに出発します！」

「はい、すぐに。ただ、ちょっと――お手洗に」

「それは仕方ないですな。では一分で戻って下さい」

畑中が駆けだして行った。

トイレに入ると、畑中はあわててケータイを取り出して、

「――もしもし！　校長は？　倉田校長を出してくれ！　――何？　――私だ！　分らんのか。署長の畑中だ！」

ややあって、「――もしもし？　――え？　校長は？　トイレ？　それどころじゃない！　すぐ呼んでくれ！」

焦って声が引っくり返っている。そこへ、トイレの外から、

「出発しますぞ！」

と、原田の大声が聞こえて、ギクリとした畑中の手からケータイが滑り落ち――哀れにも便器の中に沈没してしまった……。

「何ごとですか？」

倉田が、建物の中にゾロゾロと入って来る警官たちを見て、目を丸くした。

「畑中さん！　これは一体どういうことだ！」

「校長、実は警視庁の人が――」

と言いかける畑中を押しのけて、原田が進み出ると、

「校内放送の設備がありますか？」

と訊いた。

「もちろん。しかし――」

「一刻を争うのです！〈校長室〉？　あれですね」

「勝手に入られては――」

と言いかける倉田のことも突き放すと、原田は〈校長室〉へと入って行った。

校長のデスクの電話器に、〈校内放送〉とラベルの付いたボタンがあり、原田は受話器を上げて、そのボタンを押すと、

「聞こえてるか！」

と怒鳴った。

生の声でも相当な範囲に聞こえていそうだったが、スピーカーを通して建物中に響き渡った。

「この建物に爆弾を仕掛けたという通報があった！　全員、ただちに避難するように！

死にたくなければ急げ！」

原田の声の迫力は、建物全体を揺《ゆる》がすばかりだった。

次の瞬間、どこにいたのかと思うほどの数の子供たちが、ドッと廊下へ飛び出して来て、一気に外へ飛び出して行く。

「――これはどういうことだ！」

倉田が、いつもの冷静さを失って、あわてふためいている。そして原田へ、

「警視庁の刑事だって？　こんな馬鹿げた真似をよくも――」

と、詰め寄ろうとした。

そこへ、

「誘拐、監禁だけで、充分重罪ですよ」

と言ったのは――夕子だった。

倉田が息を呑んで、

「君は――」

「事情を聞くのはこっちですよ」

と、夕子が後ろを振り向いて、「道野妙子さんを殺しましたね」

と言った。

そこに立っていたのは――私と、地下室から解放された浜田由佳だったのである。

「こんなことをして、ただですむと思っているのか！」

倉田は怒りに声を震わせていた。「この〈倉田学院〉には――」

「ここのことについては、調べさせてもらいましたよ」

と、私は言った。「方々の施設から、親に干渉されないような子を集めて、ここで寄宿生活を送らせる。しかし目的は勉学でもスポーツでもない。命令に必ず従い、どんな行動でも言われた通りにやってのける人間を育てることだ」

「いい加減にしろ！　君らのような下級役人に何が分る！　ここは政界財界の大物がバックについているんだ！　君など即刻クビにできるぞ」

「結構ですな」

と、私は言った。「この永井夕子は大変優秀な探偵でしてね。この中に潜んでいる間に、この〈校長室〉のパソコンから、大勢の支援者たちの名前を調べ出しました」

夕子がニッコリ笑って、隣に立っている由佳の肩を抱いた。

「その中でも、トップの人物と話すのが手っ取り早い。あなたもよくご存じの方です。今や政界のエースと言われている……」

私はケータイを取り出し、その議員の名前のメールを表示して、倉田の方へ見せた。

「その方は、この学院の後援会長だ！」

と、倉田は得意げに、「ここの立ち上げから、資金を提供してくださった人だ」

「電話で話してみることですね」

私は、その番号へ発信して、「——もしもし。警視庁の宇野です。——はあ。今、〈倉田学院〉の校長がここに。お話しになりますか？」

スピーカーモードにして、倉田の方へ差し出すと、倉田は、

「先生！　倉田です。何ともわけの分らないことになっておりまして——」

と言いかける。

「どなたかな？　倉田？　——ああ、以前、どこかで会ったことがあるね」

「先生……。私です！〈倉田学院〉設立の際には、大変お世話に……」

「いや、そういうことは知らんね。勝手に私の名前を使ってもらっては困る。ときどきそういう手合がいるんだ」

と、その「先生」は言うと、「宇野さんと言ったかな。聞いての通り、私はその〈倉田学院〉とは全く関係ない。そういうことで、後はあんたに任せる。よろしく頼むよ」

——切れてしまった。

倉田が放心状態で座り込んでいた。

「確かに、愛国者としてどんな風にも使える若者を育てるという、あなたの理想に、あの『先生』も賛成したようだ。しかし、罪もない女子大生を監禁。それは道野妙子さんが実はトラックの前に突き飛ばされて殺されたということを知られていると思ったからだ。政治家としては、今は特に怪しげな団体に関ることは避けなくてはなりませんからね。殺人事件に関ったりしては大変だ。——他の大口支援者にも、この話は広く伝わっていますよ」

「そんな……馬鹿な！　畑中さん！　あんたは知っているはずだ！」

「すみません、校長。——あの子は、あなたの言うことを聞かなかった。脱走をくり返して……。トラックの前に突き飛ばしたのは、この学院のガードマンでした。私はたまたま見てしまったんです」

倉田は畑中へ、

「裏切り者め！」

と怒鳴ってつかみかかった。

私は少しの間、二人が床で転げ回っているのを眺めていたが、

「おい、原田」

「はあ」

原田が花びんの花を抜くと、中の水を二人にザッとかけてやった……。

「お姉ちゃん！」

パトカーから降りて来たのは、浜田のぞみだった。

姉に駆け寄って、しっかり抱き合う。

「――大丈夫だったの？」

「うん。でも、出される食べものとか、薬が入ってると思って、手をつけなかった」

と、由佳が言った。「夕子！　どこか食事のできる所に――」

「パトカーがサイレンを鳴らして連れてってくれるよ」

と、私は言った。

姉妹を乗せたパトカーが行ってしまうと、

「逃げた子たちを、どうするか、だね」

と、夕子が言った。

「みんな一旦は戻ってくるだろう。その後は……」

「どの子も、一人一人、違うんだからね。ひとくくりにして、同じ方を向かせようとする

きるのは、誰でも楽にできることじゃない」

「死んだ子のように、逆らって逃げるのが当り前なんだろうな。——ただ、そんな風に生きるのは、誰でも楽にできることじゃない」

「仕方ないよ。誰だって、『大人』とか『世間』とかって壁に一度はぶつかるんだもの。それを乗り越える経験をしなきゃ」

原田がやって来た。

「やあ、宇野さん、夕子さんが無事で良かったですね」

「お前の貫禄も大したもんだったぞ！」

私は原田のお腹をポンと叩いて、「何でも好きなものをおごってやる。何がいい？」

「本当ですか？」

と、原田は目を輝かせたが、「ただ——残念ながら」

「どうかしたのか？」

「今、ダイエットしてまして」

と、原田は言った。「ステーキとすき焼だけで我慢しときます」

歪《ゆが》んだ散歩道

歪んだ散歩道

1 嵐の朝

「せっかくの日曜日なのに……」

大欠伸《あくび》しながら、石塚安弘《いしづかやすひろ》はついグチをこぼしていた。

伸びをしながら、パジャマ姿で台所を覗くと、妻の亜規子《あきこ》がちょっとびっくりして、

「もう起きたの？　今日はゴルフじゃないんでしょ」

と、フライパンで目玉焼を作りながら言った。

「この嵐だぞ。ゴルフなんかできるか。ゆうべメールが回って、中止だよ」

「だったら、もっとゆっくり寝てればいいのに」

「今、何時だ？」

電子レンジの脇に置いてある目覚し時計へ目をやると、六時半を少し過ぎている。

「風の音と、枝の鳴る音で目が覚めたんだ」

と、石塚は言った。

「あら、あなた。そんなにデリケートだった？」

と、亜規子がからかった。

石塚は相手にせず、

「お前、どうしてこんなに朝早く卵を……」

「亜也《あや》が、どうしても休めないんですって」

「そうか。——大変だな」

「あなたもハムエッグ、食べる？」

「旨そうだな。じゃ顔を洗ってくる」

「ええ、どうぞ」

石塚は、また欠伸しながら二階へ行こうとしたが、階段を下りて来た娘の亜也とぶつかりそうになった。

「お父さん、早いね！」

もうコートを腕にかけ、スーツを着た亜也は目を見開いて、「トシのせいで目が覚めるの？」

「年寄り扱いするな」

と、石塚は顔をしかめて、「まだ六十一だぞ。今じゃ年寄りとは言わないだろ」

階段を上ろうとして、石塚は、玄関のドアに目をやった。――チェーンが外れて、よく見ると鍵もかかっていない。

「まさか……」

台所へ戻って、「おい、お袋は？」

「いつものお散歩よ」

と、亜規子が言った。

テーブルについた亜也が、

「ハム、二枚ね！」

「分ってるわよ」

「おい、この嵐の中を出て行ったのか？」

と、石塚が訊いた。

「お義母さまが『大丈夫』っておっしゃったのよ」

「どうして止めなかったんだ！」

つい、石塚の声が大きくなった。

亜規子はハムエッグを作る手を止めずに、

「言ったわよ。『大丈夫ですか?』って。でも、ご自分で外の様子を見て、『大丈夫よ』って言われたら、それ以上何も言えないでしょ」

「しかし——お袋は九十一歳なんだぞ。この雨と風の中で——」

「お父さん」

亜也が父親を見て、「お母さんにそんなこと言っても無理だよ」

と言った。

石塚はちょっと詰ったが、

「——分ってる。しかし、あの年齢《とし》なんだ。どれぐらい外が危いか、分ってないかもしれない」

亜規子はガスの火を止めて、

「じゃ、どうしろって言うの? お義母さまを柱にでもくくりつけとく?」

「そんなこと言っちゃいない! ただ、俺は——」

「じゃ、自分で行って、連れ戻したら? 私はごめんよ」

はねつけるように言って、亜規子はフライパンから皿の上にハムエッグを滑り落とした。

「分った。行ってみる」

石塚は急いで寝室へと戻って、着替えると、レインコートをはおり、玄関を出た。

傘をさそうとしたが、強い風で、とても無理だと分った。雨は容赦なく顔に叩きつけて来る。

フードのついたコートでなくてはとても歩いて行けないと思ったが、母親への心配というよりも、妻に弱味を見せたくないという気持で、強引に雨の中へと駆け出して行った。

たちまち顔もびしょ濡れになり、首から滴《したた》り落ちる雨が、シャツまで入って来る。

来るんじゃなかった。——後悔したが、今さら帰れない。しかし、どうしてこんな嵐の中を……。

春の嵐は、台風と呼ばないだけで、実際は同じくらいの風雨になることがある。

石塚は道を急いだ。——母親の歩く道はいつも同じで、変らない。

郊外の住宅地は、まだ方々に、空地や雑木林がそのまま残っている。

石塚は懸命に先を急いだが、一向に母親の姿は見えなかった。

畜生！　どこまで行ったんだ？

「ワッ！」

一応舗装はされているものの、所々穴があって、水たまりになっている。そこへ足を突っ込んでしまった石塚は、前のめりに転んでいた。

「ふざけやがって！」

誰に当るわけにもいかず、何とか立ち上ったが、膝に痛みがあった。傷になっているかもしれない。

地面に手を突いたので、両方の手が泥だらけだ。――泣きたくなって来たそのとき――。

「安弘じゃないの」

と、声がした。「何してるの、そんな格好で？」

気が付くと、目の前に、母、石塚はなが立っていた。

「母さん……」

「どうしたのよ？　そんなコートで出て来たら、中までずぶ濡れになるに決ってるでしょ！」

はなはビニールのカッパをきっちり着て、頭にフードをかぶり、顔の下半分もビニールの覆いで隠していた。手首はしっかり紐で締めてあり、手袋までしている。

「母さんが……心配で……」

と言いながら、石塚は自分が情なくなった。

「私は大丈夫。少々の雨や風じゃ、びくともしないよ」

「そうらしいね……」

「家へ帰って、一一〇番しておくれ」

「うん……。今、何て？」

「一一〇番よ。警察に電話して」

「でも……俺はそんなひどいけがしてないぜ」

「馬鹿ね。お前のこと言ってるんじゃないよ。人が死んでるの」

「——え？」

「ちゃんと聞いて。そこの家の中で、人が殺されてるのよ。だから……」

石塚は、悪い夢を見ているのかと思っていた……。

2 関係

雨は上っていたが、まだ風は強く、はおったコートは鳥の羽根みたいにはためいていた。

玄関のドアが開いて、原田刑事が顔を出した。

「——宇野さん」

「ドアを押えといてくれ」

と、私は言って、中へ入った。

「やれやれ。春の嵐ってのは凄いな」

私はコートを脱ぐと、玄関のコート掛けにかけて、「現場は？」

と、原田に訊いた。

「二階です。寝室の中で……」

なかなかゆったりとした造りの立派な家である。階段も急でなく、年寄りも楽に上れそうだ。片側だけでなく、壁の方にも、手すりが取り付けてある。

――寝室は広く、キングサイズのベッド。ソファに大型テレビ。

壁には何枚も絵が飾られていた。

「画家だそうですよ」

と、原田が言った。「俺は知りませんが」

「何という名前なんだ？」

私の問いに答えたのは原田ではなく――。

「中林哲夫《なかばやしてつお》。有名な画家よ」

私は振り向いて、

「どうしてここにいるんだ？」

と、永井夕子へ訊いた。

「お友達のおじいちゃんの家なの」

女子大生で、かつ警視庁捜査一課警部の私、宇野喬一の恋人でもある永井夕子である。なぜか、私よりも犯罪の匂いをかぎつける能力に長《た》けている。解決する能力にも――時として（！）私を上回ることを、認めざるを得ない。

「中林……」

「中林哲夫。――絵を見たことない？　少女画のイラストレーションで人気がある。本のカバーとか、女性誌の表紙。見れば、たぶん一つや二つは知ってると思うわ」

「壁の絵も？」

「たぶんね。でも、この手の抽象画はあまり知られてないけど」

と、夕子は言った。「孫の久田《ひさだ》和美《かずみ》はN女子大の三年生で、友人なの」

「そうか。――ともかく現場を見ないと」

「バスルームです」

と、原田が言った。

寝室の奥にバスルームが造られていて、ホテルの客室のようだ。

――現場は、目をそむけたくなるほど凄惨ではなかった。

白髪の七十過ぎと見える男性が、高級なシルクのガウンを着て、洗面台の前の革張りの椅子に腰かけたまま、死んでいた。

椅子に少しぐったりした感じで座っていたが、ガウンの胸元を染める出血がなければ眠っているのかと思われたかもしれない。

知的な風貌が印象的で、表情に苦悶や恐怖の色は見られなかった。

「争った形跡はないね」

と、夕子が言った。「眠ってて刺されたみたい」

「検視官が来たら、死後どれくらいか分るだろう」

と、私は言った。「通報したのは？」

「ええと……石塚安弘さんという、この先の住人です。死体の発見者はその母親の石塚はなさんです」

と、原田がメモを見て言った。「今、下の居間に……」

そのとき、

「夕子……」

と、バスルームを覗いた女の子がいた。

「和美。大丈夫？」

夕子が友人の肩を抱く。「和美はおじいちゃん子だったものね」

「信じらんないよ。おじいちゃんみたいないい人を……」

と、涙を拭く。

「居間で話を聞こう」

と、私は言った。「原田、凶器を捜せ」

「はい。化粧棚の裏とか、調べています」

——階段を下りながら、

「たぶん、もうじき母とか伯父が駆けつけて来ると思うんですけど……」

と、和美が穏やかに言った。「あの——びっくりしないで下さいね」

「びっくり？　どうしてだね？」

「それは——」

と、和美が言いかけると、玄関の外から、

「おい、通してくれ！　俺は中林哲夫の息子だ！」

と怒鳴る声が聞こえて来た。

和美は、ちょっと息をつくと、

「ああいう風ですから……」

と言った。

玄関から勢いよく入って来た男はでっぷり太った五十がらみの男で、和美を見ると、

「和美、お前――」

「伯父さん、おじいちゃんはもうどこにも行かないよ」

と、和美は、どこか皮肉めいた口調で言った。

「お前、どうしてこんなに早く来たんだ？　あゆの差し金か。そうなんだな！」

「そんなんじゃないよ。お母さんもじきやって来る。入院してるけど、それどころじゃないって、電話口で叫んでた」

「ともかく、一旦居間へ」

と、私は、その男性に言った。「中林哲夫さんの息子さん？」

「中林俊介《しゅんすけ》っていって、株屋なの」

と説明したのは和美だった。

居間も明るく、広々として、住人の趣味の良さを思わせた。

正面の一人がけのソファに、運動着を着たかなりの年輩の女性が静かに座っていた。

「死体の発見者です」

と、原田が言った。「石塚……」

「石塚はなと申します」

と、ていねいに立ち上って挨拶すると、「大変なことになりました……。あなたが和美ちゃんね。哲夫さんがとてもほめてらしたわ」

「あんたは何です？」

と、中林俊介が、ぶしつけな口調で言った。

「どうしてここに？」

しかし、石塚はなが答える前に、玄関の方から、

「邪魔しないで！　私は中林の娘よ！」

という甲高い声が聞こえて来た。

和美が、ちょっと目を伏せて、

「あれ、母です」

と言った。

居間へ大股で入って来たのは、四十代半ばかという女性で——。和美が「入院してる」と言っていたのは、何なのか、と思えるほど元気そうだった。

「兄さん、いつ来たの？」

「たった今さ。お前、今日手術じゃなかったのか？」

「延ばしてもらったわよ。一週間くらいは動けないものね。和美、あんたは？」

「私も来たばかり」

と、和美は言った。「おじいちゃんは二階だよ」

「死んだんでしょ。急いで会っても仕方ないわ」

と、和美の母親は言った。

後になって、久田あゆという名前だと分ったが……。

「ちょっと！　兄さん、何してるのよ！」

と、久田あゆが声を上げた。

広い居間の壁にも、中林哲夫のものと思われる絵が何枚も掛かっていた。中林俊介は、ポケットから何やら色のついた紙を取り出すと、壁の絵の縁にペタペタ貼り始めたのである。

「付箋を貼ってるんだ。これは俺の物だぞ」

「やめなさいよ！　抜けがけしようったってそうはいかないからね！」

「おい、返せ！」

あゆは俊介の方へ駆け寄ると、付箋を取り上げた。

「じゃ、半分」

と、あゆは付箋の束を半分にして俊介に渡すと、「公平に行きましょうよ」

「本のカバーイラストは俺がもらうぞ。出版社を紹介したのは俺だ」

「何十年前の話？　よく言うわよ」

と言ってから、「――寝室は？」

「まだだ」

「じゃ、早く行きましょう！」

二人が居間から駆け出して行きそうになったので、私は、

「待って下さい！　寝室は殺人の現場のバスルームとつながっています。中へ入って勝手な真似はできません」

と、強い口調で言った。「殺人事件ですよ。現場を荒らされたりしては困ります」

「しかし、急ぐんだ！　俺は金がいる。一日でも早く、親父の形見分けをしなくちゃ」

「そうよ、早くしないと税金に持ってかれちゃうわ」

「しかし――亡くなったばかりで……」

と、私が言いかけたとき、

「そういうお話は後にされた方がよろしいのでは？」

と静かに言ったのは、石塚はなだった。

あゆが初めて気付いた様子で、

「誰、あの人？」

と言った。

「ともかく、もし亡くなった中林哲夫さんに奥さんがおられたら、絵画なども相続されるわけでしょう」

と、私は言った。

「お袋は死んだ」

と、俊介が言った。「もうとっくだ。五年？――六年かな？」

「もう十年だよ。伯父さん」

と、和美が言ってから、「あの……失礼ですけど、ご近所の方なんですよね？」

と、はなの方へ訊く。

「ええ。この先に住んでおります。ただ――」

と言いかけて、はなはひと息つくと、「私は中林哲夫さんの妻です」

――そのひと言は、居間の時間を止めてしまった。

誰もが唖然として言葉を失っていたとき、また玄関の方から、

「ここは俺の家だ！　どうして止めるんだよ！」

と喚《わめ》く男の声が聞こえて来た。

「敏男《としお》君だわ」

と、和美が言った。「伯父さんの息子です」

ドタドタと足音をたてて居間へ入って来たのは——赤いシャツに白いジャケット、わざと開けた胸元にプリントしたらしいタトゥーが覗いている、要するに典型的なチンピラやくざだった。それも、かなり旧式なタイプである。

「敏男！　何しに来たんだ？」

と、俊介が言った。

「じいちゃんが殺されたって聞いたんだ。本当なのかよ」

舌っ足らずなしゃべり方は、二十四、五を気取っているが、実際は二十歳になるかどうかだろうと思えた。

「ああ、本当だ」

と、俊介は言った。「だが、今はそれどころじゃないんだ！」

「じいちゃんを殺したのは親父、お前だろ！」

と怒鳴ると、敏男という息子は父親につかみかかった。

「おい、よせ！　手を離せ！」

俊介は首をしめ上げられ、「助けてくれ！」

と叫んだ。

「おい、原田」

私が肯《うなず》いて見せると、原田が敏男のえり首をつかんでぐいと持ち上げた。

「――何しやがる！　おい！」

ドサッと床に落とされ、敏男は目を白黒させた。

「中林敏男というのか、君は」

と、私は言った。「どうして君のお父さんがおじいさんを殺すんだ？」

「そりゃ、金に困ってるからさ。じいちゃんから何度も借金してる。それも一円だって返しちゃいないんだ」

「子供の知ったことか！」

と、俊介が顔をしかめて言った。「ともかく今は――」

「そうよ！　父さんの妻って、どういうことなの？」

あゆが早くもヒステリー状態。

どうなってるんだ、この家族は？

私はいい加減うんざりして、夕子の方を見ると、なぜか目を輝かせて目の前で展開するドラマを眺めていた……。

3　出会い

「もともとは、朝の〈散歩仲間〉だったんです」

と、石塚はなは言った。「この辺は、あまり住人も多くないので、朝、散歩に出ても、ほとんど人に会いません。息子たちは『危い』と心配してくれますが、九十一歳のおばあさんを襲う物好きもいないでしょう」

と、微笑んで、

「たまたま、ある朝一緒になったのが、中林さんだったのです」

と言った。

「でも、中林さんは膝を悪くしておられて、散歩は辛いということで、数日でやめてしまいました。でも、お話ししているととても楽しくて、私が散歩の途中で、このお宅へ寄るようになったのです」

「それにしたって――」

と、口を尖らしているのは、久田あゆだった。「何も結婚しなくたって」

「したっていいじゃない」

と言ったのは娘の和美。「おじいちゃんの自由でしょ」

「あんたには分らないのよ」

と、あゆはムッとした様子で、「私はね、あんたのためを思って言ってるのよ」

「お父さんのためでしょ」

「同じことよ」

あゆの夫は久田幸男《ゆきお》といって、四十五歳のあゆより六つ年上の五十一歳。長年勤めた会社を去年リストラされ、失業中だという。

「五十過ぎたら、仕事なんか見付からないのよ」

「でも、だからって毎日パチンコやってたってしょうがないでしょ。私、大学やめて働くよ。そう言ってるじゃない」

「こんな所で親子喧嘩するな」

と、中林俊介が渋い顔になって、「ともかく――正式に入籍してるのなら、仕方ない。はなさん――といったか。この人と交渉するしかない」

「中林さんの描いた作品については、ご当人がおっしゃってました」

と、はなは言った。「この家を改装して、小さな美術館にしたいんだと」

「冗談じゃない！」

俊介とあゆが、期せずして同時に同じ言葉を発し、みごとにハモっていた……。


「で、どうなの？」

と、夕子が訊く。「あのおばあちゃんの言う通り？」

「確かに、中林哲夫と石塚はなは正式な夫婦だ」

ハンバーグを食べながら、私は言った。

「そうなると、子供たち二人は困るわけね。中林俊介と久田あゆは」

夕子はシチューを食べながら言った。

「そうだな。あの石塚はなさんは、もう九十一で、殺された中林より十六も年上だ。もちろん、彼女も大金持ってわけじゃないが、暮しに困らないくらいの蓄えはあるらしい」

「でも、中林哲夫を殺すなんて……。やはり理由はお金でしょうね」

「画廊をやってる知り合いに訊いてみたが、もちろん、一枚何億円なんてことはなくても、人気はあるし、原画はかなりの値がつくだろうと言ってたよ」

「あの孫は？　敏男だっけ」

「今、二十二歳だが、まるで十代の子供みたいだ。父親の俊介が金のことばかり言って、敏男の母親は家出しちまって、それきりらしいんだな」

「中林哲夫のことは、『じいちゃん』って呼んで、好きだったみたいね」

「そのようだ。一応アリバイを調べたが……」

「何かあったの？」

「あの家へやって来る前に、留置場にいた」

「何かやったの？」

「酔って大喧嘩して、バーのテーブルや椅子を壊したんだ。バーのオーナーに訴えられてる」

「じゃ、お金は必要だったのね」

「お金が必要でない人間の方が少ないだろうけどな」

「どの程度、切羽詰ってるかでしょ。そのバーのオーナーっていうのが、どういう人か……」

「確かにそうだ。敏男は認めちゃいないが、留置場を出て、真先にあの家へやって来たのは、借金したかったんじゃないかな」

「父親を『借金を返さない』って責めてたのは、自分も後ろめたかったからね。よく分るわ」

この洋食店の名物ハンバーグを食べ終えようとしたところへ、ケータイが鳴った。仕事柄、こんな場所でも電源を切るわけにいかない。

「原田からだ。——どうした？」

と出ると、

「宇野さん、まだ食事中ですか？〈M〉ですよね」

「ああ。それがどうした？」

「訊かれたんで、教えちゃったんです。すみません！」

「何の話だ？」

「そっちへ行くと思います。何しろ、『命にかかわるんだ！』って大声を出すもんですから——」

「待て」

店の入口の方で、

「一刻を争うんだ！」

という大声が聞こえた。

「やって来たようだ」

と、私は言った。

声はいい加減聞き慣れた──中林俊介のものだった。

「店の迷惑になるわ」

と、夕子が言った。「出ましょう」

「仕方ないな」

席を立つと、私と夕子は店の入口に向った。

「何の用ですか？　そんな大きな声を──」

「いたか！　良かった！」

俊介は息を切らしている。「助けてくれ！　殺される！」

「何だかわけが分らないじゃないですか。どうしたっていうんです？」

「伯父さん！」

と、そこへ入って来たのは、久田和美だった。「あ、夕子」

「和美、この人を追いかけて来たの？」

「勝手に逃げ出したの。私はたまたま伯父さんのオフィスに行ってて……」

「何があったの？」

「女の人が凄い勢いで怒鳴り込んで来たの」

「誰なの、その女の人って」

説明を聞く前に、店の扉が開いて、

「こんな所にいたのね！」

と、大変な剣幕の女性が入って来た。「逃がさないわよ！」

「落ちつきなさい！」

と、私は厳しい口調で叱りつけた。「お店が迷惑する。外へ出なさい」

ひいきの店に顔を出せなくなってはかなわない。

路上で大声を出すのもみっともない。

冷静に話をする、という条件で、近くのティールームに入った。

「私は加藤《かとう》ミツ子《こ》」

と、その女は言った。「〈K〉ってバーのホステスよ」

「伯父さんが年中入り浸ってるお店」

と、和美が注釈してくれた。

「私はね、お店に借金があるの。それをこの人が昨日までに肩代りして払ってくれるって約束だったから……」

「事情は説明しただろ」

と、俊介が仏頂面になる。

「でも、私、それを信じて、この人と……深い仲になったのよ。三か月前だった」

と、加藤ミツ子は俊介の手を握って、「この人もその気になって……」

「いや……恋愛は自由だろ？」

「誰も悪いなんて言ってませんよ」

と、夕子が言った。

「でも、この人は約束を守らなかった。でもね、私、子供ができたのよ」

ミツ子は俊介を熱いような怖いような微妙な目つきでにらむと、「こうなったら、借金を払ってもらって、結婚してもらうわよ！」

「だけど、おい……」

「何よ！　文句ある？　あなたの子だって証明してあげましょうか！」

「いや、それは分ってる。ただ……」

「伯父さんの奥さんって、家出して、それっきりなんでしょ？」

「うん……。ああ、そうなんだ」

それを聞いたミツ子がキッと眉をつり上げて、

「あなた！　妻とは別れたって言ったじゃないの！」

「静かに！」

と、私はうんざりして、「大声を出すのなら外でやって下さい。大体、どうして『殺される』なんて騒いでるんですか?」

「いや、このミツ子も怖いんだが、株でしくじって、ちょっとまずい借金を……」

——少しはお金絡みでない話は出ないのか!

「私は刑事で、人生相談やってるヒマはないんです。本当に殺されたら連絡して下さい」

と、私は言ってやった。

4 散歩道

穏やかな朝だった。

六時半は、もうすっかり明るい。

はなはいつもの通り、トレーナーを着て、タオルを手に、玄関へ行った。

「今朝も行くの?」

亜也がパジャマ姿で二階から下りて来た。

「あら、早いのね、ずいぶん」

と、はなが言った。

「目が覚めちゃったの」

と、亜也は欠伸して、「もう一度寝たら、寝坊するね、きっと」

「たまにはいいんじゃない？」

ウォーキングシューズをはいて、はなはそう言うと、「行って来るね」

と、玄関を出た。

いつも通り。——いつも通り。

それが結局一番いいことなのだ。決して楽ではない。

はなも九十を過ぎて、朝起きるのが辛いこともある。今日は散歩をやめて、のんびり眠ろうか、と思うことも。

でも、「いつも通り」が一番いいのだ、と思い直して起き出すのである。

そのおかげで、中林哲夫にも会えた。人生の終りにあんなことが起るなんて。

歩き出す。いつもの道だ。

風はない、穏やかな朝だったが、少し空気はひんやりとしている。

リズムを崩さず、テンポよく歩いて行く。少しずつ、体が目覚めてくるのが分る。

心臓が打っている。血管を血が巡っていく。

頭の中にかかっていたもやが晴れて行くのが分る。

そして――気が付くと、並んで歩いている中林哲夫がいた。

「まあ。――おはようございます」

と、はなは言った。

「おはよう」

いつもの笑顔だ。

「お膝は大丈夫？」

「ええ。いいもんだ。死ぬと、どこも痛くなくなる。疲れもしない」

「あちらの住み心地はいかが？」

「平穏だが、退屈だね」

「この世の騒がしさが懐《なつか》しい？」

「なくなってみるとね。人間は欲から逃れられない。それも可愛く思えてくる」

「でも――あれで良かったの？」

「どうなのか、私にも自信はない。しかし、あの子があんな風に育ったのには、私も責任がある」

「でも、人は自分のしたことの結果を引き受けなくては」

「あなたのように、強い人は、それができる。でも、世の中はそういう強い人ばかりではないのですよ」

と、中林哲夫はため息をついた。

――はなは足を止めた。

道に立っていたのは、中林俊介だった。

わずかの間に、老け込み、やつれていた。眠れていないのか、充血した眼をしている。

「何かご用ですか」

と、はなは言った。「こんな所で……」

「お願いだ」

と、俊介は少し震える声で言った。「分ってるだろう。あんたに頼むしかない」

「この年寄りに何を?」

「親父の作品の相続権を放棄してほしい。あれを金に替えないと、どうにもならないんだ」

「それが中林さんの望みだったと?」

「知るもんか!」

と、俊介は吐き捨てるように言った。「死んじまった者は戻って来ない。生きてる人間の方が大事だ。そうだろう」

「お気持は分りますが――」

「余計なことを言うな！」

俊介の手にナイフがあった。「大体、あんたは赤の他人じゃないか。俺たち家族の中へ突然割り込んで来やがって！」

「確かに私は他人です。でも、亡くなった方の思いを受け止めるのが私のつとめです」

「何でもいい！　言われた通りにしろ！」

俊介はナイフをはなの方へ突き出したが、ナイフは見てそれと分るほど震えていた。

「九十を過ぎた年寄りを殺すつもりですか」

と、はなは言った。

「痛い目にあいたくなかったら、俺の言う通りにしろ！」

俊介のこめかみを汗が伝い落ちている。

そのとき、

「親父、何してんだ！」

と怒鳴ったのは、敏男だった。

「お前――何しに来た」

「その人を待ってたんだ」

と、敏男ははなの方へ、「はなさん、じいちゃんは死ぬとき、俺のこと、怒ってただろ？」

「心配してましたよ。あなたは、まだやり直せるって」

「だけど……じいちゃんは、俺が殺したようなもんだ」

と、敏男は目を伏せた。「知ってるんだろ、何もかも」

「お前、余計なことを――」

と、俊介はナイフを持ち直して、「ともかく、この女を刺してやる」

木立ちの間から、私と夕子は出て行った。

「ナイフを捨てなさい」

と、私は言った。「ちょっとでもはなさんに傷をつけたら傷害罪ですよ」

俊介は渋い顔になって、ナイフをやけ気味に放り出した。

「はなさん」

と、夕子が言った。「中林哲夫さんが命がけでかばう相手がいるとしたら、孫の敏男さんしかいない、と思ったんです」

「しかし、敏男にはアリバイがある」

と、私は言った。

「はなさん、分ってたんですよね」

と、夕子が言った。

「ええ……」

はなは肯いて、「あの日、いつも通りあの家に寄ると、玄関を上っても誰もいません。

おかしいと思って、捜していると、二階のバスルームで、中林さんを見付けました」


「まあ、大変！」

はなは、椅子にかけた中林の胸にナイフが突き立っているのを見て、びっくりした。

「すぐ救急車を――」

「いや、いいんだ」

と、中林は言った。「自分で刺したんだから」

「どうしてそんなことを……」

「孫の敏男から、電話が……。金が必要なんだと……」

「でも――」

「金を出さないと殺される、と泣くので……。手もとに現金は大して持っていない。絵を売るにも時間がかかる。――敏男が本当のことを言っているのかどうか、私には分らない。

でも、嘘をついているなら、そんな子に育てたのは私の責任だ……」

中林は、子供のころの敏男を育てていた。俊介が暴力団の手を逃れて、姿をくらましていたのだ。

「私は……敏男を思い切り甘やかしてしまった。可哀そうな子だと思って。――育て方を間違えたと気付いたときは、もう遅かった……」

俊介が何とか無事に戻ったとき、敏男は手のつけられない少年になっていた。

「じゃ、ご自分で……」

と、はなは言った。

「生命保険があるから……。保険金が出れば、一番早くお金になる」

「何てことを！」

「しかし――いけないな。自分で刺したのでは保険金が出ないかもしれない。刺しても、ナイフを始末するぐらいはできると思っていたが、そんなことは無理だった……」

中林は苦笑して、「私も世間知らずだった。はなさん、お願いだ。このナイフを抜いて、処分して下さい。殺されたとなれば、きっと保険金が出る……」

「私には、どうしていいか分りませんでした」

と、はなは言った。「ただ——もうこの人は助からないと分ったのです。ならば、願いを聞いてあげようと思いました」

「ナイフを——」

「抜くと、すぐに中林さんはこと切れました。——ナイフは私が持っています」

「隠しておいてから通報したんですね」

と、夕子が言った。

「——私は、俊介さんと娘の久田あゆさんたちの争いを見て、つくづく中林さんが気の毒になりました。この人たちの好きにはさせたくない、と思ったんです」

青ざめて聞いていた敏男は、

「じいちゃんは、俺のために死んだのか……」

と、呟くように言った。

「中林さんは自分で死んだかもしれないけど、あなた方が殺したようなものですよ」

と、私は言った。「はなさんは中林さんと結婚していた。はなさんがいいと思うようになさることです」

さすがに、俊介もはなにそれ以上迫ることはできなかった。

その画廊には、大勢の人がつめかけていた。

〈中林哲夫の世界〉という展覧会は、画家の死から三か月後に開かれた。

「人気があったんだな」

と、私は会場の隅で夕子に言った。

「何点かは売れたそうね。ここにある作品は、そのまま美術館に納めるとか」

「はなさんが、あの家族たちにお金が行くようにしたそうだ。後悔はしてるだろう」

主な作品が絵ハガキになって売られていた。若い女性たちが列を作って買っている。

その絵ハガキを、汗をかきながら売っているのは、すっかり地味な服装になった敏男だった。

「昨日、はなさんに電話したわ」

と、夕子が言った。「相変らず、毎朝あの道を散歩しているそうよ」

「あんな風に年を取りたいもんだな」

「そんなこと言うの、少し早くない？」

夕子は笑って、「私も絵ハガキ、買って帰ろう！」

と言うと、長い列の最後に並んだ。

幽霊健診日

1　揺れる

やっと！　――やっとここまでこぎつけた！

口には出さなかったが、柏木猛《かしわぎたけし》がそう思っていたことは、その表情で、誰にでも分っただろう。

もちろん、一緒に食事していた並木結衣《なみきゆい》にも。しかし、そう気付いているようには見せず、

「でもね」

と、柏木をドキッとさせるような言い方をした。

「うん……。『でも』？」

「いつもなら早く帰らないと。夜は十時過ぎるとうるさいの。うちの両親」

同じセリフを柏木は何十回も聞かされていた。しかし、今夜は……。

「今日は母がお友達と旅行。父は上海に出張。だから大丈夫なの」

「うん！　そういう話だったよね」

柏木は二杯目のワインを飲んで、もうこれでやめておこう、と思った。もともと、それほどアルコールには強くない。

これから、並木結衣と初めて一夜を共にしようというのに、酔っ払って眠り込んでしまったら大変だ！

「ちゃんとKホテルのスイートルームを取ってあるよ」

と、柏木は言った。

「高そうな部屋ね。でも嬉しいわ、一度そういう部屋に泊ってみたかったの」

よしよし、順調だぞ。

「デザートにしようか」

多少の余裕を見せるように、柏木は言った。本当は――今すぐにでも、Kホテルのスイートルームへ駆けて行って、結衣をベッドに押し倒したいところなのだが。

「――ええ。私、デザートが楽しみなの」

と言われては、そうせかせかとオーダーするのも……。

落ちつけ！　夜はまだ長い！　そうだとも。これまで待ったことを考えると……。

――柏木猛は四十一歳。「猛」という名を親がどういうつもりでつけたか分らないが、少なくとも荒々しいところは全くなく、子供のころからおとなしい男の子だった。

いくら会社では上司と部下の関係でも、柏木は決して「パワハラ」まがいのことはしなかった。

いつか――きっといつか、彼女が自分の愛に応えてくれる。そう信じて……六年が経っていた。柏木は四十一で、並木結衣は二十九歳。結衣が大学を出て二十二歳で〈M広告〉に入社して来たとき、柏木は一瞬にして彼女の屈託のない笑顔にやられてしまった。

入社二年目から付合い始めて六年……。

まさか、こんなにかかるとは思っていなかったが……。だが、もういい！　やっとゴールに辿り着いたのだ。今はそのことだけを考えよう！

デザートをゆっくり食べて、食後のコーヒーも早口にならないように頼んだ……。

「そろそろ行きましょうか」

待ちに待った言葉を聞いて、柏木は飛び上りそうになるのを懸命にこらえた。

「じゃ、行こう」

と、あくまで静かに立ち上ると、店の出口へと……。

「あ――地震か？」

と、柏木が足を止める。

「え？　そう？　別に揺れてないけど……」

「いや、こんなに……。ほら目が回りそうで……」

結衣の体が斜めになっている。いや、そのままさらに……。

「柏木さん！」

と、結衣が声を上げた。

柏木もやっと悟った。めまいがして、周囲がグルグル回っているみたいで――結局床に倒れたのは柏木自身だったのだ。

「しっかりして！　――救急車を呼んで下さい！」

レストランの方でも、柏木は〈M広告〉の部長として、ここの「お得意様」なので、すぐに対処してくれた。

それにしても――どうなってるんだ、俺は？

ああ！　せっかくの「待望の夜」のはずだったのに……。

そして――私はといえば、永井夕子と、こちらはごく普通の食堂にいた。

もちろん、女子大生の夕子とはこれが初めてのデートでないことはご承知だろう。

「あ、ちょっと……」

食事がそろそろ終るというとき、夕子のケータイが鳴った。――私は何だかいやな予感がした。

夕子は席を立って行くと、ケータイで何やら話していたが……。

戻って来ると、難しい表情で席に座った。

「――どうかしたのかい？」

できるだけ、さりげない口調で訊くと、

「あのねえ……。今夜は予定が入らないはずだったのよ。それが……」

「まあ……人には色々事情ってものが……」

と、かなり無理をして言った。

「それがね……大丈夫だったの！」

と、夕子は弾けるように笑った。

私は苦笑して、

「大人をからかうもんじゃないよ」

「からかいたくなるの、あなたを見てると」

「どうして？」

「だって、この人が警視庁捜査一課の敏腕警部、宇野喬一かと思うと、何だか信じられないんだもの」

「昨日今日の付合ってわけでもないのに？」

「それだけ、あなたが変ってたってことね」

夕子はそう言って、「ごちそうさま！　割り勘にする？」

「それぐらい、僕が払うよ。一応社会人だぞ。君は学生だ」

私はテーブルの隅に置かれた伝票へ手をのばした。そのとき——。

「あれ？　どうしたんだ？」

顔からスーッと血の気がひいて行く感じがした。夕子はバッグをつかんで、立ち上ろうとしたが、私を見て、

「どうしたの？　顔が真青よ」

「うん……。何だか……気が遠くなりそうだ……」

貧血か？　しかし、こんなことはめったにないのに……。

「しっかりして！」

「大丈夫……。何ともない……。いや、大したことは……ないと……」

そこまで言ったことは憶えている。しかしその先は……。

ただ、目の前が真暗になって行くのだけが分った……。


「もう大丈夫だよ」

と、私は言った。「たかが貧血だよ。何も救急車まで呼ばなくても……」

「だめだめ」

と、夕子は腰に手を当てて私をにらみつけると、「早めの治療こそ大切よ」

「どこも悪くないよ。ただ、このところずっと寝不足だったから……」

私はS医大病院のベッドに寝かされていた。

確かに一旦は失神状態だったが、救急車の中で意識が戻り、

「もう平気だから――」

と言ったのだが、夕子は以前に事件を解決して感謝されたことのある医師に連絡していた。

その医師は、何とS医大病院の院長になっていたのだ。

救急車が病院に着くと、

「院長先生のご指示です」

と、問答無用でこの特別個室に入れられてしまった……。

「ともかく、もう夜だから、今夜は入院して、明日、先生に診てもらうのよ」

夕子は命令口調。

「だけど……」

「原田さんには電話して、一週間くらい入院するかも、って言っておいたわ」

「一週間？」

私は目を丸くした。「そんな無茶な」

「診てもらって、大したことなければ早めに退院すればいいじゃない。ともかく今夜は素直に諦めて」

「やれやれ……。デートのはずが……」

と、グチを言うと、夕子は、

「いい子にしてれば、おやすみのキスをしてあげるわ」

と、まるで子供扱いだ。

「院長は西田《にしだ》っていったっけ」

「西田公太郎《こうたろう》さん。四十九で院長になった切れ者よ」

と、夕子は言った。「しっかり診てもらいましょうね」

刑事は何かとストレスのたまる仕事である。少々あちこちにガタが来ても仕方ないだろう。

「おい、大して悪くもないところを手術で摘出するとかいうのはやめてくれよ」

「そんなことするわけないでしょ」

夕子は笑って、私の上にかがみ込んで素早く唇にキスした。

「もう少していいねいに頼むよ。どうせするなら……」

そのとき、廊下が騒がしくなった。

「先生を呼んで！　急患よ！」

という切迫した声は、どうやら私が入院したとき対応してくれた女性医師らしい。

「何があったのかしら」

夕子が早速好奇心を発揮して病室を出て行く。私は、どうあがいても今夜一晩はこのベッドにいる他はないらしいと覚悟していた。

廊下ではバタバタと駆ける足音などが、なおしばらく聞こえていたが、やがて静かになった。

急患はどうなったのか。何とか一命を取り止めたのか、それともだめだったのか……。

十五分ほどして、夕子が戻って来た。

「――どうしたんだ？」

と訊くと、

「あなたと似てるわ。恋人と食事して、店を出ようとしたら、突然彼氏の方が倒れちゃったって」

「僕はただの貧血だぜ」

「貧血でも、そうなる原因があるでしょ。ちゃんと調べないと」

「分ったよ」

「何なら今夜は泊ってあげるけど」

と、夕子は急にやさしい声を出したが――。

そのとき廊下で、

「いい加減にして下さい！」

という女性の声がして、

「何かあったらどうしてくれるの！」

という、かなりヒステリックな別の女性の声。

「何もあるわけないじゃありませんか」

「あなたには分らないのよ！　柏木さんが殺されたらどうするの！」

穏やかでない。

入院した病院で、「殺人」の話を聞こうとは。——これもやはり永井夕子と一緒にいたせいだろうか……。

2　当直

「落ちついて下さい」

と、私は言いながら、どうして入院患者がこんなことをしなきゃいけないんだ、と考えていた。

「こちらは、警視庁捜査一課の宇野警部です」

と、夕子がごていねいに紹介してくれる。

「ここは病院ですよ」

と、私は言った。「どうして、救急車で運ばれた彼氏が殺されると？」

「普通ならあり得ないことだって分ってます」

と言ったのは、並木結衣という女性だ。

「彼は柏木猛。私の勤めている〈M広告〉の部長です」

「意識を失って、運ばれて来たんですね？」

「そうです。レストランで突然倒れて」

「それで？」

「S医大病院に運ぶと聞いたとき、チラッと、何かあったな、と思ったんです」

と、並木結衣は言った。「でも、目の前の柏木さんのことが心配で、あまり考えませんでした。ところが……」

と、ちょっと傍の女性医師の方へ目をやって、

「駆けつけて来た当直の医師を見て、びっくりしました。私の知っている人だったからです」

「今夜の当直は木元《きもと》先生です。優秀な先生ですよ」

と、女性医師が言った。

「医師としてどうと言っているわけじゃありません」

「それじゃ、どうして――」

「木元竜介《りゅうすけ》さんは、柏木さんの腹違いの弟です」

結衣の言葉には、居合せた面々も面食らったが、

「それがどうして殺されるという話に?」

と、夕子が訊いた。

「木元さんは柏木さんを恨んでるんです」

と、結衣は真剣な表情で言った。「私、柏木さんから聞いてました。『僕には弟がいるんだ。S医大で医者をやってるが、色々行き違いがあって、恨まれてるんだよ』と」

少し間を置いて、女性医師——神林早百合《かんばやしさゆり》といった——が、きっぱりした口調で、

「木元先生は医師ですよ。個人的な事情で、治療の手を抜いたりすることは決してありません!」

「私だって……そう思いたいです」

と、結衣は少し落ちついた様子で、「でも、万一のことがあっても、誰もお医者さんのことは疑わないでしょう」

——私は病院のガウンをはおって、廊下に出て来ていた。

貧血どころじゃない。しかし、現に倒れた柏木という男は今診てもらっている最中で、途中で口を出すわけにいくまい。

「ともかく——」

と、神林早百合は話を終わらせようという言い方で、「このS医大病院に運び込まれて

来た以上、私どもは最善の治療を行います。それは断言いたします」

と言い切った。

そう言われると、結衣も何も言えなくなってしまう。

神林早百合が行ってしまうと、結衣は私を見て、

「宇野さんでしたかしら。刑事さんでいらっしゃるのね」

「ええ、まあ……」

「じゃ、今の私の話を憶えていて下さいね。そして何かあったときは、思い出して下さい」

「ご心配は分りますけど」

と、夕子が言った。「それって、何かよほどの事情がおありなんですね?」

「そのお話は……」

と言いかけて、結衣はためらうと、「ここでお話しできるようなことでもありません。

──どうもお騒がせしました」

結衣がエレベーターの方へ行ってしまうと、私はホッと息をついて、

「入院先でも殺人事件か。勘弁してくれ!」

と言った。

「何も起らないわよ、きっと」

夕子はやや残念そうに（？）言うと、「さ、ベッドに戻りましょう」

と、私を促した。

その翌朝は、

「もしかしたら、胃などの検査があるかもしれませんので、朝食抜きで」

と言われていたので午前九時過ぎまで眠ってしまった。

「おはよう」

夕子はもうとっくに目が覚めているようだった。

「何かあったかい？」

「いえ、今のところ、誰も殺されちゃいないようよ」

「そうでなきゃかなわないよ」

と、私は言ったが――。

そのとたんにお腹がグーッと鳴って、

「そうか。忘れてた。腹が減ってるんだ」

「胃カメラをやるかもしれないから、とりあえず我慢して」

「空腹で死ぬってことはないだろうけどな」

「原田さんなら分らないわね」

巨漢の部下、原田刑事のことだ。

「——失礼します」

と、病室へ白衣の医師が入って来た。「宇野さんですね？　僕は木元といいます。ゆうべ当直で」

「ああ、そうでしたか」

あの並木結衣が柏木を恨んでいる、と言った医師だ。

「当直明けで」

と、木元医師は言った。「後になって、神林君から、騒ぎのことを聞きました。ご迷惑をかけました」

「いや、そんなことは……」

「柏木さんの具合はいかがですか？」

と、夕子が訊いた。

「たぶん、胃で出血しているようです。今日、胃カメラを専門の医師がやると思います」

「この人も、もしかしたら胃カメラを」

「貧血を起されたそうですね。まあ、胃の痛みもなければ、大丈夫でしょうが。せっかく入院されたんですから、一応胃カメラをやられた方が」

「はあ」

と、私はちょっとがっかりした。

胃カメラなんて必要ない、と言われたら、朝食を思い切り食べてやろうと思っていたのだ。私はちょっと咳払いして、

「こんなときに何ですが……」

と言った。「ゆうべの並木結衣さんの話についてですが……」

「聞きました。神林君から」

と、木元は肯《うなず》いて、「僕と柏木猛が腹違いの兄弟だというのは本当です」

木元はちょっと肩をすくめて、

「僕が柏木のことを恨んでるというのは、大げさです。まあ、仲がいいとは言えませんが」

「そうですか」

事件が起っているわけでもないのに、あれこれ訊くわけにもいかない。

「ではこれで。どうぞお大事に」

と会釈して、木元は病室から出て行った。

「優秀な医師って感じだな」

と、私が言うと、

「木元さんの母親は、柏木典之《のりゆき》の秘書だったんですって」

と、夕子が言った。「柏木典之は、もちろん柏木猛の父親で、〈M広告〉の創業者。秘書の木元里香《りか》に手をつけて、あの木元竜介さんが生まれたの」

私は啞然として、

「どこでその話を聞いたんだ？」

「朝食を配ってたおばさん」

と、夕子が言った。「病院の人なら、誰でも知ってる話らしいわ」

「驚いたな！　しかし、それだけで木元が恨むかい？」

「柏木典之は、木元竜介を息子と認知したけど、その代り、一切援助しなかったんですって。木元里香はかなり苦労して息子を育て、医学部にまで進ませた。でもいつの間にか病気になっていて、息子が医者になるのを見届けて亡くなったそうよ」

「そうか。――柏木猛はその事情を知ってたのかな」

「どうかしら。父親の柏木典之は二年前に亡くなってるわ」

よく調べたものだ。――すると病室へ顔を出したのは、ゆうべ担当してくれた看護師で、確か、坂口《さかぐち》みどりと言った。

「いかがですか?」

と、笑顔で入って来る。「顔色は良さそうですね」

「お腹が空いたって文句を言ってます」

と、夕子が言った。

「それぐらいなら大丈夫ね。――あの、神林先生、見ませんでした?」

「神林早百合先生? いいえ、朝は別に……」

「そうですか。どこに行っちゃったんだろ。当直明けで、引き継ぎがあるんですけど、ケータイにかけても出なくて。他を捜してみますね」

坂口みどりはそう言って、病室を出て行こうとする。

「あ、そうだ、みどりさん」

と、夕子が言った。「今度、コンサートに行きましょうね」

「ええ! 楽しみにしてます」

私は面食らって、

「知り合い?」

「ううん。ゆうべ立ち話してて、同じグループのファンだって分ったから」

「へえ。まだ若いな」

「みどりさん？　二十四ですって」

と、夕子は言った。「しっかりしてるわね、やっぱり」

夕子の情報収集力も大したものだ。

「早く、胃カメラをやるかどうか決めてほしいな」

と、空腹を抱えた私がため息をつく。

病室の戸が開いた。坂口みどりが青ざめて立っていた。

「みどりさん――」

「来て下さい！」

その声は震えていた。「神林先生が……死んでるみたいなんです！」

思いがけない話に、私も急いでガウンを着てベッドを出た。

廊下の奥の休憩所に、神林早百合は座っていた。眠っているかに見えたが――背中には刃物で刺した傷が。

殺されていたのだ。

3　メロディ

「いやはや、こんなことが……」

と、よく禿げた頭を平手でペタペタ叩くのが、西田のくせだったと思い出した。

「しかし、こんなときに、宇野さんと永井夕子さんが居合せて下さったとは、地獄で仏です！　ぜひスパッと事件を解決して下さいよ」

スパッと、と言われても……。包丁で豆腐を切るようなわけにはいかないのだ。

「宇野さんと二人で、努力しますわ」

と、夕子が言った。

「もちろん、捜査一課の全力をあげて」

と、私はあわてて付け加えた。

朝の院長室。――西田公太郎院長は、夕子と私が事件を解決するのを目にしているので、

「この病院の中で殺人事件など、とんでもないことです！」

と、強調し、「入院患者はもちろん、通院している患者さんたち、医師、看護師にも、大きな不安を与えることになります。どうかその辺りをご理解いただきたい」

「よく分ります」

と、私は院長室の立派なソファにかけながら、「極力、目立たないように行動しろと部下には言ってあります」

「お願いします！　その代り、病院としてはどのような協力も惜しみません」

「それで……殺された神林早百合先生ですが、病院内では……」

と、夕子が言った。

「将来性のある、優秀な人材でした。全く残念です」

と、西田院長はため息をついた。

「個人的に神林さんと親しかった方は？」

西田は少し迷っていたが、

「いや、これは……。いずれ分ることでしょうが……」

「というと？」

「彼女は……私と親しい仲でした」

「は？」

「つまり、その……男女の仲だった、ということです」

禿げた頭の汗をせっせと拭いている。

「告白していただいて良かったわ」

　と、夕子が言った。「誰かから聞いたら、西田さんを怪しむことになりかねませんものね」

「いや、お恥ずかしい……」

「かなり長い仲ですか?」

「この三年ほどですか。――いや、私、実は五年前に離婚しておりまして。ですから、決して不倫していたわけでは……」

「ああ、そうでしたね。では神林さんと再婚のご予定が?」

「私の方はそのつもりでしたが、彼女は医師として、キャリアを積む方を……」

「なるほど」

「まだ三十一でしたから。確かにこれからが活躍の時期でした」

　そこへ、

「院長先生――」

　と、ドアを開けて入って来たのは――。

「ああ、看護師長の坂口澄子《すみこ》君です」

「失礼しました。つい、いつもの調子で」

「いや、構わんよ。何か？」

「全員に、事情は説明しました。特にみどりが……」

「みどりさんのお母様ですか」

と、夕子が言った。

五十歳ぐらいだろう。厳しさと穏やかさを兼ね備えた印象の師長だ。

「院長先生、こんなときですが、今日の午後は院内コンサートです。どういたしますか？」

「ああ、そうだったな！」

「コンサートがあるんですか？」

「月に一度、ロビーでピアノなどの演奏をしていただいています。入院患者も楽しみにしているので……」

「差し支えないんじゃありませんか」

と、夕子が私の方を見て、「事件は特別病棟で起っています。コンサートはどこのロビーで？」

「小児病棟前のロビーです。入院中の子供たちを慰めたいというのが、きっかけで始まったので」

「ぜひ開いて下さい。ね、大丈夫よね？」

「そうですな。病院の日常をできるだけ妨げないように、慎重に当ります」

と、私は言ったが、そのとたん――。

「――空腹でいらっしゃる？」

と、西田が言った。「坂口君、食堂へお連れして」

派手に鳴ったお腹を押えながら、私と夕子は院長室を出た。――もちろん、胃カメラどころではなくなっていたのだ。

まあ、考えようによっては、事件が起ったので、朝食をとってもいい、ということになったわけだが。もちろん、それが良かったわけじゃない！

しかし、病院内の食堂で、カレーライスを食べる手が、いつもよりせかせかとしていたことは確かだった……。


「欠食児童ね」

と、夕子が言った。

何と言われようと、お腹が落ちついたおかげで、捜査に当る元気が出たのは事実である。

「あ、宇野さん！」

そこへ、食堂に響き渡る声がした。原田だ。

「いいですね！　殺人事件の現場でカレーですか！」

「おい！」

私はあわてて、「声がでかい！」

朝食といっても入院患者は病院食が出るから、今、食事しているのは、見舞客や付添いの女性たちだ。

原田の言葉に、みんなギョッとして振り向いていた。

「原田さんも食べたら？」

と、夕子が原田のことをよく分っているので、そうすすめた。

「いいですか？　五分で――いや三分で食べてみせます！」

「自慢しなくていい」

私はお茶を飲んで、「検死の結果は？」

「まだです。ケータイにメールが来ることになっています」

夕子が食堂の入口へ目をやって、

「あ、みどりさんだわ」

坂口みどりが入って来た。夜勤明けで、もう私服に着替えている。

一緒に、やはり二十代半ばかと見える、華やかな印象の女性が入って来た。

「あ、夕子さん」

と、みどりがやって来て、「これから大変ですね」

「みどりさんはもう帰るんでしょ?」

「いえ、こんなときなので。——普通は帰って寝ますけど、母から『何があるか分らないから残って』と言われてます」

「大変ね。でも無理しないようにね」

「大丈夫です。多少の無理はいつものことだから」

母親が看護師長という立場では、何かと大変なこともあるだろう。

みどりは一緒にいた女性を、

「こちら、ピアニストの浅井涼子《あさいりょうこ》さんです。今日、院内コンサートを……」

「聞いていますよ」

と、私は言った。「こんなときだからこそ音楽で、みんなの心を鎮めてあげて下さい」

「及ばずながら」

と、浅井涼子は会釈して、「朝食を食べてから、ピアノの調子を……」

「何だか、ちょっと狂ってたみたいよ」

と、みどりが言った。「ともかく席を……。お邪魔しました」

それぞれ離れたテーブルについて、坂口みどりと浅井涼子が朝食を受け取りに並んだ。

そこへ――。

「こちらでしたか」

と、やって来たのは並木結衣だった。「中で事件があったと聞きました」

「ええ、あなたと話していた女性のお医者さん――神林早百合さんが殺されたの」

「まあ！　それで……」

「柏木さんは、予定通りに？」

「ええ、胃カメラを撮るそうです。当人は怖がってますが、何ともないって言って聞かせてます」

「まあ」

そして、「私も朝食べてないので……」

期せずして朝食会になってしまった。

「――みどりさんもピアノをやってたんですか？」

と、夕子がそばに座ったみどりに訊いた。「ピアノの音が狂ってたって……」

「ああ、昔、ちょっとやってたんです」

と、みどりは言った。「でも、もちろん今は全然……。涼子さんは今度有名なコンクールに出るんです」

「あら、あの人……」

と、並木結衣が食べる手を止めた。

別のテーブルに行って、一人で食べていた浅井涼子の隣の席でコーヒーを飲んで話しているのは、木元医師だった。

「ゆうべ当直だったから、あの人が胃カメラをやることはないわね」

と、結衣は言った。

まだ木元のことを信用していないようだ。

――その間に、もちろん原田もカレーを平らげていた。

「病院の中で捜査というのはやりにくいね」

と、私は言った。

夕子は、浅井涼子が食事を終えると、

「コンサートを開く場所へ行ってみたいわ」

と言った。

「私、一緒に行きますよ」

と、みどりも食べ終っていて、涼子を呼んで一緒に食堂を出た。

木元はチラッと結衣を見ていたが、何も言わずに食堂を出て足早に行ってしまった。


「明るくていいわね」

と、夕子が言った。

小児病棟へと続くロビーは、外の光が一杯に入って、カラフルだった。

「確かに、最近の病院は暗い印象がないね」

と、私は言った。

「ええ、特に子供たちがここを使いますから」

と、みどりが言った。

病院の職員たちが、ロビーの奥の真白なピアノを動かして来て、

「この辺でいいですか?」

と、涼子に訊く。

「ええ。もう少しこっちへ向けて。――それでいいです」

職員たちが、折りたたみ椅子を運んで来て、客席を作る。みどりも手伝った。

涼子はピアノに向うと、軽く手を振って、一つ息をつき、静かにピアノを弾き始めた。

囁くように、やさしいメロディがロビーに広がる。

「どこかで聞いた曲だな」

と、私が言うと、夕子が、

「サティの〈ジムノペディ〉でしょ」

と言った。

そういえば、そんな曲名だったか。――ピアノの音に誘われるように、病室から何人か、パジャマ姿の子供たちが出て来て、聞いていた。

やれやれ……。しかし、こっちは殺人事件の捜査をしなきゃならないのだ。

「コンサートはお昼過ぎですから」

と、みどりが言った。「アナウンスで案内しますわ」

「お邪魔しないですむようにしたいがね」

と、私は言った……。

4　見えない流れ

「やっぱりやらなきゃだめか……」

未練がましいことを言っているのは、柏木猛である。

「麻酔で眠ってしまいますから、分らない内に終りますよ」

と、坂口澄子が当り前の口調で言った。

「しょうがないか……」

と、柏木は諦めの境地。

私と夕子は、柏木の病室へ入って行った。

「柏木さん。ゆうべ遅く、廊下へ出て何か見たそうですね」

と、私は言った。「坂口みどりさんがそう話してくれたので」

「ああ……」

柏木はベッドを少し起こしていた。「夜中にお腹が空いちゃってね。何か食べるものを売ってないかしらと思って、廊下へ出たんですよ」

「だめですよ！」

と、坂口澄子が厳しく言った。「胃カメラが終るまでは」

「分ってるよ。結局何も食べなかった」

と、柏木は言った。

「それで、何を見たんですか？」

「廊下の奥の方にソファがあるでしょ。そこに人の姿が。――照明が落ちているので、薄暗かったけど……」

と、柏木は思い出しながら言った。

「誰か分ったんですか？」

と、私は訊いた。

「いや、大分離れてたし、それに静かだから、大きな声で呼ぶわけにもいかない。ただ女が二人いる、と見えた」

「女が二人？　確かですか？」

「そう見えたっていうだけだ」

と、柏木は首を振って、「一人はソファに座っていたが、こっちに背を向けていたので、肩から上しか見えなかった。髪が長かったんで、女だろうと……。それに肩の線とかがね」

「顔は分らなかったんですね？」

「振り向かなかったからね」

「もう一人は？」

「立っていた。ソファの手前に、やはりこっちへ背を向けてね」

「つまり――二人とも背を向けていたと？」

「そうなんだ。立っていた方は、座っている一人に、後ろから話しかけているように見えた。声は聞こえなかったがね」

と、柏木は言った。「僕は、立っているのが結衣かと思って、声をかけようとしたんだが……」

「どうして並木結衣さんだと思ったんですか？」

と、夕子が訊いた。

「結衣は明るいベージュ色のコートを着ていたから、彼女かと思ったんだ。しかし、ここは病院だということを思い出した。それは白衣だったかもしれないな」

「じゃ、座っていた方の人は？」

「それも肩を見ると、白衣を着ていると見えた。看護師ではなかったろうが、たぶん女性の医者か何かだと思って、病室に戻ったんだ」

私と夕子は、ちょっと顔を見合せた。

「――柏木さん」

と、私は言った。「ソファに座っていたのは、おそらく神林早百合さんで、あなたは犯人が神林さんを刺し殺すところを見ていたのかもしれませんよ」

「まさか」

と、柏木は軽く笑ってから、「――本当に？」

「もしかすると、ですが」

「下手に声をかけたら、こっちも刺されるところだったな！」

と、柏木は胸をなで下ろした。「師長さん、こんな危険な経験をした後は、胃カメラを避けた方がいいんじゃないか」

「関係ありません」

坂口澄子は冷たく、「では胃カメラの準備をします。点滴しますから横になって」

「麻酔で眠ってる間に、殺人犯が、目撃者を殺しに来るかも……」

「私が、『終ってからにして下さい』と言います」

私と夕子は病室を出た。

「やれやれ、同情するね」

「他人事《ひとごと》じゃないのよ」

と、夕子は私をつついて、「この件が解決したら、胃カメラよ」

「勘弁してくれ！」

と、私は言った……。

現場になった休憩所は、衝立《ついたて》を立てて入れないようになっていた。

いつも現場を示す、目立つテープは、病院内では使わないことにしたのだ。しかし、入院患者には当然事件のことは知れ渡っていたに違いない。

夕子と二人でソファを眺めていると、

「――いいですか？」

と、衝立から顔を出したのは、坂口みどりと、ピアニストの浅井涼子だった。

「――ここで殺されたの、神林さん？」

と、涼子が言った。

「知り合いでした？」

と、夕子が訊く。

「ええ。ロビーのコンサートのことで、色々力になってくれました」

夕子はみどりの方へ、

「ね、みどりさん、ここでお医者さんが休むことって、よくあるの？」

と訊いた。

「ああ……。そうね。あまりない。というより、めったにないわ」

と、みどりは言った。「医師は職員の休憩室があって、そっちを使うから。ここは患者さんが家族と会って話したりするときに使うくらいね」

涼子は背もたれに血の跡が残るソファを見て、目を閉じると、そっと手を合せた。

「午後二時より、小児病棟前のロビーにて、ピアノコンサートが開かれます……」

院内放送が流れる。

「――それどころじゃないな」

と、私は言った。「夜間出入口の防犯カメラ映像のチェックがまだこれからだ」

「あら、せっかくだもの、聞きましょうよ」

と、夕子が言った。

「いや、しかし――」

「三、四十分のものですってよ。心がいやされれば、新しい発見があるかもしれないわ」

私はさすがにためらったが、

「おい、原田、お前、映像をチェックしてくれ」

と、声をかけた。

「了解しました」

原田はなぜか上機嫌だった。私はちょっと首をかしげたが……。

――ロビーに行くと、もう並べた椅子は一杯で、職員があわてて椅子を追加している。しかし、スペースには限りがあるので、その椅子もすぐに埋り、立見の人も大勢出ることになった。

私たちは、もちろんロビーの隅で立っていた。

「では、院長先生よりひと言……」

と、司会役は坂口みどりが急にやることになったらしく、「院長先生。どこですか?」

「ここにいるよ」

西田院長が白衣姿で現われると、白く光っているグランドピアノのそばに立って、みどりからハンドマイクを受け取った。

「このコンサートを楽しみにしておられる方も沢山いらっしゃるでしょう」

と、西田は愛想よく、「有名なピアニストである浅井涼子さんが、毎月多忙な中、この病院のために時間を作ってくれています。――浅井さん」

呼ばれると、涼子が派手過ぎないがカラフルなドレスで現われた。拍手が起る。

「よろしくお願いします」

と、みどりが言って、西田は傍に立った。涼子がピアノの前にかける。

涼子がチラッと目をやった方を見ると、白衣の木元医師がやって来たところだった。

涼子が軽くひと息ついて、鍵盤に白い指を走らせた。

私にもショパンの「何とかいう曲」だということは分った。——さすがにプロの奏でる音は凄い。

ピアノはグランドといっても、もちろんコンサート会場で使われるものではなく、家庭用の小型のグランドピアノである。

しかし、涼子が弾くと、指は鍵盤をサラリとなでているようにしか見えないのに、ロビーを音で満たして行く。

しかし……。

私はチラッと夕子の方を見て、

「何だか、機嫌悪くないか？」

と言った。

夕子はちょっと肩をすくめただけだった。

涼子は次々に曲を弾いて行ったが——。

なぜか涼子の表情は明らかに険しくなって来ていた。

一曲一曲の間もほとんど空けずに、早く終わらせようとしている感じだった。

十曲ほど弾くと、涼子は我慢し切れなくなったようにパッと立ち上り、

「今日はこれで終らせていただきます」

と早口に言って、ちょっと頭を下げると、拍手も聞かずに引っ込んでしまった。

西田も、

「どうなってるんだ？」

と、みどりに訊いている。

大方、終った後にも何か話すことになっていたのだろう。しかし、聞いていた人たちも席を立って引き上げて行く。

「――何かあったのかな？」

と、私が言うと、夕子が、

「ピアニストに確かめましょ」

と言って、私の腕をつかんだ。


「涼子さん！　どうしたの？」

みどりは、涼子の後を追うように、着替えのために控室として用意された会議室のドアを開けた。

苛々と歩き回っていた涼子は、みどりの顔を見るなり、

「何よ、あのボロピアノ！」

と怒鳴った。

「涼子さん――」

「あんなに音が狂ったピアノで弾くなんて！　プロにとっちゃ地獄よ！」

と、涼子はなおもその場の机や椅子を八つ当り気味にけとばしたりしている。

「でも――気付かなかったよ」

と、みどりは取りなすように、「涼子さんの耳だから分るけど……」

「分るわよ！　音楽教育を受けた人なら、すぐ分る。あんなに方々のキーが狂ってて、しかも、大勢の人が――それも子供が聞いてるなんて！　まるで拷問だわ！」

ドアが開いて、木元が入って来る。

「聞いたよ」

「聞いてほしくなかった」

「分るけど……。どこだって、ピアノは完全じゃないだろ」

「それじゃ許せないの！」

と、涼子は叫ぶように言った。「おかしいわよ！　私はちゃんと直したのに。昨日の晩

に直したのよ。それなのに、今日になったら……」

「涼子さん……」

と、みどりは言った。「私も分るくらい狂ってたけど、今日聞いて、いつの間に直ったんだろうって……」

「――そうだったんですね」

と、ドアを開けて、夕子が入って行く。

もちろん私も。

「みどりさんが、ピアノの音を『狂ってた』と言ったのに、涼子さんが気にしない様子だったので、ふしぎでした」

と、夕子が言った。「本当のプロの涼子さんなら調べれば分ったでしょう」

「前もって、涼子さんに言ってなかったんで、さっき言ったよね」

とみどりが言う。

「そう。でもそのことを涼子さんは元から知っていたのね。みどりさんも分るほど音の狂っているところがあった」

「でも朝の時は直ってたはずなのよ!」

と、涼子が立ち上って、

「それなのにどうして……」

「ごめんなさい」

と、夕子が言った。「今日になって、私がまた手を入れてしまったのよ」

「どうしてそんな……」

「涼子さんは病院が必要としてる以上、やめられなかった。——ごめんなさい、わざと辛いことをさせてしまった……」

と、夕子が言うと、

「でも、分ってる」

と、涼子が言った。「昨晩、ピアノの音が狂っていると聞いていて、夜中にこっそり手直しすることにしたんです」

「夜、こっそり小さな音で、一つ一つのキーを押していると——出会ったのね。神林先生に」

「ええ。——優秀な医師かもしれないけど、音楽は分っていなかった。私が、夜中にこっそり侵入してピアノをいじってるところを見付けて、凄く怒ったわ」

涼子は首を振って、「あの人、ホロヴィッツとかラフマニノフとかしか知らないの、ピアニストを。私が、少しでも音が狂ってたら明日弾けない、って主張すると、何て言ったと思う？　──『そんなの一流の人が言うことでしょ』ですって。私を『二流』だと思ってる?」

「それだけ?」

「いえ。――私、木元先生と付合ってるの。今日も聞きに来てた」

「涼子――」

「分ってるわ! あなたが神林さんを好きだってことは」

と、涼子は言った。「あの女はそれも当てこすった。『木元先生は私に気があるのよ』って……」

涼子は笑って、「でも、そんなことどうでもいい。あの女に『二流』呼ばわりされたことが許せなかった!」

「涼子さん、まさか――」

と、みどりが言った。

「そう。私が殺したのよ。どこかの部屋からメスを見付けてくるぐらい簡単だった……」

涼子は息をついて、

「でも……最後に、ちゃんとしたピアノで聞いてほしかったな」

と言った……。

「驚いたな」

と、私は言った。「素人には全く分らない音の狂いで……」

「知り合いの調律師に無理に頼んで、朝の試奏のあとにごくわずか、いじってもらったのよ」

と、夕子が言った。「費用は払ってね」

「分ったよ。――おい原田、もういいぞ」

「宇野さん、今夜はどこにします？」

「何の話だ？」

「代りに映像チェックでステーキ一枚と」

「私がね」

と、夕子は言った。「でも、少し待って。宇野さんは胃カメラに備えて、絶食しないと」

「そんなにすぐでなくたって……。これから色々あるんだ。少し先にしないと」

「じゃ、来週ね。ついでに人間ドックに入ったら？　予約しとくわよ」

「自分でする！」

と主張したが、夕子が聞き入れないことは分っていた……。

昨日、今日、あさって

1　さめない夢

深夜二時のデート。

それはそれで、意味ありげな恋人同士と思われるだろう。

しかし、この場合——つまり、私と、女子大生永井夕子のカップルに関しては、あまりロマンチックな状況ではなかった……。

「待たせて悪かったよ」

と、私は言った。「どうしても奴が説得に応じなかったんでね」

「いいのよ、分ってる」

と、夕子は言いつつ大欠伸《あくび》をして、「ただ……待ってる間にすっかり眠くなっちゃったの」

それも無理はないというものだ。本来は午前零時、真夜中に会う約束になっていた。

「もともと、今夜会おうって無理したのがいけなかったのよ」

「まあね……」

確かに、無理はあった。人質を取って立てこもっている強盗を説得して、素直に出て来たところを逮捕。

「たぶん十一時半までには出て来るだろうから、十二時に会おう」

警視庁捜査一課の警部である私、宇野喬一としては、見通しが甘かったと言わざるを得ない。

かくて、予約したホテルの一室で、永井夕子を二時間も待たせる結果になったのである。

「――それで、人質は無事だったの？」

と、夕子が訊いた。

「うん、人質といったって、奴の元の愛人だ。なれ合いみたいなものさ」

私も、夕子につられて欠伸をする。

「ね、このホテルのバーは午前三時まで開いてるそうよ。一杯飲んで、目を覚まさない？」

と、夕子が言った。

「いいね！　ちょっと腹も減ってるんだけど……」

「ルームサービスは二十四時間で、深夜メニューのお茶漬とか良さそうじゃない？」

「食べたいね！」

ともかく、最上階のバーが閉る前に、と二人で部屋を出た。

四十男の私と女子大生の夕子は、誤解されそうだが、不倫ではない。男やもめの中年刑事と女子大生の、れっきとした恋人同士。

しかし、夕子と一緒のときは、デートがデートでなくなってしまうことも多くて……。


「あら、あの人……」

夜景を見下ろしながらカクテルを飲んでいた夕子が、少し離れたテーブルに目をやって、言った。

私はドキッとして、

「まさか指名手配の凶悪犯じゃないよな」

と、夕子の視線の先へ目をやると――。

「どこかで見た顔だな」

五十がらみの、かなりいい身なりの男性である。

「TVで見てるでしょ。教育評論家の菊池貢《きくちみつぐ》よ」

「ああ、そうか。そういえば……。どこかの大学教授だろ？」

「M大教育学部の学部長。次のM大学長かと言われてる」

「人気者だから？」

「今は学生を集められる人材が求められてるのよ」

と、夕子は言ったが、「いやに沈んでるわね」

確かに、その教授は一人でポツンと座っており、目の前のグラスは空のまま。

ひどくふさぎ込んでいる様子だ。

現代の教育に関する問題がテーマになるとたいてい菊池貢が顔を出す。それも、子供の不登校、いじめから、大学生が陥る「闇バイト」まで、レパートリーは至って広い。

「自分の悩みはどうしようもないのかな」

と、私が言うと、夕子が腰を浮かした。

「ちょっと！　――先生！」

夕子が駆けて行ったのは――何と菊池が手に小型ピストルを持って、じっと見下ろしていたからだった。

「何してるんですか！」

夕子が菊池の手からピストルを取り上げたが……。夕子は息をついて、

「びっくりさせないで下さいよ！」

カチッと音がして、ピストルの銃口に炎が出る。ライターなのだ。

「いや、すまん……。君は……」

「永井夕子です。お忘れでしょうけど、一度先生にインタビューしたことが――」

「ああ、そうか！　女子大生探偵君だったね」

「どうなさったんですか？　本当に、今にも窓から飛び下りそうですよ」

「窓が開けば、本当に飛び下りたい」

と、菊池はため息をついた。

「こちらへ来ません？　一人でいると、何ごとも解決できませんよ」

「君の彼氏？」

というわけで、人気の教育評論家が、私たちのテーブルに加わることになった。

「いや、声をかけてくれて良かった」

菊池はカクテルを飲みながら、「何しろ、こんな一日は、人生の中で二度とないと思うんだ」

「何があったんですか？　良かったら話してみて下さい」

「うん……。笑わないでいてくれるかい？」

「笑うような話なんですか？」

「人によってはね。最初は大学の食堂で昼食をとっていたときのことだ……」


「先生、先日お借りしたCD、遅くなって」

菊池の前に一枚のCDが置かれた。

「ああ、どうも」

須川充子《すがわみつこ》は、ちょっと会釈して食堂を出て行った。

CDは菊池のものではない。そっと左右へ目をやって、CDのふたを開けると、折りたたんだメモが。

「今日、夜七時に。ぜひ会いたいの！」

菊池はメモをポケットへ入れた。――七時か。

須川充子は教育学部長秘書である。二十九歳。当然、菊池の予定はしっかりつかんでいる。

このところ、出張や夜のTV出演が多くて、しばらく充子と会えていない。

うん、今日は遅くなっても大丈夫だろう。

菊池はランチを早々に食べ終えると、食堂を出た。そこへ、ケータイが。

妻の早代子《さよこ》からだ。

珍しい。妻が大学にいる時に電話して来ることなど初めてだ。

「もしもし。――どうした」

菊池は学部長室のある棟へと歩きながら言った。「もしもし？　早代子――」

「お話があるの」

と、早代子はどこか思い詰めたような声で、いきなりそう言った。

「何だ？」

「帰ってから。――今日は遅くなる？」

「まあ……ちょっと打合せがあって……。しかし、そんなに遅くはならないと思うが」

「待ってるわ。何時になっても」

「おい、どうしたんだ？　そんな深刻な声を出して――」

切れてしまった。

菊池はしばし立ちすくんでいた。

早代子が、あんな話し方をすることなどまずない。

「まさか……」

おそらく――いや、まず間違いない。

須川充子との仲が早代子に知れたのだ。どうして分ったのかは見当もつかない。

菊池は充分に慎重だったし、充子の方も人目のあるところで必要以上に親しげに振舞ったりしない。

しかし、それでも「女の勘」というものは恐ろしい。何か、ほんのささいなことで、夫の背信を見抜くのだ。

今夜、充子と会うのはやめておこうか。しかし、早代子との話の結果では、充子と別れなければならないかもしれない。

そうだ。まだ、そうと決ったわけじゃない。今夜は充子とゆっくり楽しもう……。

思い直して、菊池は背筋を伸して歩き出した。


「やっぱり、こうしているのが一番落ちつくよ」

と、ベッドの中で、菊池が言った。

「そう?」

と、須川充子は菊池にすり寄るようにして、

「私もよ」

「君にもう少し早く出会っていればな……。いや、子供みたいなことを言っちまった」

「私も同じだわ」

「そうかい？　少なくとも今はこうして……」

「聞いて」

「君の肌は本当に触り心地が……」

「赤ちゃんができたの」

「もう僕は若くないが……。今、何か言った？」

「子供ができた。先生の子よ」

菊池はしばし無言だった。——夢を見てるのかな？

「喜んでくれるでしょ？」

と、充子は言った。

「ああ……。おめでとう……」

菊池は間の抜けた声で言った。


「ただいま」

「お帰りなさい」

当り前のやり取りだった。——しかし、菊池はこの後に何が来るのか、こわばった顔で身構えつつ、居間のソファに鞄を投げ出し、コートを脱いだ。

「——早かったのね」

と、早代子が言った。

皮肉か？　危うく口に出して言いそうになった。

思ってもみない状況に、菊池は力なくソファに身を沈めた。

「あなた」

早代子が、ソファに並んで座った。

早代子は、夫より三つ年下の四十五歳。めったにグチはこぼさないが、いつも不満そうにしている、どことなく暗い印象の女だ。須川充子が明るいタイプなので、妻に少々疲れた菊池がつい近付いたとも言える。

「——朋美《ともみ》はどうした」

一人娘の朋美は十六歳。高校一年生だ。

「頭が痛いって言って、もう部屋に」

と、早代子が言った。

「そうか」

妻に浮気を責められるのを、娘に聞かせたくない、と思っていた。それなら——。

「あなた」

「うん……」

「私、妊娠したの」

——時間が止ったようだった。

「しかし……」

「四十五で、まさか、と思ったけど……。確かだったわ。病院で診てもらった」

早代子はため息をついて、「どうしよう？　朋美はもう十六だっていうのに……」

「そんな……。そうなのか……」

充子が身ごもったと聞いて来たところなのに、今度は早代子が？　——これは現実か？

しかし、気が付くと、居間の戸口に、パジャマ姿の朋美が立っていた。

「どうしたの？」

と、早代子は言った。「具合悪いの？」

「ううん」

朋美は首を振って、「言っとかないと。私、妊娠しちゃった」

菊池も早代子も、言葉を失った。

「この前、ビール飲んで酔ってたから、つい勢いで、用心しないでやっちゃったんだ」

と、朋美は肩をすくめて、「じゃ、おやすみ」

笑いはしなかった。

私も夕子も。しかし、死にたくなる菊池の気持を考えると……。しかも、TVで顔の売れた「教育評論家」なのだ。

「――お疲れさまです」

やっと、夕子が言った。

2 休暇

「最後に、菊池先生からひと言」

と、ニュースワイドの司会者、工藤《くどう》マリナが、コメンテーター席に座っている菊池へ話を振った。

「どうも」

菊池は、ちょっと咳払いして、「実は、このところ少々体調を崩しておりまして、しばらくこの番組のコメンテーターを休ませていただくことにしました。ご迷惑をおかけしますが……」

と言った。

「まあ、それはいけませんね」

菊池の発表があることは知っていたが、内容までは知らされていなかった工藤マリナは心配そうに、「療養されて、復帰されるのをお待ちしています」

「どうもありがとう」

と、菊池は微笑んで見せた。

すでに残り三秒。

「それでは、今日はこれで。おやすみなさい」

少し早口で言ったが、最後の「い」が切れてしまった。

「――お疲れさまでした」

スタジオにホッとした空気が流れる。

「菊池先生、お大事に」

「どこが悪いの？　元気そうだけど」

他のコメンテーターが声をかける。もちろん、本気で心配してはいないのである。

「他の番組はどうするの？」

と、貫禄たっぷりの女性評論家が訊く。「私、代ってあげるわよ」

菊池は返事をせずに、席を離れた。

「——先生、大丈夫なんですか？」

と、工藤マリナが待っていて、訊いた。

三十を過ぎたばかりだが、アメリカの名門大学を卒業した秀才である。

「ありがとう。なに、少し疲れがたまってるだけでね」

と、菊池は言って、「プロデューサーには昼間、話しておいた」

と、スタジオを出て行く。

「大学の方も忙しいんでしょ？」

一緒に廊下へ出たマリナが言ったときだった。

「ちょっと」

と、菊池を呼び止めたのは、背広姿のサラリーマンらしい男。

——私と夕子は、廊下の隅に置いてあるベンチにかけて、モニター画面を眺めていたのだったが……。

「あの人、何だか危なそう」

と、夕子が小声で言った。

「ああ、顔がこわばっていたものな。しかし……」

その「しかし」だった。ギャング映画と違ってマシンガンが火を噴くわけではなかったが、そのサラリーマンは、

「あんた、菊池貢って言うんだな」

と訊いた。

「そうだが……。君は？」

男は、大きく息を吸うと、

「女の痛みを知れ！」

と言うなり、拳を固めて、菊池を殴った。

全く予期していない攻撃に、菊池はもろにパンチを食らって、廊下に引っくり返った。

「何をするの！」

マリナが、急いで菊池の前に立ちはだかる。

「どけ！　もう一発ぐらい食らわさなきゃ気が済まない！」

私が男の手首をつかんで、ひねり上げた。

「いてて……。痛いじゃねえか！」

「そりゃそうだ。手首をねじってるからな」

と、私は言った。「暴行の現行犯で逮捕もできるぞ」

「いや、ともかく……」

と、菊池は立ち上ると、殴られた顎の辺りをさすりつつ、「どうして僕を殴ったのか聞きたい」

「教えてやる！　俺は須川充子さんの婚約者なんだ！」

「何だって？」

「そう聞けば分るだろう。教授の地位を利用して、充子を妊娠させた。それでも〈教育評論家〉か！」

「待ってくれ。——その話は別の所で」

「俺を買収しようたって、そうはいかないぞ！」

運悪く、今のニュースワイドに出ていた他のコメンテーターが、この場面をすかさずスマホで撮っていたのだ。

「先生、おけがは？」

と、マリナが駆け寄る。

「まあ……多少痛かったが、なに、プロのボクサーじゃない。骨は折れていないよ」

菊池は私と夕子を見て、

「ああ、わざわざどうも……」

「大丈夫ですか？　ともかく、この男——名前は？」

「関本《せきもと》だ。関本恒一《こういち》」

と、男は仏頂面で言った。

「婚約者がいるとは聞いたことがない」

と、菊池が言った。

そのとき、廊下を小走りにやって来た女性——。

「先生！」

「充子——須川君か」

「あなた、関本君ね！」

と、彼女は目を見開いて、「東京へ出て来たの？　どうして？」

「君のためだ！　君をもてあそぶ悪魔を生かしちゃおけねえ」

「待ってよ！」

「ともかくここでは……」

と、マリナが間に入って、「どこか控室へ」

と、みんなを促して控室へと連れて行くことになった。


「ともかく」

と、須川充子が言った。「婚約者だなんて言われても。子供のころに、うちのおじいちゃんがこの人のおばあちゃんと、酒に酔った勢いで、口約束しただけなんです！」

「しかし、俺はずっと充子を妻にするんだと決めてたんだ！」

「冗談じゃないわよ！　七つ八つのころの話を今ごろ持ち出さないで！」

やり合っている二人を、工藤マリナは半分困ったように、半分面白そうに眺めていたが——。


「菊池先生。奥さんのおられる身で……」

「分ってるとも。分っちゃいるが……。世の中、そう理屈通りにはいかないんだよ」

と、菊池は渋い顔で言った。

「私は、ちゃんと先生のことを分ってお付合してるんです！　大人同士の恋に、口を出さないで！」

「でも、先生、この秘書の方は妊娠しておられるんですか？　そうなると責任が——」

「私は一人で育てます！」

と、充子が宣言した。

「まあ、落ちついて」

と、私は言った。「しかし、関本君といったか？　彼女が妊娠してると、どこで聞いたんだね？」

「手紙が来たんだ」

「手紙？」

「ああ。差出人は書いてなかったけど、こいつが充子さんを身ごもらせたと」

「妙ですね」

と、夕子が言った。「どこでそんな話を……」

「ともかく、関本君とは関係のない話よ！」

と、充子は強調した。「早々に田舎に帰ってちょうだい！」

肝心の菊池は、何と言っていいのか分らない様子で、うつむいている。

私と夕子は、菊池の悩みが、これにとどまらないことを承知していたのだ。

――しかし、ことはそれで終らなかった。

〈なにを教育？　著名評論家のスキャンダル！〉

スポーツ紙に巨大な見出しが躍っていた。

「やれやれ」

私はそのページを引き抜いて、「この写真が載ってる、ってことは……」

関本が菊池を一発殴った、正にその瞬間の写真が掲載されている。

「あのコメンテーターね」

と、夕子が言った。

「しかし、あの先生も何かと大変だな」

と、私は言った。「ともかく、この件で、〈教育評論家〉の肩書は……」

「でも、何だかすっきりしないわね」

と、夕子が言った。

お昼どき、夕子と私はサンドイッチを食べていた。オフィスが多い所で、ランチタイムはどこも行列しているので、あまりお腹はもたないが、サンドイッチで我慢。

「新聞じゃ、『菊池教授の秘書』とだけ出てるけど、ネットじゃ〈須川充子〉って本名が」

と、夕子は言った。「別に犯罪者ってわけじゃないのにね」

「ああ。今は裁判の前に、ネット上で断罪されちまう。誰にもそんな権限はないのにな」

「人それぞれ、夫婦それぞれの事情があるわよね」

と、夕子はしみじみと言った。「ね、私たちのことは、ネットじゃどう書かれると思う？」

「それは別に……」

「女子大生と初老の刑事、老いらくの恋？」

「おい！　四十はまだ『初老』じゃないぞ！」

と、私はむくれて、「しかも『老いらくの恋』はないだろ。まだ若いつもりなんだ」

少々むきになっていた。

夕子はふき出して、

「からかっただけでしょ！　可愛いわね」

「大人をからかうもんじゃない」

と、私は渋い顔で言った。

――菊池は、あの工藤マリナの番組のコメンテーターを休むだけでなく、子供についてのトーク番組や教養番組からも降ろされそうだった……。

「奥さんと娘さんも、どうなるのかしら」

「全くだな。――娘さんは十六だろ？　産むわけにもいかないんじゃ……」

「でも、今何か月に入ってるのか。——奥さんは一応おめでたい話だけど……」

「恋人も同時に妊娠となると、微妙だな」

「ご本人が産みたいと思うかどうかでしょ。それは自由よ」

「確かにな。——あれ？」

ティールームの表から、こっちを覗き込んでいるのは原田刑事だった。

「あいつ！　ケータイにでもかけて来りゃいいじゃないか」

と、私は言った。

店に入って来ると、

「宇野さん！」

原田の体重でティールームの床が波打っている。

「どうした？」

「飛び下りです」

「誰が？」

「あの田舎から来た関本です。結婚してくれなければ、ビルから飛び下りる、と言って」

「まだ飛び下りてないのか？」

「ええ、まだです」

「人騒がせだな、全く！」

私はため息をついた。

「それが狙いでしょ」

夕子は冷ややかだった。

「仕方ない。行こう」

私は立ち上った。

殺人事件でもないのだから、私が出て行く必要はないのだが、成り行き上、放ってもおけない。

「場所はどこだ？」

と、私は原田に訊いたが、

「ちょっと待って」

夕子が私を止めると、「その前に調べてほしいことがある」

と言った。

3　昨日は昨日

今どきの新しいビルは、窓など開かないし、屋上に出ても、簡単に飛び下りなどできない。

関本はどうやって見付けたのか、もう古くなって取り壊し寸前というビルの屋上に立っていた。

ビルも五階建。もちろん五階だって、飛び下りれば、まず間違いなく死ぬだろう。

「しかし……本気か？」

と、ビルを見上げて私は言った。

「一応本気だと思って、対処しないと」

と、夕子が言った。

消防車がやって来る。――落下する人間を受け止めるように、大きな風船のようなものが設置された。半分くらいしか空気を入れていないので、飛び下りても、外へはじかれることはなく、まず死ぬ心配はない。

「――どうする？」

と、夕子が言った。

「ともかく、やめさせなきゃ。それと——あの須川充子って女性はどうした?」

「ここへ来たら大変でしょ」

昼間でもあり、周囲は野次馬で一杯。そして、ワイドショーのTVカメラも駆けつけて来ていた。

私はビルの中へ入った。しかし、もう電気は止っているので、エレベーターは動かない。

仕方なく、屋上まで階段を上って行った。——まだ若いとはいえ、少々息が切れる。

屋上に出ると、

「止めないでくれ!」

と、関本が上ずった声で叫んだ。

「まあな」

と、私は息を弾ませて、「どうしても飛び下りたいなら止めやしない。しかし、こんなことして、彼女の気持が変るとでも思うのか?」

「そんなこと、あんたには分らないだろう! 彼女を呼んでくれ!」

「連絡はしたけどな。君とは二度と会いたくないと言って、切っちまったぞ」

「嘘だ! ともかくここへ彼女を連れて来てくれ!」

関本は屋上の手すりを乗り越えて外側の張り出しの所に立っていた。

しかし、かなり古いので、手すりも錆びて簡単に折れてしまいそうだ。

私は関本がタラタラと汗を流しているのに気付いた。

「君、高所恐怖症だろう」

と、私は言った。「手も汗でべっとり濡れてると、危いぞ。手すりを握っても滑るし、あんまり強く握ると、手すりが折れる。――ほら、グラグラしてるじゃないか」

「そんな――そんなこと言って、脅そうったってだめだ！」

よく見ると、膝も細かく震えている。

こいつは長くはもたないな、と思った。

落ちても、まず死ぬことはあるまいが、もしちょっとでもずれたら……。

すると、

「関本君」

と、声がした。

びっくりして振り向くと、充子が夕子と一緒に屋上へ出て来た。

関本の顔がパッと明るくなった。

「充子さん！　来てくれたんだね！」

と、感激に声を震わせる。

「勘違いしないで」

と、充子は穏やかに言った。「あなただって分ってるでしょ。そんなことで私が結婚する気になるわけがないって」

「でも、現にこうして――」

「私、思い出したの」

と、充子は言った。「あなたのお家は早くにお父さんが亡くなって、お母さんと二人きり。あなたは何でもお母さんに言われる通りだった。中学校でのクラブ活動も、苦手な柔道部に入らされて、よく泣いてたでしょ。高校へ進むときも、お母さんに言われるままにスポーツの盛んな高校に。――大変だな、っていつも思ってたわ」

「母さんは……」

「お母さんに言われて来たのね？　そうなんでしょ。私と結婚しろと」

「だって……君は俺の婚約者だと……」

「お母さんに聞かされてたんでしょ」

するとと、夕子が言った。

「お母さんが人を雇って、須川さんと菊池さんのことを調べさせたことも分ったわ。そのことを匿名の手紙にして、あなたに見せたのね。でも、あなたが勤めてる役所に訊いてみたら、お母さんは今、あなたがいなくなったと騒いでるそうよ。自分が東京へ行かせたことも憶えていない」

「そんなこと……嘘だ！　母さんは、充子さんを連れて帰るのを待ってる」

「もうやめて」

と、充子は言った。「こんなことしたら、却ってお母さんが困ることになるわ」

「俺は……母さんを喜ばせたかったんだ……」

関本が泣き出して、その場にしゃがみ込んだ。

「危い！」

関本の姿が消えた。

「全く人騒がせな奴だ」

と、私は言った。「まあ、手首を挫《くじ》いたくらいで、大したことはなかったので」

「ご迷惑をかけて」

と、須川充子は頭を下げた。「関本君もお母さんの面倒を見に帰ると言っていました。

——彼も可哀そうな人なんです。自分の人生を、お母さんにずっと乗っ取られたようで。

これからでも、やり直してくれたら……」

——夕子と一緒に、菊池貢の家に須川充子を送って来ていた。

充子は居間のソファで、改って、

「奥様には、本当に申し訳ないことをしました。お詫びします」

聞いていた菊池の妻の早代子が、

「いいえ、責任があるのは主人の方ですから」

と言って、隣に座った夫をつつく。

「いや、確かに……」

と、菊池は咳払いして、「僕もちょっといい気になっていた。TVに出たりして、学者としての本分を……」

「先生はご自分の役割を果されてるんです」

と、充子は言った。「私はそういう先生のことが好きで。——すみません」

「で、あなた、子供のことは……」

「奥様。申し上げた通り、もし無事に生まれたら、この子は私一人で育てて行きます。先生には何も求めません。これは私が自分で決めた生き方ですから」

充子の言葉は明確で、冷静だった。

「分った。――しかし、何か僕にしてほしいことがあったら、いつでも言ってくれ」

「ありがとうございます。もう、先生との個人的なお付合は終りにします」

「そうしていただけると、ありがたいわ」

と、早代子が微笑んで言った。

「ただ、できればこれまで通り、秘書をさせていただければ嬉しいのですけど。新しい仕事を捜すのは大変なので」

「僕も、君がいてくれないと、明日どこへ行っていいかも分らないよ」

と、菊池が言った。

「奥様のお許しをいただけましたら……」

充子の言葉に、早代子は、

「よろしくお願いするわ。私も――これからあまり主人に構っていられないかもしれないから」

と言って、夫を見る。「私、迷ってたわ。この年齢になって、大丈夫かしらと不安だったし。でも、須川さんの言葉で、勇気をもらった。これからでも、遅くないことがある、と思った」

早代子が身ごもったと聞いて、充子は、

「まあ！　すばらしいことですね」

と、声を上げた。「先生、もっとＴＶやラジオに出て稼がないと」

「そうだな。人生に疲れたなんて言ってられないよ」

——すると、夕子が、

「お客様ですか？」

と言った。

居間の戸口に、娘の朋美が立っていた。そして、並んで立っているのは、高校生らしい男の子だった。

「君は……誰かな？」

と、菊池がふしぎそうに言った。

「石森進《いしもりすすむ》といいます」

その少年は一歩前に出ると、「十七歳、高校二年生です」

「あの……」

と、朋美が言いかけると、

「朋美さんに辛い思いをさせてしまいました」

と、石森進は深々と頭を下げた。「すみません！」

「そうか……。君が朋美の……」

朋美は中絶手術を受けていた。

「簡単に考えていた私もいけないの」

と、朋美は言った。「やっぱり……そのときは辛かったわ。もうこんなことにならないように、と……」

「僕の責任です。よく考えもせずに。知識だけはあっても、役に立てられませんでした」

「うん。まあ……よく反省して……」

と、菊池は口ごもりながら言った。

あまり説教できる柄じゃないと分っているのだろう。

「でも、これからも僕たちは付合っていきたいと思ってるんです」

と、石森進は言った。

「私も、進君のことが好きなの」

朋美は進の手をしっかり握った。「いい加減な気持じゃないのよ」

菊池は早代子と顔を見合せたが、

「――そうか」

と肯《うなず》いて、「まあ、先は長い。――進君か。朋美を頼む」

「はい」

ホッとした様子で二人は笑顔になった。

「進君を駅まで送って来るわ」

と言って、二人は玄関へと出て行った。

少しの間、居間は静かだったが……。

「あの二人が一番しっかりしてたみたいね」

と、早代子が笑って言った。

「勝負あった、ですね」

と、夕子が言った……。


菊池家を出て、夕子と二人、タクシーで都心へ向う。

「ねえ」

「うん？」

「以前に見た映画、憶えてる？〈昨日・今日・明日〉って」

「ああ、昔の、六〇年ごろの映画だろ？」

「そう。イタリアのね。ソフィア・ローレンとマルチェロ・マストロヤンニの映画。あれを思い出さない？」

「そうか。妊娠の話だしな」

——戦後、失業中の夫に代って、たくましく闇商売で稼いでいたソフィア・ローレンは警察に捕まってしまう。しかし、法律で、「妊娠中、あるいは出産直後の女性は収監されない」と知って、ローレンは次から次へ妊娠、出産をくり返して大いに稼ぐ。

しかし、夫の方は体力が限界で倒れてしまい……という、イタリアらしい、大らかなコメディである。

「そうか。あの関本って男の〈昨日〉と、菊池と二人の女性の〈今日〉……」

「高校生二人の〈明日〉ね。——でもずいぶん先の話でしょ。〈昨日・今日・明日〉というより、〈昨日・今日・あさって〉ぐらいかしらね」

と、夕子は言った。

「そうだな。若い子たちも、ちゃんと経験から学んでる。こりずに同じ間違いをくり返してるどこかの政治家よりよほど立派だ」

夕子はちょっと考えて、

「——私たちの〈明日〉について、ゆっくり話し合ってみる？」

と言った。

もちろん、私にも異存はなかった……。

初出誌　「オール讀物」

幸福への設計図　二〇二二年五月号
展覧会の絵　二〇二二年八月号
お化け屋敷に雪が降る　二〇二二年十一月号
壁を越えて　二〇二三年二月号
歪んだ散歩道　二〇二三年五月号
幽霊健診日　二〇二三年八月号
昨日、今日、あさって　二〇二三年十一月号

赤川次郎（あかがわ・じろう）
一九四八年二月二十九日、福岡県生まれ。桐朋高等学校卒業。七六年、「幽霊列車」で第十五回オール讀物推理小説新人賞を受賞、以来ベストセラー作家として活躍。「幽霊」シリーズの他に、「三毛猫ホームズ」、「三姉妹探偵団」など、数々の人気シリーズがあり、著作は六百冊を超える。二〇〇五年に第九回日本ミステリー文学大賞、一六年に『東京零年』で第五十回吉川英治文学賞を受賞。

幽霊《ゆうれい》健診《けんしん》日《び》
二〇二四年二月二十五日　第一刷発行

著者　赤川《あかがわ》次郎《じろう》
発行者　花田朋子
発行所　株式会社 文藝春秋
〒一〇二―八〇〇八
東京都千代田区紀尾井町三―二三
電話　〇三―三二六五―一二一一
印刷所　TOPPAN
製本所　加藤製本
DTP組版　LUSH

Printed in Japan　ISBN978-4-16-391807-5